GAME ADDICT PLAYS "ENCOURAGEMENT FOR JOB HUNTING IN DUNGEONS" FROM A "NEW GAME"

ゲーム世界転生〈ダン活〉

～ゲーマーは【ダンジョン就活のススメ】を〈はじめから〉プレイする～

REINCARNATION IN THE GAME WORLD DANKATSU

Lv. 09

はじめから
▷ つづきから
オプション

ニシキギ・カエデ
イラスト：朱里

TOブックス

REINCARNATION IN THE GAME WORLD

DANKATSU

GAME ADDICT PLAYS "ENCOURAGEMENT FOR JOB HUNTING IN DUNGEONS" FROM A "NEW GAME"

PRESENTED BY KAEDE NISHIKIGI
ILLUSTRATED BY SHURI
PUBLISHED BY TO BOOKS

Lv. 09

イラスト：朱里　デザイン：沼 利光（D式Graphics）

ギルド GUILD
エデン

名前 NAME
シエラ

人種 CAT.
伯爵/姫　女

職業 JOB
盾姫

迷宮学園一年生

代々優秀な盾職を輩出してきた伯爵家の令嬢。類まれな盾の才能を持ったクールビューティ。色々抜けているゼフィルスやギルド〈エデン〉を影からサポートすることが多い。

名前 NAME
ハンナ

人種 CAT.
村人　女

職業 JOB
錬金術師

迷宮学園一年生

ゼフィルスの幼馴染で錬金術店の娘。命を助けられたことでゼフィルスを意識している。生産職でありながら、戦闘で役立ちたいと奮闘中。趣味は『錬金』と〈スラリポマラソン〉。

名前 NAME
ゼフィルス

人種 CAT.
主人公　男

職業 JOB
勇者

迷宮学園一年生

ゲーム〈ダン活〉の世界に転生。リアル〈ダン活〉に馴染んできて、もう完全にゲームをプレイしている気分で楽しんでいる。ギルド〈エデン〉のメンバーと共に、Sランクギルド――学園の頂点を目指す。

名前 NAME
カルア

人種 CAT.
猫人/獣人　女

職業 JOB
スターキャット

迷宮学園一年生

傭兵団出身で猫の獣人。童顔で小柄で華奢。ぼーっとしていて、大事な話でも余裕で忘れ去る。優しくて面倒も見てくれるゼフィルスが好き。好きな食べ物はカレー。

名前 NAME
エステル

人種 CAT.
騎士爵/姫　女

職業 JOB
姫騎士

迷宮学園一年生

幼い頃からラナを護衛してきた騎士であり従者。一時期塞ぎ込んでいたラナを笑顔にしてくれたとゼフィルスへの忠誠をグッと深め、鋭意努力を重ねている。

名前 NAME
ラナ

人種 CAT.
王族/姫　女

職業 JOB
聖女

迷宮学園一年生

我儘だが意外と素直で聞き分けが良い王女様。ゼフィルスの影響で、恋愛物語が大好きな夢見る少女から、今はすっかりダンジョン大好きなダンジョンガールに。

名前 NAME
ルル

人種 CAT.
子爵/姫　女

職業 JOB
ロリータヒーロー

迷宮学園一年生

子爵家の令嬢。幼女のような外見をしているがゼフィルス達と同じ迷宮学園一年生。可愛い物が大好き。自称ぬいぐるみ愛好家。

名前 NAME
ケイシェリア

人種 CAT.
エルフ　女

職業 JOB
精霊術師

迷宮学園一年生

最強になることを目標に掲げるエルフ。知識欲が強い。エルフをスカウトするのに必要なプレゼントアイテムを自ら持参した猛者。

名前 NAME
リカ

人種 CAT.
侯爵/姫　女

職業 JOB
姫侍

迷宮学園一年生

侯爵家令嬢。モデル体型の高身長でキリっとして凛々しい。ゼフィルスの事は頼りになる仲間だと思っている。可愛い物が大好きで、ぬいぐるみを愛でるのが趣味。

名前 NAME
パメラ

人種 CAT.
分家　女

職業 JOB
女忍者

迷宮学園一年生

元々ラナの隠れた陰の護衛だったが、無事【女忍者】に就いたためラナが〈エデン〉に誘った。

名前 NAME
シズ

人種 CAT.
分家　女

職業 JOB
戦場メイド

迷宮学園一年生

元々ラナ付きのメイドだったが【戦場メイド】に就いたためラナが〈エデン〉に誘った。ラナ大好きであるが、エステルとは違いちゃんと自重している。

名前 NAME
セレスタン

人種 CAT.
分家　男

職業 JOB
バトラー

迷宮学園一年生

国王の命令で勇者の付き人となった執事。ゼフィルスの身の回りの世話以外にもギルド〈エデン〉の書類仕事や資金運用、他のギルドとの折衝等々、仕事もテキパキとこなす。

名前 NAME
ミサト

人種 CAT.
獣人/兎人　女

職業 JOB
セージ

迷宮学園一年生

〈戦闘課〉に所属する兎人のヒーラー少女。非常にレアな職業に就いているため、勧誘避けとして〈天下一大星〉に在籍していたが、脱退して〈エデン〉に加入した。

名前 NAME
メルト

人種 CAT.
伯爵　男

職業 JOB
賢者

迷宮学園一年生

伯爵家子息。在籍していたBランクギルド〈金色ビースト〉がやらかしたため脱退を決意。ミサトの紹介で〈エデン〉へ加入することにした。【賢者】は伊達ではなく頭が良い。

名前 NAME
ヘカテリーナ

人種 CAT.
公爵/姫　女

職業 JOB
姫軍師

迷宮学園一年生

公爵家令嬢。〈エデン〉からスカウトを受け、【姫軍師】に転職。交渉ごとなどが得意で、ゼフィルスが右腕にしようと画策している。

名前 NAME
アイギス

人種 CAT.
騎士爵/姫 | 女

職業 JOB
姫騎士

迷宮学園二年生

〈テンプルセイバー〉の下部ギルド〈ホワイトセイバー〉のメンバーで燻っていたが、腕は悪くないと〈エデン〉に紹介され、【竜騎姫】に就く夢を語ったところ採用された。

名前 NAME
ラクリッテ

人種 CAT.
獣人/狸人 | 女

職業 JOB
ラクシル

迷宮学園一年生

大面接の結果採用された〈エデン〉待望の盾職。いつまでたってもド緊張するクセが抜けないのが悩み。同じ〈戦闘課1年8組〉のノエルと仲が良い。

名前 NAME
ノエル

人種 CAT.
男爵/姫 | 女

職業 JOB
歌姫

迷宮学園一年生

大面接の結果採用されたアイドル女子。発現条件が厳しい〈姫職〉である【歌姫】に自分の努力のみで就いた。〈戦闘課1年8組〉に在籍する。

名前 NAME
ミストン所長

人種 CAT.
街人 | 男

職業 JOB
???

研究所所長

長年、職業《ジョブ》の発現条件について研究している。学園長とは割と仲が良い。

名前 NAME
フィリス先生

人種 CAT.
侯爵 | 女

職業 JOB
上侍

ダンジョン攻略専攻・戦闘課教員

迷宮学園卒業生の美人新任教師。ゼフィルスのクラス教員。学園長である祖父に無理を言ってでも職に就いたため、やる気は十分。

名前 NAME
タバサ

人種 CAT.
??? | 女

職業 JOB
???

迷宮学園三年生

夜、ゼフィルスが道を歩いていると無防備にベンチにポツンと座っていた不思議な少女。なぜヒーラー向けの上級装備を着けているのかは謎。

名前 NAME
〈幸猫様〉

神棚の主こと正式名称〈幸運を招く猫〉の設置型アイテム。ギルド内に飾るとギルドメンバーに『幸運』が付与される。そのあまりの効果に、〈ダン活〉プレイヤーからは、崇め奉られ神棚に置かれてお供えをされている。

名前 NAME
マリー先輩

人種 CAT.
街人 | 女

職業 JOB
魔装束職人

迷宮学園二年生

Cランクギルド〈ワッペンシールステッカー〉のメンバー。先輩なのに学生と思えないほどの幼児体型。独特ななまり口調があり商売上手。あとノリが良い。

第1話　試験《テスト》対策とスケジュールを練ろう！

「もうすぐで期末試験ね」

朝のホームルーム前の長閑《のどか》な時間。

ダンジョン週間という長期のダンジョン祭り、もとい長期休みが明けた最初の月曜日は、シエラのそんな言葉から始まった。

「き、期末試験！　俺を試そうだなんていい度胸してやがるぜ」

「ちょっとゼフィルス、なんで嬉しそうなのよ？」

なんでって、俺の〈ダン活〉の愛の深さが試される場だからだ。

〈ダン活〉のデータベースと呼ばれた俺が期末試験ごときで躓《つまず》くわけがない。

むしろ俺が〈ダン活〉をどれだけ愛しているかを見せ付けられる場だと思っている。

故に、ちょっと楽しみだったりするのだ。

全問正解してやんよ！　ふははは！

「まあいいわ。期末試験は2週間後だから、来週から期末試験中まではダンジョンに入ダンできなくなるわ。先生方からもお知らせがあると思うけれど、ギルドでも改めて期末試験期間中の活動を決めておいたほうがいいと思ったの」

「なるほどな。期末試験は赤点取ると補習で夏休みの一部が潰れるし、苦手そうな子がいたら勉強会をしてもいいな」

シエラの言う通り、期末試験期間中の7月1日（月）から7月12日（金）までの12日間はダンジョンの入ダンができなくなる。

7月1日（月）から7日（日）までが準備期間、8日（月）から12日（金）までが試験期間だ。

ゲーム〈ダン活〉時代はテストの選択問題が何個か出され、それに答えて学園に提出、そして期末試験期間はほとんどスキップだった。

後《のち》にテストの順位が発表され、高い正解率を誇ると学生たちから羨望の目で見つめられ評価が上昇。ギルドの名声値が上がるといった仕様だった。

ちなみに全問不正解だと名声値がマイナスされた上で夏休み期間に10日補習でダンジョンに潜れなくなるペナルティがある。（ゲームでは10日間スキップ）

とはいえ、基本的にチュートリアルをちゃんと聞いて、ストーリーを覚えていれば全問不正解にはならない仕様だ。

ちなみに俺は全問正解しか取ったことがない。当然攻略サイトをカンニングしないで、である。

ちょっとした自慢だな。ふははは！

「しかし、そうか。ダンジョンに約2週間も潜れないのか。つらたん」

「ギルドランク昇格試験もその期間は受付されないから、Dランクの試験は6月30日までよ。私たちはもう基準を満たしているからなるべく早く申し込んだ方がいいわね」

「おう。今週中には昇格したいな」

ホームルームの前にシエラとこれからの予定を詰めていく。

今日は6月24日（月）だ。週末の土日はボス周回でレベルカンストまで上げる予定。

金曜日は臨時講師の仕事があるし、できれば木曜日までにDランク昇格試験を受けたいが、あまり時間は無いな。

Dランク昇格試験を受けるために必要なのは〈ギルドマスターを含む10人の中級中位ダンジョン3つの攻略〉。

この条件はダンジョン週間で見事達成した。

問題なのは平日に、昇格に必要な10人が集合できるかだな。予定が合えばいいのだが。まだ全員の予定が合わないのだ。現在調整中。

授業の合間にも進めておこう。幸いにも、Dランク昇格試験のメンバーの10人は全員同じクラスだからな。

喫緊ではそんなところか。

あとマリー先輩のところで〈ダッシュブーツ〉の追加注文をしないとな。

やるべきことを頭の中で計算していき、シエラと軽い打ち合わせを行なう。

「そういえばみんなの学力ってどんな感じなんだ？　シエラは知ってる？」

気になったのがギルドバトルやなんやらが終わった後の話だ。

そういえば最初は期末試験の話だったよなと思い出して、次に気になったのがみんなの学力。

期末試験で赤点をもらった者は慈悲もなく補習という名のプリズンへご招待される。

監獄期間中はダンジョンが禁止されるという恐ろしい罰が待っているのだ。

これは個人の問題だけではない、ギルドの問題でもある。

パーティに欠員が出ただけでダンジョンに潜れなくなるのだ。連・帯・責・任。

ダンジョンに潜りたければパーティ内の仲間で助け合いましょうという意図が含まれている気がする。

「そうね。このクラスにいるメンバーなら多少は分かるかしら。危なそうなのは……何人かいるわね」

「マジで？」

「1組は授業が一番難しいから」

それは大変だ。なんとしても赤点を回避しなければ。

俺からダンジョンを取り上げようなんてとんでもないことだ。

試験期間が明ければ1週間を挟んですぐに夏休みに突入する。

今後のスケジュールが掛かっている。悠長にはしていられないな。

しかもリアルだと夏休みの帰省なるものがあってメンバーが何人か実家に帰るらしいとの情報もある。

その辺も含めて改めて調査し、早めにスケジュールを組んでおかないと！

俺のサマーダンジョンに支障をきたしてしまう！

「シエラがいるとマジ助かるぜ。完全に盲点だったわ。全力でサポートしよう、夏休みがかかっている！　あ、あと夏休みの予定のすり合わせもしないと」

「そう。役に立てたのなら良かったわ。あとでメンバーには夏休みの予定も聞いておくわね」

「じゃあ、俺はこれからのスケジュールも立てておこう。できたら参加不参加も確認してもらえるか？」

「いいけど。変な企画は起こさないでよ？」

「変とはなんだ。俺がいつ変な企画をしたというのだね？」

「………………そうね。信頼しているわ」

「おうよ。任せてくれ！」

なんかシエラが言葉に詰まっていたような気がしたが、きっと気のせいだろう。

俺は気持ちよく承《うけたまわ》った。

こうして期末試験を機に、ギルド〈エデン〉では夏休みまでのスケジュールを組むことになった。

ついでに夏休みの計画も練ろう。

さて、まずは何から始めるかなぁ〜。

第２話
学園・情報発信端末・誰でもチャット掲示板23

966 ：名無しの冒険者2年生

聞いてくれ！　とんでもない情報が入ったんだ！

967 ：名無しの錬金2年生

知ってるわ。

968 ：名無しの冒険者2年生

いやいやいや、まだ言ってねぇよ!?
なんか〈エデン〉が大所帯で〈中中ダン〉に現れ、
そのまま〈猫ダン〉に入っていったんだってよ!!

969 ：名無しの錬金2年生

だから知ってるって言ってるでしょ！
そんなことを言われなくても調査先輩がすでに調査に動いているわ。
今はその情報待ちよ！

970 ：名無しの冒険者2年生

へ？　そうなのか？
いやいやいや、それは置いといてこれが落ち着いていられるか!?
1年生のギルドが〈中中ダン〉に進出してきたんだぞ!?
しかも人数は10人以上。完全にDランクを視野に入れてる！
もう2年生たちが抜かされるのも時間の問題だ！

971 ：名無しの斧士2年生

珍しく冒険者の言うとおりだ。

今、我々はとんでもない危機に直面している。
せ、先輩としての矜持が危ない。

972 ：名無しの魔法使い2年生
〈中中ダン〉は荒れに荒れているのだわ。
ホピマス軍曹に確かめに行く人が後を絶たないの。
みんな、自分の目が信じられないみたいなのだわ。

973 ：名無しの神官2年生
い、今俺の知り合いが1人、筋肉に走った。
危機感が危険！　強くなるには筋肉しかないのか!?

974 ：名無しの冒険者2年生
筋肉が駆け込み寺みたいになってる!?
1年生に負けないためにと2年生がピンチだぞ!?
調査先輩、何か分かりましたか!?

975 ：名無しの調査3年生
この〈猫ダン〉はいつ来てもパラダイスだわ。

976 ：名無しの冒険者2年生
調査先輩!?

977 ：名無しの調査3年生
安心して、しっかり調査はしているわ。
しばらく待ちなさい。
明日には調査結果を上げるわ。

978 ：名無しの冒険者2年生
ううぉぉ。猶予はどのくらい残ってるんだぁ。
頼みます！　調査先輩!!

翌日

622 ：名無しの調査3年生

報告するわ。

〈エデン〉は〈猫ダン〉を攻略したみたいよ。

623 ：名無しの冒険者2年生

調査先輩!!!?

それどういうことなの!???

624 ：名無しの神官2年生

もっと、もっと詳しくお願いします!?

さらに2日後。

498 ：名無しの調査3年生

報告するわ。

〈エデン〉は2つ目である〈毒サソリ〉も攻略したみたい。

499 ：名無しの冒険者2年生

ああ、ああああ、あああああ!!??

調査せんぱーいぃ!!

500 ：名無しの神官2年生

この4日で、り、リーチだとぉっ!?

そんなバカな!?

そして、さらに翌日。

205 ：名無しの支援3年生

たった今調査から情報が入った。

〈エデン〉が中級中位ダンジョンの3つ目を攻略したらしい。

これでDランク試験の条件を満たしたな。

まさかたった1週間、いや5日でクリアとは……恐れ入る。

206 ：名無しの冒険者2年生

いぃぃやぁあぁぁぁぁあぁぁ!!!?

抜かされる!?　1年生のギルドに抜かされるぅぅうぅぅ!?

207 ：名無しの錬金2年生

何言ってんの、すでに抜かされてるでしょ？

208 ：名無しの神官2年生

それは言っちゃいかん！

俺たち2年生にとってとても戦々恐々な言葉なんだ。

すでに多くの2年生がプルプル震えているんだぞ。

まるで小鹿みたいに！

209 ：名無しの魔法使い2年生

はいはい小鹿2年生ね。

2年生のうち、自分で立ち上げたギルド組の大半はまだDランクの入口に到達したばかりだもの。

Cランクに挑むにはまだまだレベルが足りないのだわ。

ここで〈エデン〉がCランクに挑み、勝ってしまったら。

210 ：名無しの神官2年生

小鹿2年生!?

うおおぉぉぉおぉぉぉ！　やめろーー!?

その話は俺にも効く!!

211 ：名無しの盾士1年生

でも勇者君のことですもん。
Dランクに昇格したらすぐにCランクに挑むのでは？

212 ：名無しの支援3年生

ふむ。実はそう早い話にはならない。

213 ：名無しの商人1年生

というと？

214 ：名無しの支援3年生

Cランクは伊達ではないということだ。
Cランクギルドバトルに挑むには圧倒的に足りないものがある。

215 ：名無しの神官2年生

ま、まあそうだな。
そう簡単にCランクになれたら苦労はない。
きっと俺だってCランクになれてるだろう。
ただ、挑むにはまだまだレベルが足りないんだ。
本当だぞ。

216 ：名無しの支援3年生

そうだな。重要なのはそのレベルと人数だ。
まず人数。Cランクに挑むには〈15人戦〉が必要だ。
つまり、主戦力を15人集めなくてはいけない。
上限が15人だったEランクから上がりたてのギルドでは難しいのだ。

217 ：名無しの盾士1年生

なるほど。確かにそうですね。
メンバー全員が主力級ってそうそうないですもんね。

218 ：名無しの商人1年生

私の所属は戦闘ギルドではないですが、
確かに戦闘職も少し在籍しています。

219 ：名無しの支援3年生

うむ。
次にレベルだ。主力級を15人育てなければならないが、
ではどれくらいまでレベル上げすれば安全圏なのか？
実は安全圏など存在しない。

Cランクギルドバトルの最低ラインはLv75、カンストだ。

220 ：名無しの盾士1年生

…………へ？

221 ：名無しの商人1年生

レベルカンスト、ですか……？

222 ：名無しの魔法使い2年生

考えてみれば当然よね。
Cランクギルドだってランク落ちしたくない。
ならできる限りレベル上げに勤しむはずだわ。
もう育てることができないレベルまで鍛えて備えるのは当り前のことなのよ。

223 ：名無しの神官2年生

伊達にCランク以上はエリートと言われていないな。
立ちはだかるのはレベルカンストが15人だ。
これを突破しなければCランクに昇格することはできない。
Dランクになったとしても2年生ではレベルがカンストしていない者も多いんだ。

224 ：名無しの支援3年生

補足するとCランクには高位職がゴロゴロいるからな。

これが〈エデン〉がすぐにCランクに上がることはできない理由だ。

しばらくはDランクでレベル上げをし、ギルド全体の強化に勤しむことになるだろう。

Cランクに上がったとしても、今度は狙われる立場になる。

事前に備えておかなければ、たとえ運良くCランクになれたとしてもすぐにランク落ちすることになるだろう。

---

225 ：名無しの冒険者2年生

どこかの剣士みたいに、か。

---

226 ：名無しの剣士2年生

ちょっと冒険者さんそれって僕のことっすか!?

いい度胸っす！　一度はCランクギルド入りしたレベルカンストの実力を分からせてやるっすよ！

---

227 ：名無しの冒険者2年生

うおぉぉ剣士落ち着けぇぇ！

俺はまだEランク!?

---

228 ：名無しの剣士2年生

問答無用っす！

---

229 ：名無しの神官2年生

あのバカ、剣士が見ていないと思って調子に乗ったな。

南無。

---

545 ：名無しの魔法使い2年生

騒がしくなってきたのだわ。

少し前までは2年生が戦々恐々としていたはずなのに。

争いが激化しているわね。

546 ：名無しの神官2年生
俺の所属ギルドも少し前までやる気だったぜ。
でもある勢力が大きく伸びてきたせいで今は足踏みしているんだ。

547 ：名無しの冒険者2年生
勇者ファン。
ちょっと瞬きしている間になんかとんでもないことになってるぞ。
それもこれも〈エデン〉があんな発表をしたせいだ。

548 ：名無しの剣士2年生
〈Dランク試験の相手ギルド募集〉の張り紙っすね。
ビックリしたっすよ。
確かに条件満たしたら次やることは決まってるっすよね。

549 ：名無しの神官2年生
ああ。
今まで追い抜かされる事ばかり目が行っていたが、
確かに剣士の言うとおりだ。
おかげでどこのギルドもこの募集に殺到しているな。

550 ：名無しの大槍1年生
あの、質問いいですか？
なんでこの募集に殺到しているですか？
というかこの募集ってなんなんです？

551 ：名無しの支援3年生
うむ、1年生にはまだ馴染みが無いだろうが、
Dランク昇格試験というのは一種の見せ場なのだよ。
Eランク試験では基本的に教員が相手をしてくれるが、

Dランク試験ではそのメイン内容が〈対人戦〉であるために同じくらいの強さの相手が大人数必要なのだ。
故に、教員ではなくDランクのギルドが基本的に相手を務める形になる。
これはその相手ギルドの募集だな。

552：名無しの調査3年生
別にどこでもいいわけではないのだけどね。
この募集は一度学園に預けられて学園側が精査して決めるわ。
そしてポイントなのが、ここで学園の覚えが良くなれば、就活に有利って点ね。
ただ、今回はそれだけじゃなく、相手が〈エデン〉だからこその騒ぎだわ。

553：名無しの支援3年生
これはDランク試験なのだ。
故に合格すれば枠が5人増える。この意味が分かるか？

554：名無しの大槍1年生
!!　つまり、引き抜かれたい人たちが殺到しているということですか!?

555：名無しの調査3年生
上手くやれば〈エデン〉に気に入られて引き抜きがあるかもしれない。
たとえなくても学園からも注目されている〈エデン〉の試験官を務めたギルドよ。
学園からの覚えも良くなる可能性は高いわ。
どちらに転んでも大きな得があるってわけね。
それでこの騒ぎよ。

556：名無しの剣士2年生
恐ろしいのは勇者ファンっす。

彼女たちが台頭してきたことでどこも動きにくくなってるっす。

557 ：名無しの調査3年生

以前のままだと他のギルド同士が争いそうな勢いだったから
勇者ファンが来てくれたことに一定の効果はあるのよ。
〈秩序風紀委員会〉との仲も良いわ。
でも幅を利かせすぎているのも確かなのよね
ふむ。少し抑える必要があるわね。

558 ：名無しの剣士2年生

ちょ、調査先輩が動くっす!?

559 ：名無しの神官2年生

これでどこのギルドが相手をするのか分からなくなったな。

560 ：名無しの冒険者2年生

なんか賭けが成立しそう。
神官さん、一口いかが？

561 ：名無しの神官2年生

冒険者よ。自らフラグを立てるとは情けない。
いいだろう。受けてやる。

562 ：名無しの剣士2年生

あ、この後の展開、察しっす。

第3話　苦手科目表？　あの、これって個人情報……。

やるべきことをまとめよう。

・今週平日中にDランク昇格。
・近日中に下部組織《ギルド》創立。
・週末は中級中位《チュウチュウ》の〈バトルウルフ〉狩りでレベルカンストを目指す。
・来週は期末試験の準備期間。テスト対策に奔走する。
・再来週は期末試験本番。俺の〈ダン活〉愛の深さが試される。
・その翌週はテスト返却期間&夏休み1週間前。特に予定無し。
・さらにその翌週からは夏休み突入。テストが赤点の人は補習あり。

並べてみたが、やること多いな。

計画的に動かなくては、手詰まりになる案件がいくつかある。

特にテストが鬼門だ。俺は〈ダン活〉を愛しているから問題ないが、初めてテストに挑む者には厳しいものがあるかもしれない。

テスト期間まであと2週間、ギルドバトルも重要だが、テスト対策も重要だ。

ということで、早速みんなの予定をまとめていった。

お昼休み、食堂に集まった我が〈エデン〉のメンバーに予定を提出してもらいシエラがまとめてくれた。さすがシエラだ。助かるぜ。

シエラがまとめてくれたスケジュールを見る。

「うーむ。Dランク試験の日を決めないとな。水曜日か木曜日辺りがいいんだが……」

「水曜日と木曜日は、夏休みに帰省するラナ殿下が準備の手続きがあるみたいね。伴って護衛と従者のエステル、シズ、パメラもお供するわ」

「明日はアリーナの予約自体が取れなかったからな。もちろん今日いきなり使わせてほしいというのもダメだったし。となると週末になっちまうな」

間が悪く、木曜日まで全滅だ。ラナも、忘れがちだが王女なんだよな。いつの間にか私王女よアピールをしなくなったからうっかり忘れそうだった。

帰省の準備ということで結構面倒な手続きが多いらしく、偉い方々が動く関係上キャンセルはできないそうだ。前々からこの日は帰省の準備をすると予定が決まっていたらしい。さすがに昇格試験がしたいから予定をキャンセルしてくれとは言えない。ラナなら喜んでキャンセルしそうだから。

できれば、週末の土日はレベル上げに費やしたかったが。難しいか？

「あと平日で空いているのは金曜日ね。この日ならゼフィルス以外は特に放課後予定は入っていないわ」

「そうなんだよなぁ」

金曜日は臨時講師の日。

なんか最近は俺の〈育成論〉を聞きたいという熱意溢れる学生が押し寄せ、大変な人気を誇る授業となってしまっている。最初20人集まればいいかなと考えていたのが嘘のようだ。

今では授業を交代してほしいとウン百万ミールを出して取引を持ちかけている者もいるという。

ちなみにセレスタンいわく、誰も取引に応えた人物はいないらしい。

嬉しいやら誇らしいやら。

と、それはともかくだ。要は授業の熱がすごすぎて、授業が終わっても質問タイムが終わらないんだ。15時で授業が終わりのはずなのに、最近は18時過ぎまで質問が終わらない。というかずっと質問タイムが終わらない。

みんな自分流のいい育成案を考えるようになってきて。それを見せてもらうのが楽しいのだ。ついアドバイスに熱が入ってしまう。

特に最前列に絶対座っている女子たちの熱が本当にすごい。

あまりに時間を忘れてしまうので、最近は夕食の時間になって切り上げざるを得なくなり解散するほどだった。

「ゼフィルスが定時で上がれば間に合うわよ？」

「ブラックみたいに言うなよ。いや、確かに言われてみればその通りなんだけど」

そういえば授業って仕事なんだよなぁ。あんまりその自覚はないんだが。

ちゃんと学園からもお給料が出ている。しかも、なんか毎回授業するたびにその金額が増えていってているのが恐ろしいところだ。1回の授業で7桁稼ぐ仕事って何？

そんなに貰っていると、果たして定時で上がってもいいものなのだろうか？

ダメじゃね？

そんな気持ちになってしまうのだ。

「いいから定時で上がりなさい。Dランクに上がるため、その1回だけよ。許容しなさい。そうすれば土日が空くわ」

「は、はい！」

「よろしい」

シエラにビシッと言われて思わず頷いてしまった。

俺の答えに満足したシエラが一度ニコッと笑った後、スケジュールを組んでいく。

うお、今の不意打ちの笑顔は効いた。

ふう。

どうやら俺は定時で上がることに決まってしまったようだ。

学生たちよ、スマン。

授業を受けに来てくれた学生たちには申し訳ないが、今回だけ我慢してもらおう。

これもシエラの笑顔のため、じゃなくて〈エデン〉のためだ。

放課後、シエラとセレスタンと共に〈ギルド申請受付所〉に行って申請を出すと、無事Dランク昇格試験17時からの予約を取ることができたため、チャットでメンバー全員に送信する。

すぐに全員から了解の返事があった。

これで次のステップに移れるな。

「リストアップしておいたわ。ゼフィルス確認して？」

「個人情報のはずなんだけど、いいのかなぁ」

そんなことを言いつつシエラから物《ぶつ》を受け取る。

それは数枚の紙だった。上にマル秘のスタンプが押してある。書かれている内容は誰々が勉強できるできない、どの授業が得意不得意、といった情報だ。本当に見てもいいのだろうか？

「これも〈エデン〉のためよ。こんなところで躓きたくはないでしょ？」

「よっし、覚悟を決めるか」

〈エデン〉はいずれSランク、そしてその先へと向かうギルドだ。シエラの言うとおりテストごときで躓いている場合ではない。

俺は後で女子から軽蔑の視線にさらされるかもしれない覚悟で中身を熟読する。

まさかリアル〈ダン活〉にこんな罠が仕掛けられていたとは。ラナ辺りが怒りそうだ。シエラにも一緒に宥めてもらわなくては。

「ラナ殿下は暗記ものが得意だけど数学はちょっと苦手みたい。ゼフィルス、教えてあげてね？」

「え？」

テスト科目――〈戦闘課〉。
座学：国語、数学、歴史、ダンジョン攻略、職業《ジョブ》、連携《パーティ》、特産《とくさん》、計7教科。3日間。
実技：2日間。

苦手科目表。マル秘。

ラナ、数学、職業《ジョブ》。

エステル、国語、特産《とくさん》。

ハンナ、数学、歴史、職業《ジョブ》（生産科目は得意）。

カルア、国語、数学、歴史、ダンジョン攻略、職業《ジョブ》、連携《パーティ》、特産《とくさん》。

リカ、国語、数学。

ルル、国語、歴史、職業《ジョブ》、特産《とくさん》。

パメラ、数学、ダンジョン攻略、職業《ジョブ》、特産《とくさん》。

計7名に勉強させる必要アリ。

シエラから受け取った苦手科目表を読んで、俺の口から思わずｏｈとこぼれた。


「試験《テスト》対策だ！」

俺はギルド部屋で高らかに宣言する。

「ちょっとゼフィルス、なんで試験《テスト》対策なのよ！　それよりダンジョン行きましょうよ！」

「ダメ」

ラナの言い分を、俺は秒で却下する。

ダンジョンに行きたい？　俺だって行きたいわ！

しかし、とても見過ごせない問題が発覚したため、緊急会議を開催することとなった。

目下《もっか》の問題は、このテストである。俺はとある用紙を取り出した。

「まずは学力がどれくらいあるのかが知りたいな。これを解いてくれ、昨年の1年1組の期末試験に出た範囲の問題集だそうだ」

「ちょっとゼフィルス、私を舐めないでよね。こんなのまったく難しくないわ。それよりダンジョン行きましょう？」

「ダメだって言っただろ!?」

ダンジョンに行きたい？　俺だって行きたいわ！　（2回目）

「ラナは帰省の準備で来週《試験準備中》も忙しいんだろ？　コツコツやっとかなきゃやべぇじゃん」

「ゼフィルスは私を見くびりすぎよ！　私が赤点取るとか最大級の侮辱だわ！」

「ほう。ならこの問題集も解けるということか？」

俺は数学の用紙をヒラヒラさせる。

「普段の私なら解けるわ。でも私は今日ダンジョンに行く気分だったの。だからダンジョンに行かないと問題も解けないと思うのよ。決して私が手を抜いているわけじゃないの、素でそうなってしまうのよ」

ラナが何やらやたらと長文で返してくる。それはどんな理屈か？

その表情は、無駄にキリッとしていた。それでごまかそうなんてそうはいかないぞ！

しかし、これ以上言ってもラナは聞いてくれなさそうだ。

そりゃあダンジョンの気分だったのに急遽予定を変更して試験対策しましょうなんて暴動ものかもしれない。そこは分かる。とてもよく分かっちゃう。俺だってゲーム気分だったのに強制的に勉強させられたら抵抗するだろう。

さて、どうしたものか。

俺は他のメンバーにも目を向けた。

ここギルド部屋には、試験対策会議において、シエラから苦手科目が多いと言われている人物、ラナ、エステル、ハンナ、カルア、リカ、ルル、パメラが集められていた。

そして、このメンバーが集まる発端となった人物であるシエラももちろん参加しているし、セレスタン、リーナ、メルト、ミサトの頭脳派人物たちにも来てもらっていた。

しかし残念ながら、この中でラナの勉強事情に口を出せる人物は皆無《かいむ》だった。

王女の名は伊達ではない。

仕方ないので進行役である俺はラナだけに向けるのをやめ全体に通知するように言う。

「もう一度言うが、再来週から期末試験が始まる。ここで赤点だった人は夏休み中、もれなく学園から補習というプレゼントを強制的に貰わされるので対策する必要があるな。夏休みにもダンジョンに潜りたいのなら、大人しく勉強しよう」

テストは座学と実技に分けられるが、特に座学が心配。

座学は〈一般授業〉の必修科目である国語、数学、歴史の3点。

そして〈戦闘授業〉の必修科目は、ダンジョン攻略、職業《ジョブ》、連携《パーティ》、特産《とくさん》の4点ある。

〈ダンジョン攻略〉はそのまま、ダンジョンを攻略するために必要な知識を得ることを目的に教えてくれる。ダンジョンの地図作製から始まり、採集物の採り方やモンスターとの戦闘方法まで様々なことを教えてくれる重要な授業だ。

〈職業《ジョブ》〉はそのまま、職業《ジョブ》に対する基礎知識、近接戦闘職や魔法職など、なにができるのか、それをどう活かすのか、他にどんな職業《ジョブ》があって、ダンジョンを攻略するために必要なのはどの職業《ジョブ》なのか？　など、俺の〈育成論〉に少し近いことを教えている。

〈連携《パーティ》〉も名前のまま、パーティでの戦闘方法や連携について教えてくれる。

なにしろダンジョンでは5人パーティでの行動と戦闘をすることがほぼ決まっているのだ。

どういう動きが仲間の動きを助け、ダンジョンで役に立つのか、ボスを相手にした連携などを教えてくれる。

最後の〈特産《とくさん》〉は全国のダンジョンで採れる素材、アイテム、装備などのことを指す。将来的に学園を卒業したとき、素材採集の依頼を受けたとして、それがどこで採れるか、何に使うのかを学ぶという特殊な授業だ。1年生は有名なところからだな（青森のリンゴから的なイメージ）。

これが結構重要で、例えば罠の生息域なんかも〈特産《とくさん》〉で習う。罠は採取できる資源扱いなので〈ダン活〉には「罠の産出地」というパワーワードが存在したりするんだ。

完全に暗記科目プラス地理のようなものなので〈特産《とくさん》〉が苦手という学生は多い。

補習が始まれば10日間の拘束だ。その間ダンジョンに潜ることはできない。

しかし、苦手科目がある人が割と多いのだ。

とても大変な事態だ。すぐに対策する必要がある。まずは共通認識としてギルド内に通知しなければならない。

しかし、再びラナが異議ありとばかりに手を挙げる。

「その試験対策でダンジョン時間を減らしていたら本末転倒よ！　なら今日ダンジョンに行ってもいいはずだわ！」

「いいわけないだろう⁉　成績上げてからダンジョン潜ろうぜ？」

補習を受け入れる気か？

結論、ラナも勉強会に強制参加決定。抵抗は封じる。

あとで何かご褒美でも用意しよう。

その後、助っ人にシズを呼び出し、なんとかラナを説得してもらった。

従者2人、エステルとパメラが役に立たなかったので仕方ない。

最終的には『毎日ダンジョンボスを狩りに行く。帰ってきたら勉強する』ということで落ち着いた。

「ゼフィルス殿申し訳ありません。ラナ殿下は夜にしっかり勉強させますのでご安心いただだければと思います」

「シズだけが頼りだ。頼むぞ」

「はい。言われるまでもありません。ラナ殿下には赤点なんて絶対に取らせません。私の命に代えましても」

「いや、そこは代えないでくれ」

とりあえず、夜はシズがラナの勉強を見てくれるということになった。

他のメンバーたちにはまず学力テストを行なってもらい、どのくらい勉強が苦手なのかを確かめる。

すると、みんなそこまで勉強が不得意ではないということが分かった。

シエラの苦手科目表には書いてあったが、あくまで苦手だ。

さすがに赤点取りそうな人がそうバンバンいてはたまらない。

ラナは、意外にもかなり高得点だった。苦手な数学で70点て、これ苦手ではないのでは？

「ラナ殿下は王宮で英才教育を受けて育ちましたから」

そんなシズの言葉に納得する。しかし、テスト勉強はするそうだ。王族が悪い点を取るわけにはいかないらしい。頑張ってくれ。

他のメンバーも、何かの弾みで赤点になる可能性はある。

みんなにも、苦手科目は夜時間にしっかり復習しましょうと通達した。

特に要注意なのがカルアとルルだ。２人とも成績がヤバい科目がある。

家庭教師が必要なレベルだった。

そこでカルアにはリカを、ルルにはシェリアに頼んで期末試験までの間、勉強を手伝ってもらえるよう頼んだ。

俺は女子部屋には入れないからな。

もちろん夜時間の話だ。

リカもシェリアも快く受け持ってくれたのでとりあえずこれで安心か。

しかし、復習だけでは分からないことも多いだろう。

期末試験期間でダンジョンには潜れないし、来週の日中は勉強会をすることに決定した。

ちなみにその日から、ラナのダンジョン欲求を満たすため〈猫侍のニャブシ〉狩りが始まったのだった。

許せ〈ニャブシ〉。


Dランク昇格試験の試験内容と対戦相手が決まった。

なんか学園が募集をかけたら対戦相手の立候補が凄い倍率になったという話だが、定かではない。

巷《ちまた》では〈エデン〉が対戦相手の引き抜きを行なうと噂されているらしい。

いや、そんなことは考えていなかったんだが……しかし考えてみれば確かにこれはチャンスだ。

なんか引き抜きされる気マンマンとのことなのでいい人がいないか見極めるとしよう。

試験内容はギルドバトル〈城取り〉〈10人戦〉〈四角形（障害物有り）〉フィールド。

ちなみに対戦相手とは、Dランク昇格試験を請け負う学生のギルドのことだ。

Eランクの練習ギルドバトルの時は教師の方が相手をしてくれたが、Dランク昇格試験では人数も10人と多くなるため、学園が学生に試験監督を頼んでいる形だ。所謂《いわゆる》アルバイトクエストである。

主に学園からクエストが発注され、それを受けてくれたギルドが対戦相手《試験官》になって実力を見てくれるというわけだ。Dランク相当の実力のあるギルドだと認められれば晴れて昇格である。

ちなみに実際に昇格試験の合否を決めるのは審判をしている教師なのでそこは心配しなくてもいい。

学生は試験官をすることで将来のためにもなるため学園側はこの制度を積極的に利用していた。

また、昇格試験の試験官を担《にな》うため、学園に選ばれたギルドはかなり優秀だし、学園からの信頼も厚いところから選ばれる。

ギルド側も学園からの依頼ということで内申点を稼ぐチャンスだし、非常に真面目に仕事をしてくれる。

上手い制度だな。

というわけで、今回俺たち〈エデン〉のDランク昇格試験を受けてくださるギルドだが、Dランクギルド〈花《はな》の閃華《せんか》〉というところに決まった。

このギルド、どこかで聞いたことがある気がするがどこだっただろうか？　思い出せない。

とりあえず試験は時間は金曜日、17時からで、第六アリーナにて行なうことになったので少し余裕があるな。選択授業の臨時講師の仕事が終わり次第、軽く学生たちに受け答えをする時間くらいは取れるだろう。

ギルドバトルの準備も着々と進んでいる。

装備を調えたりとかな。

ということで俺はC道にある〈ワッペンシールステッカー〉ギルドに来ていた。

「マリー先輩～。〈ダッシュブーツ〉は木曜日に納品してもらいたいんだけど間に合うか～？」

「誰に言うとんねん。余裕に決まっとるやろ。木曜日の放課後までには全部仕上げとくわ」

「さっすがマリー先輩だ。頼りになるぜ」

「兄さんは少し自重しよか？　この〈バトルウルフ（第三形態）〉の素材の山はなんなん？」

「ハハハ！　頑張って狩ってきたぜ」

「頑張っての域を優に超えとんのよな～。別に詳しく聞かんけど、うちのギルドは大助かりやし。でもうちらの仕事が増えまくってるんやけど？」

「嬉しい悲鳴だろ？　来週はもっとたくさん持ってくるぜ！」

「あまり持ってこられても過剰供給で買いたたくで！　けど、もしレシピがドロップしたら提供してな～。そしたら装備品半額で作ったるわ～」

さすがはちゃっかり者の商売人、マリー先輩だ。商売上手にノリ上手である。

デフレで買い叩かれるのは勘弁なので在庫はこっちで保管しておこう。

やはり〈空間収納倉庫《アイテムボックス》〉の入手が急務だな。

QP使って良い物をギルド部屋に設置しておこう。

ゲーム〈ダン活〉時代はデフレなんて関係なかった売値だが、現実だと売れないタイミングがある。

そうなるとある程度在庫を抱えておかなければならない。

続いて〈金箱〉産だ。中級下位《チユカ》の物でお高く買ってくれる品は売っぱらう。上級に行けば中級装備は換装だ。いらない物は売るに限る。ただしあまり高く買い取ってもらえない物はハンナの奉納行きだ。

ちなみにだが、リアル〈ダン活〉では通常の最高到達階層が中級上位《チユウジヨウ》なので中級装備は高値で取引されている。特に〈金箱〉産となれば動く桁がヤバい。

そういう価値ある装備品は、大体オークション行きだ。最近はがっぽり稼がせてもらっている。

ただ、オークションには枠があり、Eランクギルドはシングルオークションに掛けられるのは1品までと決まっている（月に一度開催）。ネトオクの方は2品（週に一度開催）、見ての通り枠が少ない。

そのため、余った物は全てマリー先輩のところに卸している形だ。

「んじゃこれな。中級下位《チユカ》で取れた〈金箱〉産で売れるのはこれで全部だ」

「おおきに～。まいどおおきに～」

今回は全部で7品マリー先輩のところに卸した。

全て中級下位《チユカ》のボスから取れる〈金箱〉産で、俺たちにはもういらない品なのでこの機会に売っぱらった。

もうじき中級上位《チユウジヨウ》に進出するのでそこで装備類を集める予定だからな。

ミールはいくらあってもいい。今のうちに稼ぐぜ。

マリー先輩はホクホク顔で〈金箱〉産を持って店の奥に消え、しばらくしたら査定表を片手に戻ってきた。

「これでどや？　〈バトルウルフ〉の査定表はもう数日待ってな」

「うは、すげぇ金額。あの〈金箱〉産、こんなに高値で買い取っていいのか？」

マリー先輩が持って来た査定表には今卸したばかりの〈金箱〉産の査定が書かれていたが、額がゲーム時代より2倍くらいお高い。3倍近い物まである。

「ええでええで。適正価格や。これでうちのギルドが損をすることはまずないから安心してええよ。今は欲しがっている2年生が多いねん。誰かさんのせいでな」

はて、何か含みのある言い方だが俺には心当たりは無い。

このリアル世界では、中級〈金箱〉産は貴重だ。故に売値がゲーム時代とは結構違う。し、そういうことだろう。

「んじゃ。了承っと。ここに入金頼むぜ」

「あいよ～。後、もし〈銀箱〉産の装備も余っているのあったら今なら高～く買い取るから、よろしゅうな～」

「おう。そりゃありがたいな。近いうちたくさん持って来るぜ」

俺は査定表にサインを入れて〈学生手帳《スマホ》〉を取り出し、マリー先輩に向ける。

マリー先輩も同じく〈学生手帳《スマホ》〉を取り出して俺のものに重ねるとピロリンッ♪　と入金が完了した。

またギルド資金が増えてしまったぜ。ふははは！

そんな感じにやるべきことを済ませ、今後に向けてギルドの資産を増やしつつ準備を進めていったのだった。これでDランク昇格試験の準備はほぼ整ったな。

第4話　下部組織《ギルド》創立！　よし、歓迎会を始めよう！

Dランク昇格試験も大事だが、ギルド〈エデン〉にはそれ以外にも大事なことがある。

下部組織《ギルド》の創立だ。

実は以前面接で合格した下部メンバーの交渉や移籍手続きが終わったのだ。

セレスタンとリーナには感謝しかない。

これでようやく下部組織《ギルド》を創立することができる。

そうして現在、新しい下部組織《ギルド》を申請するために下部メンバーたちと〈ギルド申請受付所〉に来ていた。

「これで手続きは完了だな。皆は今日から〈エデン〉の下部メンバーだ。これからよろしく頼む」

「「「「はい！」」」」

「「「「よろしくお願いします！」」」」

手続きが完了するといい返事が返ってきた。

ほぼ全員、あの大面接を勝ちあがってきたスペシャルメンバーたちだ。

今回手続きしたことで正式に〈エデン〉の下部組織《ギルド》に加わることになる。

メンバーは女子が９人、男子が１人。男子が少ないのはご愛嬌だ。女子が強い。熱意がすごい。

下部組織《ギルド》の設立と運営にはＱＰが掛かる。

今回設立のために2万QPを、運営維持のために千QPを支払った。

しかし、運営維持には毎月千QP支払わなくちゃいけないというのが地味にきついな。

Fランクだから最低額のはずだがそれでもこの値段だ。ミールに換算すると100万ミールである。

クエスト1回分と言い換えてもいい。

これが下部組織《ギルド》のランクが上昇すると、当然ながら運営維持費も上がる。

Eランクなら3千QP（300万ミール）。Dランクなら5千QP（500万ミール）も掛かる。

それも毎月。

しかし、これも引き抜き対策と思えば決して高くはない。優秀な人材はどこでも欲しいのだ。この値段で囲い込みができるのならやるギルドは多い。

ちなみに、今回のように下部組織《ギルド》の所属者が他のギルドへ移籍したい場合は、ちゃんと親ギルドに許可を取る必要がある。そうしないと囲い込みをする意味が無いからな。相応のミールやアイテムなどを親ギルドに納める必要があるのだ。

とりあえず、〈ギルド申請受付所〉から移動しよう。

まずは下部メンバーが与えられたというギルド部屋を見に行った。

懐かしきギルド舎A棟のFランクギルド部屋だ。

懐かしいとはいえ、つい2ヶ月ほど前の話だけどな。

「殺風景ですね」

「でも、ここから始まるって感じがします」

Fランクギルド部屋に入って初めて感想を言ったのは【歌姫】のノエルと【ラクシル】のラクリッ

テだ。

この2人は一番早く脱退の手続きが済んだためほとんどフライング気味に〈エデン〉の活動に参加していたメンバーだ。

おかげで2人ともLv30を超えて、この下部メンバーたちの中では頭一つ以上抜けた存在となっている。

「お話中に失礼させていただきます。新しく集まったメンバーですので、親睦を深めるため、何かレクリエーションを行ないたいのですが」

そう言って丁寧な言葉で話しかけてきたのは〈テンプルセイバー〉の下部組織《ギルド》、〈ホワイトセイバー〉に在籍していた2年生のアイギス先輩。

彼女もノエルたちと同じくフライング気味に〈エデン〉に参加していた組だ。

アイギス先輩は〈標準職〉の【ナイト】に就いていたのだが、現在は俺がプロデュースした例の条件を満たし、エステルと同じ【姫騎士】に〈転職〉していた。

まだ〈転職〉したばかりなのでLvは10と低いが、〈道場〉に行けばすぐにLv40までは上がるだろう。

え？　いつプロデュースしたのかって？　もちろんダンジョン週間中だ。

日中はダンジョン、夜は下部メンバーの交流と忙しい時間を過ごした。

アイギス先輩にも夜に時間を取ってもらい、しっかり【姫騎士】の条件を満たしたぜ。

【姫騎士】に〈転職〉出来た時のアイギス先輩は泣きそうな、でもちょっと困ったような顔をしていた。

でも最終的には喜んでもらえたよ。

後はいつも通りスラリポマラソンでLv6まで上げてから、初心者ダンジョン周回でLv10まで上げてもらった形だ。ここまでは簡単にLvも上がるので〈道場〉を使うのは勿体ないからな。

また〈転職〉に必要不可欠であった重要アイテム、現在国が使用を禁止している〈竜の像〉であるが、最近使用禁止の緩和が発表された。

これは教育機関である学園などで〈竜の像〉の使用禁止が問題となってしまったためだ。運営上の差しさわりはもちろんだが、何しろ保管している〈竜の像〉自体の量も多く、管理が難しいということもあり、完全に禁止にしてしまうと〈密転〉する者が後を絶たない状態となってしまったのだ。

ちなみに〈密転〉とはここ最近できた〈秘密に転職〉するという意味の造語である。密輸や密売なんかの親戚かなにかだろう。見つかるとペナルティを食らう。

それはともかく、この事態を受けて国は、ある一地域、機関などに特別許可がおりた者のみ〈転職〉の利用ができることを認めたのだ。

この特別許可を利用したいと学園長に相談。

以前入学式のとき、何か困ったことがあったら力になると言ってくださったので、相談に伺ったらわりと簡単に特別許可が貰えたのだ。

さすが権力者。ありがたやありがたや。

今度、何かお礼をしなければならない。

と、今はアイギス先輩が話しかけてきたんだったな。

「構わないよ。だけどそれはすでにこっちで用意してある。〈エデン〉のギルド部屋まで来てくれ、そこで歓迎会の準備をしているはずだ」

「え？　ええと、よろしいのでしょうか？　普通ならギルドメンバーの方々はサブメンバーの受け入れに難色を示すことも多いのですが」

アイギス先輩が言っているのはリアル世界の特有の現象だ。

そりゃ本来なら下部組織《ギルド》のサブメンバーは主力メンバーたちにとってライバルみたいなものだ。

いつ補欠と交代させられるかも分からない。

ギルドとして見たとき、上に行くには下部組織《ギルド》を作り、多くの人材を受け入れた方が断然有利に動ける。

しかし、個人で見たときは視点が１８０度変わってしまうのだ。

普通ならアイギス先輩の言うとおり、諸手を挙げてサブメンバーを歓迎するギルドの方が少ないのである。

アイギス先輩が在籍していた〈ホワイトセイバー〉での待遇が悪かったのも、そういった理由からだった。

しかし、〈エデン〉は問題ない。全員が自分に自信を持っているからな。

自信が付くようにあれこれ伝授したのは俺だが。

まあ、そんなわけで〈エデン〉に限って言えばそれは無用な心配だ。

「〈エデン〉のメンバーなら大丈夫さ。皆歓迎してくれるよ」

「そうですか？　では、せっかくですのでお言葉に甘えさせていただきます。皆さんもよろしいでしょうか？」

「いいですよぉ」

「はい。私も行きます。大丈夫です〈エデン〉の皆さんはとてもいい人たちですから」

アイギス先輩の確認に真っ先に答えたのはノエルとラクリッテだ。彼女たちはすでに〈エデン〉と交流があったので話はスムーズに進んだ。

そのまま10人全員で〈エデン〉のギルド部屋へ向かう。

さて、ちゃんと〈エデン〉の皆には紹介しないとね。


「ただいまー、新たなサブメンバーたちを連れて来たぞー」

「待ってたわ！　みんな、歓迎するわね！」

「ゼフィルス、もう準備はできているわよ。みんなをそっちの席に案内してくれるかしら？」

我が〈エデン〉のギルド部屋に入ると、そこは歓迎ムード一色だった。

文化祭なんかでしか見られない飾り付けが多数見られる。こりゃ、インテリア系のギルドに委託したみたいだな。

学生の身の丈にあった学園らしい飾り付けが部屋中に飾られていた。良い感じの雰囲気だ。

ラナが〈幸猫様〉を膝に乗せた形で手を振って歓迎してくれたが、俺にはその膝に乗っているお姿の方が気になって仕方がない。

しかし、シエラにサブメンバーの案内を任されてしまったので今は責任を果たすしかない〈幸猫様〉～。

〈幸猫様〉に後ろ髪引かれながらサブメンバーを案内していく。

「皆、テーブルに三角の名札が置いてあるから名前のところに座ってほしい」

ちなみに三角の名札は名前を覚えるために置いてある。さすがに人数が人数だからな。

名前と顔を覚えるのも一苦労だ。これからは仲間だからな。間違ってはいけない。

また、この三角の名札は〈エデン〉側のメンバー席にも置いてある。

サブメンバーへの配慮だ。

すでにほとんどの〈エデン〉メンバーは席に座っており、ハンナ、セレスタン、そしてシズがウェイターとウェイトレスをしている。

ハンナが〈空間収納鞄《アイテムバッグ》〉から取り出した飲み物をセレスタンたちが素早く、そして音すら出さずに配膳していく。さすがの高性能。

ハンナがなぜそっち側にいるのかは気にしてはいけない。

サブメンバーも席に着き、飲み物を配り終えたところで俺とシエラが、用意された特設台の上に上がる。というかこんなものまで用意してたのかよ。誰だこれを発注したのは、いらなくない？　せっかくだから上がるけど！

そんなことを思いながら歓迎の挨拶をする。

「みんな忙しい中集まってくれてありがとう。今日この日、俺たち〈エデン〉に新たな10人のメンバーが加わることになった。歓迎してほしい。〈エデン〉の下部組織《ギルド》、名称〈アークアルカディア〉のメンバーだ」

「「「おお～!!」」」

「いらっしゃい！」

「ようこそ〈エデン〉へ、歓迎しますよ」

俺が宣言すると共にみんなが下部メンバーたちに拍手を贈って歓迎してくれた。

下部メンバーたちは照れた様子でそれを受け入れている。

〈エデン〉の下部組織《ギルド》は名称〈アークアルカディア〉に決まった。

この名称を決めるのにかなり悩んだ。何しろ〈エデン〉の下部である。生半可な名前は付けられない。

まずは〈エデン〉に関連する名前で下部にぴったりな何かはないかと捜し求めたのだが、これはちょっと失敗した。〈エデン〉は天上の楽園の意味を持つので、最初は天下とかガイア《大地》とかガーデン《園》なんかでいいのを考えていたのだが、どうも決め手にかけたのだ。

天下とか、ちょっと同級生のギルドと名称被っちゃうしね。

そこで原点に立ち返り、俺は〈エデン〉の名称を決めたとき、どんなことを考えていたのかを思い出した。

あの時はそう、「〈ダン活〉の世界に入って実際に遊びたい!! 遊びまくりたい!!」という夢が叶って、はしゃぎまくっていたんだ。(今もだよ?)

この世界は俺が夢にまで見た理想郷であり、楽園だった。だから〈エデン〉の名を選んだ。

そう考えたとき、ふと頭に思い浮かんだのが理想郷の意味を持つ〈アルカディア〉だった。

だが、これだけだと〈エデン〉の下部組織《ギルド》としてなんか弱いと感じたので、『偉大な』『統治者・支配者・君主』などの意味を持つ〈アーク〉を加えた。〈エデン〉は将来的に誰も到達したことのないダンジョンの高みへと昇るのだ。ぴったりだと思った。

あと、〈アーク〉には方舟の意味もある。〈エデン《理想郷》へ向かう《昇格する》方舟〉と思えば〈エデン〉の下部組織《ギルド》という感じがしたので、〈アークアルカディア〉に決定した次第だ。

おっと長くなってしまった。各自紹介に移ろう。

「早速自己紹介に移ろうか、〈エデン〉のメンバーから行こう。それぞれ自己PRも頼むな。まずは知ってるかもしれないが、俺から行こうか」

まずはお互いの名前を知るところからだ。

すでにテーブルに置いてある三角の名札によって名前は判明しているが、1人ひとり挨拶することで印象に残るようにする。

俺とシエラがその場で軽く自己紹介し、他のメンバーも1人ひとり自己紹介していく。

大体自分の職業《ジョブ》やLv、所属専攻クラス、ポジション、攻略階層などを言っていく。

サブメンバーのみんなは〈エデン〉メンバーのあまりのレベルの高さに驚きを隠せないようだ。

まあダンジョン週間でLvが70越えした人もいるしな。1年生の夏休み前でこれだというのだからとんでもないぜ。

〈エデン〉の紹介も終わり、続いて〈アークアルカディア〉のメンバー紹介に移る。

「まずは〈アークアルカディア〉のリーダーを勤めることになったアイギス先輩から行こうか。アイギス先輩、頼めるか？」

「は、はい。承らせていただきます。低レベルでありますが、僭越ながら〈アークアルカディア〉のギルドマスターを拝命《はいめい》させていただきました。アイギスと申します。専攻は〈戦闘課2年31組〉、職業《ジョブ》は【姫騎士Lv10】です。最高攻略階層は中級上位ですが、〈転職〉したためLvは低くなっております。ポジションは前衛でアタッカーです。よろしくお願いいたします」

俺の指示で〈アークアルカディア〉のギルドマスターに就いたアイギス先輩が恐縮するように自己

紹介した。

正直、この世界の感覚から言うとLv10でギルドマスターというのはかなり低い。

ギルドマスターは能力の高い者がやるという風潮があるからだ。Lvが高く、能力が高く、リーダーたる人物こそギルドマスターをやる存在だと思われている。

しかし、アイギス先輩は〈転職〉する前は【ナイトLv75】という高レベルに位置していたということもあり、ダンジョンなどの経験は豊富。

どうせLv上げをしてサブメンバーは全体が横並びになる予定なので、ギルドマスターは経験者で選んだ形だ。

続いて【歌姫】のノエルと【ラクシル】のラクリッテが自己紹介を終える。

こちらはすでにみんな承知しているため割愛だ。

続いて仲良し3人娘の番となる。

「次は私たちだね。〈戦闘課1年1組〉に所属しているので知っている人も多いけど、改めてパーティ〈お姫様になりたい〉のリーダーをしているサチだよ。職業《ジョブ》は【魔剣士】、Lvは24。この前〈バトルウルフ〉を攻略したの。よろしくね！」

「はーい次私ね！　サチっちと同じく〈お姫様になりたい〉のパーティメンバー、エミだよー！　クラスも一緒！　職業《ジョブ》は【魔本士】でLvも24と同じ。よろしくね！」

「最後に私だね。サチとエミと同じく〈お姫様になりたい〉のパーティメンバーで、名前はユウカ。学年クラスも〈戦闘課1年1組〉と同じよ。職業《ジョブ》は【魔弓士】Lvは24。仲良くしてね」

出たな【魔装】系仲良し3人娘。

うちのクラスでもいつも3人でいる仲良しグループだ。

ウエーブの掛かったセミロングの茶髪にパチリと大きな瞳。赤を基調として色々とデコレーションの付いたカチューシャがチャームポイントのサチ。

【魔剣士】は【剣士】職の高位職。高の下に分類されている強力な職業《ジョブ》だ。

主に前衛で敵をバッタバッタ倒していく純アタッカーである。

必要なカテゴリーは特に無しということで、今回初めてノーカテゴリーの戦闘職メンバーが仲間に加わることになるな。

続いて、サチに近い色の茶髪をやや短めのボブヘアーにし、人懐っこい黄色の目をして、黄色を基調としたシンプルなデザインのカチューシャをしているのがエミ。

【魔本士】も【魔法】職の高の下に分類される、【魔装】シリーズの職業《ジョブ》である。攻撃、バフ、回復を得意としているので頼りになる職業《ジョブ》だな。

最後に、茶髪をシンプルなストレートにして、緑に近い青の力強い瞳を持ち、青に近い紫を基調とした一部花飾りのついたカチューシャをしているのがユウカ。

【魔弓士】は【弓士】職の高の下、2人と同じく【魔装】シリーズの職業《ジョブ》であり、強力な遠距離物理アタッカーだな。斥候もこなせるので扱いやすい職業《ジョブ》だ。

ちなみにパーティー名の〈お姫様になりたい〉は〈エデン〉の女子とノエルが原因だと以前教えてもらった。

〈姫〉になりたいのか。

〈乙女〉になりたいなら可能なんだが……。

こほん。この3人は職業《ジョブ》も髪の色も似ていて話し始めたら意気投合したらしい。本当にいつも一緒にいる。

多分〈戦闘課1年1組〉では一番仲がいいグループなのではないだろうか？

――ぬ、『直感』に感有り！　背筋に寒気が！　シェリア、なんで俺を見ているんだ？

いや、シェリアとルルのほうが仲が良いよな。俺が間違っていたよ。うん。

ふう。話に戻ろう。

この3人はCランクギルド〈乙女会〉に参加していたのだが、〈乙女会〉の方でトラブルがありメンバーが14人にまで減少。

サチ、エミ、ユウカはギルドの恩恵を受けられなくなり、自分たちでパーティ〈お姉様になりたい〉を作って自主的にダンジョンに挑んでいたらしい。

以前〈バトルウルフ〉を狩りに行くところで会ったな。あの時はノエルとラクリッテも加えた5人パーティだった。3人はノエルとラクリッテとも仲が良く、結構な頻度で一緒にパーティを組んでいたらしい。

ギルドの恩恵を受けられなくなった3人だが、しかしノエルとラクリッテとパーティを組めたことで問題は解消。

また、3人娘と俺は同じクラスということもあり、以前からダンジョンの攻略についてなどをアドバイスさせてもらっていた。それが功を奏したようで攻略は非常に順調の様子だ。

もっと言えば、彼女たちは俺の〈育成論〉の授業の最初の受講者でもあるので職業《ジョブ》の育成の仕方が良い感じになっている。そういうこともあり現在の1年生の攻略速度から考えて、彼女たちのパーティ〈お姫様になりたい〉はかなり上位の実力派パーティとなっていた。

しかし、Cランクギルド〈乙女会〉の不幸は収束を見せず、ついにDランクにランク落ちし、この機会にサチたちは脱退を決意。

だいぶ引き止められたとのことだが、ギルド〈エデン〉に加わりたいと大面接に挑んだとのことだった。

ウェルカムだ。

大歓迎である！

「次はぼくの番のようだね」

そう言って椅子から立つのは、眠たげな眼をし、少しくすんだオレンジ色の髪を1つの三つ編みで背中に垂らしている少女だ。

しゃべり方と髪型は大人びた印象を受けるが、未成熟な体型とちょっと半目、童顔、そして抑揚の乏しい声がこの子はロリだと全力で訴えていた。あとボクッ娘だ。ここ大事。

「初めまして、ぼくはニーコ。この〈迷宮学園・本校〉〈支援課1年2組〉で学び、ダンジョン中のアイテムを研究するために〈エデン〉に加入させてもらった。これから世話になるが、よろしく頼むよ。職業《ジョブ》は【コレクター】。Lv11だ」

独特のしゃべり方で自己紹介するのは、なんと〈支援課〉の学生だ。

〈エデン〉にとうとう〈支援課〉の学生が加わることになる。

「【コレクター】？　聞いたことがあるわね。確か、レアなドロップが集まりやすい職業《ジョブ》じゃなかったかしら？」

「その通りだよラナ殿下。いや、博識だ。補足するならドロップに関する補正というところか。レアにも通じるが、量にも補正が入るんだ。その代わり、戦闘力は微々たるものだけどね」

ラナの質問にさらに補足を加えて返すニーコ。

大人びた言葉選びではあるが、覇気の無い子どもっぽい声のせいで色々と残念だ。

もうちょっと声に気合いを入れれば大人っぽいのに、見た目の雰囲気が声まで浸食しているように感じる。

ニーコの説明に加えて俺も【コレクター】の重要性を語る。

「ニーコの言うとおり、ドロップ系に幅広い補正を受けられるのがこの【コレクター】だ。〈エデン〉はこれからDランクへ上がり、そしてさらにその上を目指す。そのために装備やアイテムを初めとした様々な準備が必要だ。ニーコにはその辺りを期待している」

「任せたまえよ勇者君。契約の通りステータスの振りもそちらに任せるしダンジョンにもなるべく足手まといにならない形で付いていこう。だから勇者君も珍しいアイテムが手には入ったら是非研究させてくれたまえよ？」

契約は成った。

俺とニーコの目が合い、お互いニコリと笑みをこぼす。

今は距離が離れているからできないが、近距離だったらガシッと堅いハンドシェイクを交わしていたことだろう。

【コレクター】はすごいぞ。今まで〈幸猫様〉の恩恵でしか倍ドンしなかった宝箱がなんと増える。

ユニークスキル『レアドロップコレクション』はボスからドロップする宝箱の数がたまに1個増える

のだ。レアボスなら計3個になる。

ちなみに宝箱の最大ドロップ数は4個までなので〈パーフェクトビューティフォー現象〉の上を目指すことができない。これは非常に残念だ。5個の〈金箱〉とか見たかった。

これだけでも凄まじい効果だがこれだけでは終わらない。

レアドロップ率のアップまで可能。それがスキル『レアドロップ率上昇』だ。

その名の通り、低確率ドロップのドロップ率が上昇するという破格の能力を持つ。Ｌｖ10まで育てれば、例えば〈上級転職チケット〉のドロップ確率がレアボスの2％から3・6％に上昇すると言えばどれほど貴重か分かるだろうか？

〈金箱〉が出やすくなり、逆に〈木箱〉が出にくくなったりするのだ。

またボスを最後に撃破することで効果を発動する『ラストアタックボーナス』は『レアドロップ率上昇』の効果をさらに高めてくれるなど、〈金箱〉を狙うときは必須と言うべき能力が揃っている。

ゲーム〈ダン活〉時代はこれに、宝箱のドロップをやり直させる『ワンリトライ』の能力《ユニーク》を持つ【ギャンブラー】と組み合わせて〈金箱〉狩りをしたものだ。

この2職を組み合わせ、〈小判〉〈幸猫様〉を初めとした様々な準備をした時、もう〈金箱〉が3回に1回くらいの確率でジャブジャブドロップするのだ。アレは楽しかった。

なお、両職とも戦闘スキルがほぼ無いか微妙なので基本3人でのボス戦となり、たまに全滅していたのはご愛敬だ。

〈『ゲスト』の腕輪〉を着けて戦闘スキルを使うと腕輪が壊れるので5人枠のパーティに入れるしかなかったのがちょっと辛いところだ。その代わりドロップは美味しいけどな！

しかしリアルではさすがに全滅はしたくないため、今回はその片割れとなる【コレクター】さんにのみお越しいただいた。【ギャンブラー】がいなかったというのもある。

ニーコに関してはミサトにこちらからスカウトをお願いした形だ。

今後のことを考えて、ドロップ補正は絶対に欲しかったので【収集家】系で良い子がいたらスカウト頼むとお願いしておいたのだ。

ミサトの候補に上がった【収集家】系職業《ジョブ》の3人のうち、高位職の【コレクター】に就いていたのはニーコだけで、性格的にも問題無かったためそのまま採用となった。

【コレクター】なら上級職の【トレジャーハンター】に〈上級転職《ランクアップ》〉できる。そうすれば攻撃力や斥候としての技能も生えるため、ニーコには期待している。

また、ニーコは研究者だ。

正確には将来的にアイテム研究家になりたいらしく、【コレクター】に就いたのも自分の夢を叶えるためだそうで、〈エデン〉加入の際、条件としてレアなアイテムを自由に研究させてほしいというものが含まれていた。

個人の持ち物はもちろんダメだが、〈ギルド〉の付属品であればそれはギルドメンバーの物。誰でも使ってもいいと、原則そうなっている。

ただ他の人が使う時は融通を利かせてほしいと言ってニーコもこれに了承し、無事契約は成った形だ。

ちなみにニーコは現在〈ダンジョン馬車〉を狙っているらしい。「〈2号〉でよければいつでも貸しだそう」と言ったら「ひゃっほう！　なんでもしようじゃないか！」という言葉を勝ち取った。

大人びていると思ったが、案外チョロい子なのかもしれない。

今後は〈小判〉を持たせたニーコを連れて中級下位《チユカ》を周回だな。目的は〈上級転職チケット〉だ。〈笛〉も貸し出すので何枚かドロップするのではないかというのが俺の考えだ。

ゲーム〈ダン活〉時代に実際にあった〈妖怪：後一個足りない〉の最大の対抗手段、〈物量攻撃、妖怪は死ぬ〉戦法である。

〈エデン〉に5枚の〈上級転職チケット〉が揃う日は近い。ふははは！

ニーコの自己紹介が終わり次へと進む。

「次は私だね」

ニーコの隣に座っていた女の子が立ち上がってペコリと頭を下げた。

あまり整えられていないボーイッシュなショートの紫髪がサッと揺れ、同じく紫の目は力強く、気が強そうなスポーツ女子を思わせる。飾り気は無く、見るからに体育会系といった雰囲気だ。

身長はエステルに迫るだろう、健康的な脚が美しい。

「私もニーコ君と同じく〈支援課1年2組〉に所属している、カイリという。以前はEランクギルド〈アドベンチャーズ〉で活動していたのだけど、諸事情あって〈アークアルカディア〉でご厄介になることになった。職業《ジョブ》は【シーカー】でLv13。まだまだ初級者だけど、将来的には頼れる探索者になれるよう頑張る所存だ。担当はダンジョン道中での罠や隠し通路、宝箱発見、斥候、索敵など行なうことになる。よろしく頼む」

そう言って再びペコリと礼をするカイリ。

全員が拍手を送る。

実はカイリもニーコと同じく、こちらがスカウトした組の1人だ。

職業《ジョブ》は【探索者】系の高位職、高の下【シーカー】。

【探索者】系の職業《ジョブ》はその名の通り、ダンジョン探索に特化した職業《ジョブ》だ。

カイリの言った通り、斥候から索敵、罠の発見に解除、宝箱の探知に隠し部屋や隠し通路の発見もでき、地図の作製技能も持つ。さらに上級職になれば上級ダンジョンから発生する地形についても対処が可能で、ついでに採集系にも多少の補正を持っている。

正直、戦闘以外ならどこでも活躍できる万能職業《ジョブ》だ。

その代わり、戦闘関係のスキルは1つも無い。完全に探索特化構成である。

戦闘力はあまり期待できないが、ダンジョン道中だけを見ればかなり強力な職業《ジョブ》だ。

今後、上級ダンジョンへ進出するにあたり、非常に面倒な地形が登場する。

砂漠、火山、氷雪地帯、雪山、樹海などなど。地形ダメージなんかも登場するようになる。

そういう場所ではアイテムである程度防げたり切り開《ひら》けたりも可能であるが、やはり【探索者】系の職業《ジョブ》持ちが1人いると安心だ。

いないと絶対行き詰まるからな。

ちなみに近い系統に【冒険者】というグループもあり、こちらは戦闘にも精通している、しかしその分探索においては微妙な部分も有り器用貧乏になりがちだ。生産職が戦闘をやるようなものに近く、どっちつかずな部分がある。

そのため、どちらかというと戦闘は戦闘職、探索なら【探索者】系を使おうというのが俺の考え方だった。

もちろん【レンジャー】や【ハンター】などと組み合わせて欠点を補いつつ【冒険者】を使うのもありだ。

これは人の好みにもよるな。

改めて俺はメンバーに【探索者】の有用性を語る。

「上級は地形がネックになる。実は〈サンダージャベリン号〉では走破できない悪路も盛りだくさんになるし、隠し通路やギミックがあって下の層への道が隠されていることもある……そうだ。そんなときに【シーカー】がいれば攻略が容易くなるだろう」

上級ダンジョンのことなので、聞いた話だ的な感じにしつつ語った。

「昔〈キングヴィクトリー〉を散々苦しめたという地形のことね。当時王子だった現国王様が【シーカー】をメンバーに加え、難関を突破したと聞くわ」

そう補足してくれるのはシエラだ。

初見の上級では【シーカー】もしくは【探索者】系上級職を入れるのは正解だ。

隠し通路とか、ゲームではヒントがあったけどすごく見逃しやすかったし、【探索者】系を入れておかないとまず攻略できないだろう。いや、できなくはないが、【探索者】無しでやろうとしたら、どんだけ時間を食われるか分からない。

当時の王の判断は英断と言えるだろう。

「ほへぇ」

シエラの話を聞いてハンナがほへる。

メンバーのカイリを見る目が変わったな。

「ふふ、期待が熱いな。私にできる限りのことはさせてもらうつもりだ。頑張らせてもらうよ」

カイリはそう恐縮そうに苦笑いして席に着いた。


こんな優秀な職業《ジョブ》をEランクギルドに所属させておくなんて勿体ない。

カイリがもともと所属していたギルド〈アドベンチャーズ〉は【探索者】や【冒険者】、〈採集課〉や〈罠外課〉、そして〈調査課〉など様々な分野の職業《ジョブ》持ちが在籍するギルドだった。

そこだけ見れば優秀な人材の宝庫と言えるギルドだろう。

ただ欠点を挙げるとすれば戦闘職がほぼいなかったことだ。

故にダンジョンで成果を上げられず、ギルドバトルすら挑めず、ずっとEランクギルドに甘んじていたらしい。

〈アドベンチャーズ〉に所属するメンバーはその才能を生かし切れず、埃を被りまくっていたのだ。

そこに登場したのが我らが頼れるスカウトマン、ミサトだ。

俺の要望通り、【探索者】系、できれば【シーカー】を頼む、という依頼を遂行するためミサトが直接〈アドベンチャーズ〉に乗り込み交渉。

〈アドベンチャーズ〉には【探索者】の3年生が2人、そして【シーカー】のカイリが所属していたので、まずカイリが候補に挙がったのだ。

また、【冒険者】ですっごい売込みをかけてきた人もいたらしいが、【冒険者】の高位職【ビッグアドベンチャー】ならともかく、中位職の【冒険者】はいらないので断ったとのことだ。

カイリは性格的にも問題はなかったため、〈エデン〉の要望通り、【シーカー】のカイリに決まった形だ。

選ばれなかった【冒険者】の人は膝から崩れ落ちて眼から大量の汗を流していたらしい。

ミサトが「たはは～」と言いながら、そう報告してくれた。口ぶりからその人はミサトの知り合いだったっぽいが。

「いいのか？」と聞いたらいいらしいのでそのまま【シーカー】のカイリを採用し、引き抜いて今に至る。

すまんな【冒険者】の人。

そういえば、その人は「ならば俺は自力で合格してみせる！」と言っていたらしいが、その後どうなったのだろう？


ここまでのサブメンバー。

アイギス【姫騎士】。

ノエル【歌姫】。

ラクリッテ【ラクシル】。

サチ【魔剣士】。

エミ【魔本士】。

ユウカ【魔弓士】。

ニーコ【コレクター】。

カイリ【シーカー】。

計8人がここまで自己紹介してくれた。

あと2人だな、そのうちの片方が席から立ち上がる。

「やっとうちの出番な！」

その姿は、またもロリ。

このギルドロリ度高くないかと思う。

ただ、今回のロリはそこらのロリとは違う。何が違うのかというと、この子はこの体型こそが種族の標準体型なのだ。

「うちはアルル。種族は「ドワーフ」や。こんななりしてるけど普通に標準体型だからその辺よろしくな。所属は〈鍛冶課1年1組〉、職業《ジョブ》は【炎雷鋼《えんらいこう》ドワーフ】Ｌｖ19。生産職特化型で育成してる鍛冶師やからダンジョンにはあまり行きはせんけど、その代わり武器の作製、強化、メンテナンスなんかは任せてな」

そう、彼女アルルは「ドワーフ」だ。

ゲーム〈ダン活〉では様々な需要にお答えし、「ドワーフ」もしっかり登場する。

ラノベなんかで登場するドワーフと基本的に同じ体型で、男子キャラは高校生なのにもっさり髭を蓄えており褐色肌、背は小さく小太りから力士に近い体型だ。

女子キャラは髭はもちろん無し。高校生だけどロリが標準でハンナやメルトよりも小さい。ルルよりは大きいが。褐色肌で、女子はドワーフのシンボルとして小さなハンマーやハンマーのアクセサリーなどを身に付けている。

ちなみになぜ女子だけシンボル《ハンマー》を身につけているかというと、「ドワーフ」女子は言われなければ人間と見た目が変わらないためだ。耳が少し尖っているが、それだけではロリ「エルフ」とも間違われるので女子だけシンボルとしてハンマー系の何かを持っている仕様だった。

アルルは赤毛の髪を背中に届くくらいに伸ばして水色のリボンで留めており、髪と同色のパッチリと大きな瞳をしている。

装備はかなり涼しそうな作業服、なぜか彼女だけ制服ではなく装備姿だった。

肩で留めるタイプを着て腕と脚はかなり露出度が高い。それ作業服なの？　とも思うがＨＰが仕事をしてくれるので火花が散っても肌が傷つかないのだろう多分。

頭には目を保護するためのゴーグルを着け、腰の作業ベルトポーチには金槌などの作業道具が入っていた。根っからの鍛冶職人のようだ。

アルルが言ったように彼女は【鍛冶師】だ。

〈ダン活〉では人間が就けるただの【鍛冶師】もあるが、実は1種類しか職業《ジョブ》がなく、しかも中位職で、ドワーフ鍛冶師には劣るという性能だ。

そのため【鍛冶師】系の生産職を入れる場合は「ドワーフ」を使えというのが〈ダン活〉プレイヤーの常識だった。

アルルの職業《ジョブ》はそんなドワーフのカテゴリーの中でも高位職、高の上に分類される【炎雷鋼ドワーフ】。育成によって戦闘型にも生産型にも両方の使い手にも到達できる「ドワーフ」最強の職業《ジョブ》の1つだ。

戦闘職に育てるなら、魔法やタンクとしても活躍できる。

火属性と雷属性に特化しておりかなり強かった。

だが、アルルが選択したのは生産特化だ。この生産とは鍛冶という意味になる。

鍛冶特化だな。

金属製の装備品を、炎を使って作ったときに得られる補正や数値は【炎雷鋼ドワーフ】が一番高かった。これは絶対ギルドに欲しいと思っていたんだ。

いなければ誰かスチル《見た目》のいい「ドワーフ」に〈転職〉を持ちかけようとしていたのだが、まさかアルルがそのまま〈エデン〉に加入してくれることになったのには驚いたな。

どうしてか聞いてみたところ、実はアルル、マリー先輩と同郷で、しかも姉妹のように仲がいいらしい。どうりでなまり口調が似ているはずだ。体型も似てい――ゲフンゲフン、マリー先輩は人間だ、それは関係なかったな。

まあその関係で、マリー先輩の口利きによりミサトに紹介してもらったという経緯がある。

マリー先輩ありがとう！


また、生産職のアルルを採用した理由だが、もうすぐ〈エデン〉は上級ダンジョン進出することになる、しかしここにちょっとした問題があった。

ゲーム〈ダン活〉時代は普通の店やC道の生産ギルドで普通に加工し生産してもらっていた上級装備。

しかしだ、リアルではそれを行なえる人材がほぼ皆無という非常事態が発生していた。

上級ダンジョンの装備やレシピを加工し作製できるのは、上級職だ。

上級職の生産職でないと上級ダンジョンの素材を満足に弄ることはできない。いやできなくはないが品質は低下し、能力は下がり、できあがる装備はあんまり強くはない。本来の強い装備は作れない。

下手をすれば失敗し素材が減るだけの結果になることもある。

それでは素材が勿体無いということで、ゲーム〈ダン活〉では上級ダンジョンで手に入れた素材は上級職で加工するというのが常識だった。

しかしこの世界では中級上位ダンジョンがほぼ最高峰。

生産職は下級職でも十分通用し、さらに生産職はダンジョンに行かないため〈上級転職チケット〉も手に入らない。

つまり、上級職の生産職がほぼ皆無なんだ。この世界は。

これからは、生産職の上級職も自分のギルドで育て上げなくてはならないかもしれん。いや、かもではなくマジでそうなるだろう。

これは大変だと慌ててミサトに「ドワーフ」も頼むと依頼し来てもらったのがアルルであった。マリー先輩、あとでいっぱい素材持っていきます！　喜びそうなやつを！

ちなみにアルルはCランクギルド〈ドワーフの集い〉という〈ワッペンシールステッカー〉に勝るとも劣らないエリートギルドで期待のルーキーだったらしく、しかもドワーフ目線ではかなりの美少女だったようで、それはそれはあの手この手で引きとめられたそうだ。

しかし、アルルは「髭校生とか、ちょっと守備範囲外なんよ」というドワーフ女子とは思えない発言で髭男子たちを撃沈し、〈エデン〉に加入した猛者である。

補足するとアルルの好みは聞いていない。なぜか聞こうとしたら『直感』が警報を鳴らしたのだ。未だになぜ『直感』が作動したのか分かっていない。

本人からの自己紹介が一段落したので俺からもアルルを紹介する。

「アルルは〈ドワーフの集い〉ギルドで将来を期待されていた飛び切りの【鍛冶師】だったんだ。将来的には〈上級転職チケット〉を使って上級職に転職し、上級装備を作製して〈エデン〉を支えてもらう予定だ。きっと最高の武具を作ってくれるだろう。本当に、なんで下部組織《ギルド》に入ってくれたんだってくらい優秀だそうだ」

「むふふ。そう褒められるといい気になるようち。まあ、〈エデン〉に来た理由は単純なんよ。マリー姉がよく言ってたんや。ゼフィルス兄さんは、いや〈エデン〉は素材の鬼だってな。そんな場所で素材に一切の不自由なく鍛冶ができたら最高やん？」

「ああ、なるほどな！」

どうやら考えが逆だったようだ。素材を大量に集める〈エデン〉だからこそ、優先的に素材を供給してくれるので下部組織《ギルド》に入ったというのが理由らしい。

さて、９人目は生産職だった。

〈エデン〉の下部組織《ギルド》はまだ生産職はアルルだけだが、今後は少しずつ増やしていきたいと思っている。

次が最後だな。

〈アークアルカディア〉で唯一の男子だ。

「じゃあ最後だな。レグラム、頼めるか？」

「了解した」

俺の頼みにクールに了承し席を立ち上がるのは、一言で言えば貴族のイケメンだ。

ホワイト寄りのブロンド髪をマッシュウルフに近い髪型にしている。水色系の落ち着いた眼がクールだ。

全体的にキラキラした、なんというか乙女ゲームのヒーローみたいな印象を受ける男子である。

「レグラムだ。〈戦闘課1年8組〉に在籍し、主に前衛アタッカーを務めている。職業《ジョブ》は【花形彦《はながたひこ》Lv22】。以前よりゼフィルスには大きな借りがあり今回ギルドへ応募させてもらった。加入したからには足手まといにならないよう全力を注ぐつもりだ。よろしく頼む」

そう簡単に自己紹介すると周りから拍手が飛ぶ。

すると、当然のようにメンバーから気になるという質問も飛んだ。

「よろしくね。私はシエラよ。それでゼフィルスに大きな借りがあるとはどういうことなの？」

「私も気になるわ。またゼフィルスが何かやらかしたの？」

「おいラナ。いつも俺が何かやらかしているみたいに言うのはやめてもらおうか？」

ラナが失礼なことを言い出したので即で訂正を求める。

しかし、返ってきたのは「何言ってるの？」みたいな眼だった。解《げ》せぬ。

しかし、女子たちの多くはシエラやラナと同意見らしく、レグラムに解を求める眼をしている。

レグラムが予想外の展開に面食らいつつも話し出した。

「いやなに、ゼフィルスにとっては大したことはなかったのだろう。俺が勝手に借りだと思っているだけだ。以前に一言、アドバイスをもらい受けた。俺が【花形彦】に就けたのは間違いなくそのゼフィルスのアドバイスのおかげだろうと確信している」

「アドバイスねぇ。ゼフィルスって本当にいろんな所でそんなことしているのね？」

「あ〜。まあ。誰でもってわけじゃないけどな。たま〜にな」

レグラムの言葉に「またか」みたいな視線を寄越すラナ。

いやだって仕方なかったんだって。これには深い理由があるんだ。

あれはいつだったか。

夜の訓練場でなんか熱心に剣を振り回し、難しい顔をしたキラキラした男子がいたんだ。

このキラキラを見た瞬間、俺はそれが「人種」カテゴリー「男爵」のシンボルであると確信したね。

「男爵」のカテゴリーは〈ダン活〉の中でも異色中の異色。

まず女子のシンボルは〈チョーカー〉なのに対し、男子のシンボルはキラキラエフェクトである。

「男爵」のカテゴリー持ちは、何か行動する度にキラリとするのだ。

髪をかき上げたらキラキラ、身を翻《ひるがえ》せばキラキラ、剣を振り続ければもうキラッキラだ。

また、「男爵」の男子は、職業《ジョブ》【イケメン】に就くことができるため、かなり整ったイケメン顔をしていることが多い。というかイケメンしかいない。

イケメンでキラキラ光っていたら「男爵」。これ〈ダン活〉プレイヤーの常識。

もちろんこれだけでは終わらない。

「男爵」が異色中の異色と言われる所以《ゆえん》はその男子の優遇措置にこそある。

〈ダン活〉では男性プレイヤーの心を掴むため、主に女子キャラや女子専用職業《ジョブ》がとても優遇されていた。

その代表となるのが〈姫職〉である。

しかしだ。何をとち狂ったのか開発陣の誰かがこう言った、「〈姫職〉があるなら、〈彦職《ひこしょく》〉があってもいいだろう？」と。

俺も雑誌のインタビュー記事を読んだだけなので詳細は分からないが、開発陣の間でこれが大いに揉めたらしい。

結局なんか徹夜続きでハイになったテンションで下級職を2職作ったところでアイディアが無くなり、そのまま企画がおじゃんしたとかなんとか。

寝て覚醒した開発担当者はいつの間にか完成していた〈彦職〉を見てこう呟いたらしい「まったく覚えていない」と。

どんだけヤバい状態だったのか、想像を絶するな。

しかし、せっかく作った職業《ジョブ》だ。活かさない手は無いとかで、「男爵」のカテゴリーにだけこの〈彦職〉が加わった。

〈彦職〉は〈姫職〉と同系統。つまり強力な職業《ジョブ》だ。

「男爵」の名声値（スカウト値）はたったの20。「姫」は名声値１５０である。

でも強さはほぼ横並び。

もうね、とんでもないことをしてくれたよね開発陣は。男子をなぜ１５０にしなかったし。

〈彦職〉以外の「男爵」職業《ジョブ》が弱いのが原因だけど！

「男爵」と「子爵」は男と女で就ける職業《ジョブ》が違うという特殊仕様だったからなぁ。

それで〈彦職〉の能力だけどな、むっちゃ強いんだよ。

俺たち〈ダン活〉プレイヤーは、これによってどんなイケメン嫌いな人でも最初はイケメン男爵を使わざるを得なくなったほどだ。

この影響でイケメンが大好きになっちまった男性プレイヤーも少なくないと聞く。

恐ろしい影響だった。

長くなったがレグラムが就いているこの【花形彦】こそ、〈彦職〉の一角だ。前衛で、剣を武器に戦い、アタッカーで自己回復も使え、自己バフもこなし、さらには馬に単騎騎乗することもできる、まさに貴族の中の貴族といった職業《ジョブ》だ。

こんな職業《ジョブ》が手に入る機会を逃して良いと思うだろうか？

俺もゲーム〈ダン活〉で初期の時代、この〈彦職〉、【花形彦】と【彦スター】には散々世話になったのだ。ちなみに【彦スター】はアイドル系なのでバフ特化だった。

そしてリアル化した〈ダン活〉でも、〈彦職〉は加えたいと思ってしまったのだ。

まあ、当時はもしかしたら将来的に〈エデン〉に組み込むかもなぁと思って【花形彦】の発現条件を満たすアドバイスを、ほんのちょっとだけ送っといたのだがまさか、本当に【花形彦】に就いて巡り巡って〈エデン〉にやってくるとは。当時の俺はナイスとしか言いようがない。

それにレグラムがあの時のことを本当に恩に感じていて、面接の時、他のメンツとはもの凄く加入への意気込みの温度差があって目立っていた。

他の男子たちが女子にばかり目が行っていたのに対し、レグラムだけは誠実に前を向いていたしな。

ちなみにこれは後で聞いた話だが、どうもレグラムには婚約者がいて他の女性にはあまり目が行かないらしい。すげぇな。ちょっと羨ましいと思ったのは内緒。

また、「男爵」はイケメンすぎて、まあ小さい頃から女性に対し耐性ができるとも言っていた、結構苦労したような口調で。うむ、深くは聞くまい。

セレスタンの性格面の調査も〈合格〉が出ており問題無かったため今回〈エデン〉に採用となった。

10人目は男子、〈彦職〉【花形彦】のレグラム。

俺は君を大歓迎する！

「アイギス【姫騎士】。ノエル【歌姫】。ラクリッテ【ラクシル】。サチ【魔剣士】。エミ【魔本士】。ユウカ【魔弓士】。ニーコ【コレクター】。カイリ【シーカー】。アルル【炎雷鋼ドワーフ】。レグラム【花形彦】。以上10人、これが〈エデン〉の下部組織《ギルド》、〈アークアルカディア〉のメンバーだ。皆、仲良くしてくれたら嬉しい」

各自、自己紹介も終わり改めて最後に俺が締めるとたくさん拍手が鳴り響く。

全員高位職で、高の上が【姫騎士】【歌姫】【ラクシル】【炎雷鋼ドワーフ】【花形彦】の、なんと5人。残りの5人は【魔剣士】【魔本士】【魔弓士】【コレクター】【シーカー】は高の下だが。

〈アークアルカディア〉のメンバーもかなり強力なメンバーだ。

ゲーム時代、下部組織《ギルド》というのはレギュラーとの交代要員であったり、脱退させるのに抵抗があって残していたりという使い道が大半だった。

それは、ゲームでの下部組織《ギルド》がそういう使い道しかできず、探索もオートだったからだ。

そりゃ下部組織《ギルド》がレギュラーたちと同じように運営できたら下部組織《ギルド》の意味がない。レギュラーが増えるのとほとんど同じ意味だ。人数の上限を設定している意味がなくなってしまう。

故に、ゲーム時代の下部組織《ギルド》は探索後の報酬も微々たるもので、プレイヤーにくれる素材・装備も少なく、ただのＱＰの食いつぶしでしかなかったわけだが、リアルだとその扱いがかなり変わる。１８０度くらいに。

なんとリアルは自由に下部組織《ギルド》のメンバーと交流することもできるし、ゲームではできなかった下部組織《ギルド》のサブメンバーとレギュラーのメンバーでパーティを組み、合同攻略なんかもできる。

下部組織《ギルド》を必要以上に支援することもできるし、逆に下部組織《ギルド》に指示を出し、必要な素材などを集めさせることなんかもできるようになるわけだ。

ゲームとリアルの格差がすごいな。夢が膨らみまくる！

唯一と言っていいできないことといえば、ギルドバトルの合同参加くらいのものだろう。

ギルドバトルはギルド同士のバトル。別ギルドのメンバーは基本的に参加不可である。もちろん下部組織《ギルド》でもだ。

ただそれを除けば自由すぎるほど自由だ。もう第二の〈エデン〉とか、〈エデン〉二軍と言ってもいいレベルである。

もうゲーム時代と違いすぎて大変やべぇんだけど！

〈エデン〉はまだEランクなのに合計25人もメンバーがいていいのだろうか？　いいんだな？

OK！　ゲーム時代、上限人数の関係で散々悩んでメンバーから外してしまったメンバーもガンガン入れよう！　いや、でもここはリアル。永遠の補欠とか可哀想か？

うん。少し落ち着け俺。やっぱりシエラたちと相談しながら決めていこうか。

頭の中で考えが二転三転クルクルしながら、とりあえず今後のギルドの方針について話っていく。

「もうすぐ〈エデン〉はDランクに上がる。上限人数も上昇して20人になるから、5人分の枠ができる。基本、〈アークアルカディア〉から〈エデン〉に昇格してもらうことになるだろう。近々初の昇格試験を行なうだろうな」

そこまで言うと〈アークアルカディア〉のメンバーたちがざわめく。

まあ、近々昇格する機会があるというのだ。気合が入るだろう。

「ここまでで質問のある人」

「じゃあお言葉に甘え、一言いいかな？」

「お、ニーコか。どうぞ」

俺が聞くと手を挙げたのは【コレクター】であり未成熟研究者のニーコだった。

「ぼくの職業《ジョブ》はダンジョン専門だからね。昇格試験は辞退しておくよ。ぼくは〈エデン〉からもらえる品さえあれば満足さ」

ニーコの言葉に今度は〈エデン〉メンバーも含めてざわざわする。

昇格の辞退とは、この世界の感覚からすれば本来ありえない。

それは、この世界ではギルドバトルが一種のステータスとなっており、ギルドバトルで優秀な成績を修めた者こそエリート街道を突き進める、という風習があるためだ。

実力主義のこの世界において、自分の成果を魅せる場であるギルドバトルこそ、何よりの目標なのだ。

しかし、Cランクになることができない下部組織《ギルド》はギルドバトルを行なうことも限られてくる。

観客だってランクが上の方が注目される、お偉い方々は基本Bランク以上のギルドバトルしか見に来ないなどもあり、あえて下部組織《ギルド》のまま終わりたいと思う者はほとんどいないのだ。

だが、ニーコの職業《ジョブ》は【コレクター】。まあギルドバトル向けの職業《ジョブ》ではないよな。

「思い切りがいいなぁ。了解だ。ニーコはダンジョンの方に注力してくれ」

「うむ。そちらは任せてくれ」

「よし、他に質問やコメントはあるか？」

「んじゃ、うちもいい？」

「いいぞアルル」

「うちも生産職やし、戦闘能力は全然ないかんなぁ。ニーコはんと同じく昇格はしなくてええわ。というか〈上級転職チケット〉使わせてもらうことになっとるんやから、レギュラー入りまで目論んだら罰が当たるわ」

おっと、ニーコに続き【炎雷鋼ドワーフ】のアルルもか。

まあこれも仕方がない。〈エデン〉も〈アークアルカディア〉も戦闘系のギルドバトル専門だ。

生産職は戦えない。基本は戦えない。（重要なので2回）

アルルの場合は俺が〈上級転職チケット〉を余分に入手したとき、アルルを〈上級転職《ランクアップ》〉させることも話しているため、辞退したようだ。

まあ、この世界では上級職は一握りの存在しかなれない。たとえギルドバトルで結果を残せていなくても上級職というだけでどんなところにも引っ張りだこだ。

しかも生産職で上級職とかほぼ皆無なので将来的に引く手数多だろう。ギルドバトルに参加する理由がないのである。

故に下部組織《ギルド》でも構わないらしい。

他にも募ってみたが、昇格試験を辞退したいのはこの2人だけのようだ。

「では、他の8人が〈エデン〉加入の有力候補だな。それと、覚えていてほしいのは基本下部組織《ギルド》が昇格の有力候補であるのは変わりないし、皆のことは俺たち〈エデン〉のメンバーがレベル上げなんかも手伝うけど、それでも外部から優秀な人が加入する場合もあるというところだ。この5人の枠に必ず〈アークアルカディア〉のメンバーが選ばれるわけじゃないから、そこは留意していてほしい」

　要は〈エデン〉が昇格しDランクになって上限5枠増えたとしても、その枠に〈アークアルカディア〉が必ず選ばれるわけではないということだ。

「はい。そこはサブメンバーも全員了解しております。他のギルドでも普通のことです。問題ありません」

　俺の言葉に同意したのは〈アークアルカディア〉のギルドマスター【姫騎士】のアイギス先輩だ。

　ちなみにサブメンバーとは下部組織《ギルド》の意味である。

　本当はこの5人の枠は全て下部組織《ギルド》からレギュラー入りをさせてあげたいのだが、シエラとメルトから待ったが掛かった。それはダメらしい。

　下部組織《ギルド》の人をレギュラー入りさせないというのはもちろんダメだが、レギュラー入りさせるのを下部組織《ギルド》サブメンバーだけに絞るのも危険らしい。

　これは他のギルドでもあることだが、補欠《下部ギルド》がいるにも関わらず、他の上級職の人の引き抜きに成功して一足飛びでレギュラー採用することがよくあるためだ。

　要は、あるとき〈上級転職チケット〉が偶然ドロップし、まったく注目していなかった学生が急に上級職になったとして、引き抜きに自分の下部組織《ギルド》へスカウトしても頷いてくれるわけがない。当然レギュラー入りを確約しないと首を縦に振ってはくれないだろう。

　そういうことだ。

　ということで、悪いが〈アークアルカディア〉のサブメンバーは〈エデン〉メンバーの最有力候補という位置づけとなることを了承してもらった。

他にも〈エデン〉の下部組織《ギルド》としての注意点などを語った。うちには色々と秘密が多いからな。

終わる頃には遅い時間になってしまったため、〈エデン〉恒例の歓迎会&親睦会を含めたパーティを開催し、〈エデン〉〈アークアルカディア〉の友好を深めた。

おっと、忘れてはいけない〈エデン〉の最後のメンバーも紹介しておかなければな。

「〈アークアルカディア〉のみんな、ちょっと前に集まってくれ。とても大切な仲間を紹介しよう」

「ああ、あれね」

「ええ、いつものあれよ」

「先ほどラナ様の膝から回収していきましたからね」

うむ。〈エデン〉メンバーは気が付いているな。

「なになに?」と集まってくる〈アークアルカディア〉のメンバーを神棚の前に集め、俺は胸を張る。

「我が〈エデン〉の御神体様にして猫の神。〈エデン〉の最後のメンバーである〈幸猫様〉と、最近加入した〈仔猫様〉である!」

ババン! と背後に文字が浮かびそうな勢いで神棚に我が〈エデン〉の御神体様を並べて紹介した。

歓迎会&親睦会をやると言ってみんなに準備を手伝ってもらったときの隙を突いて、俺はラナから〈幸猫様〉を取り返していたのだ! 頑張った。

おお、素晴らしき御神体。思わず頭を下げてしまいたくなってしまいます〈幸猫様〉～。

ありがたや～ありがたや～。

さらにそのお側にちょこんと置かれるのは〈猫ダン〉でドロップした小さな猫、〈仔猫様〉だ。

今まで攫われる危険があったので出さなかったが、これからパーティだ。

是非お二方にも楽しんでもらいたい。そして〈アークアルカディア〉を紹介したい。

「かわいーー！」

「何これーー！」

「うっ、撫でてみたい」

ふ、仲良し3人娘が〈幸猫様〉と〈仔猫様〉の魅力にやられてしまったようだ。

だがおさわりはダメだぞ？　お祈りをするんだ。

「まず俺が見本を見せよう。こう祈るんだ。おお〈幸猫様〉〈仔猫様〉～新しいメンバーが加わりました、どうか俺たちに『幸運』をお与えくださいませ～」

俺は〈アークアルカディア〉のメンバーたちの前で手を2度打ってお祈りした。

すると、オレンジ色のグロウな光がギルド部屋に溢れる。

「わあ。これは、綺麗ですね」

「び、ビックリしました。これが〈幸猫様〉？　〈仔猫様〉の力？」

「幻想的な光だな。美しい光景だ」

ノエルとラクリッテがグロウな光に感動したように言う。

レグラムもこの光景に目を見張っているようだ。

もちろん〈アークアルカディア〉だけではない。

パーティ準備をしていた〈エデン〉メンバーも一時その動きを止め、部屋の光景を見つめていた。

「懐かしい光景ね」

「そうですね、シエラさん。最初の〈エデン〉創立の時を思い出します」

「へえ。〈エデン〉の時もこれやったんだね。その時から〈幸猫様〉はいたのかい？」

「はい！　〈幸猫様〉とは〈エデン〉ができたときからの付き合いです！」

シエラとハンナがしみじみと言い、【シーカー】のカイリがそれに食いつき、ハンナがそれに応える形で話を広げ始めた。

そうして少しずつ〈エデン〉と〈アークアルカディア〉の距離は縮まっていく。

今ので〈アークアルカディア〉のメンバーにも『幸運』が生えたはずだ。

今日はゆっくりとパーティを楽しんでほしい。

そして明日からは本格的に〈アークアルカディア〉始動だな。

第５話
学園・情報発信端末・誰でもチャット掲示板24

788 ：名無しの冒険者2年生

聞いてほしい。
俺な、〈転職〉の確認をしに行ったんだ。
そしたらな。高位職が1つも無かったんだ。

---

789 ：名無しの神官2年生

そうか。知ってた。

---

790 ：名無しの錬金2年生

あっそ。それより聞いてよ、剣士ったらね、
またCランクギルドに〈ランク戦〉挑んで負けたらしいわ。

---

791 ：名無しの冒険者2年生

俺の深刻な話を流さないで!?

---

792 ：名無しの剣士2年生

僕も巻き添えになってるっす!?

---

793 ：名無しの支援2年生

まあまあ落ち着け。
うむ、〈転職〉の特別許可制度ができて、せめて自分に高位職が
発現しているのかどうか見に行くだけの学生が急増しているな。
冒険者のように崩れ落ちる学生も多くなってきた。

794 ：名無しの調査3年生
そうね。

確か、「現在どのくらいこの制度が適用される学生がいるのかを調査する」、という名目で〈転職〉の前段階、ジョブ一覧だけを確認して高位職の発現状況をチェックする。という内容だったけど、私の調べではチェックした7割近い学生が煤けた背中をしていたわ。

795 ：名無しの神官2年生
今最もセンセーショナルな話題だからな。
流行に乗り遅れないためにも参加する学生は多いと聞くぜ。
その分ゾンビの量産も進んでいるらしいが。

796 ：名無しの魔法使い2年生
ゾンビなら復活してるでしょ。
でも今はショックで寝込む学生が急増しているのだわ。
表現するならヒッキーの量産かしら？

797 ：名無しの剣士2年生
どっちでもいいっすよ!?

798 ：名無しの調査3年生
そうね。
もうすぐ期末試験だから。
挑戦するならこれが終わってからの方が良いわ。
夏休みならたくさん引きこもれるわよ。

799 ：名無しの斧士2年生
ヒッキーになることが前提か!?
それはともかくセンセーショナルな話題と言ったら1つ提供したいものがあるのだが。
いいか？

800 ：名無しの冒険者2年生
せめてこの悲しみを癒やす何かの提供を期待する。

801 ：名無しの釣師1年生
あ、じゃあ冒険者さん一緒に釣りに行きましょうよ。
釣り針を垂らしている間は心が浄化されますよ。

802 ：名無しの罠外3年生
甘いな1年生。
俺たちは学生。心の癒やしと言えば青春の話題しか無いだろう？
冒険者よ、俺と一緒に一夏の思い出を作りに行かないか!?

803 ：名無しの女兵1年生
へっ!?
罠外さんと冒険者さんってBとLなの!?
どっちがBで、どっちがL!?

804 ：名無しの罠外3年生
違うわ!?
一緒に女の子をナンパしに行こうぜって話だよ!?
どんな勘違いしてんだ！
あとBとLには何か役回りの意味があるわけじゃないからな!?

805 ：名無しの女兵1年生
そ、そうなんだ。残念。

806 ：名無しの剣士2年生
ざ、残念がってるっす……!?
でも一応冒険者さんを慰めようとしての話っすよね。
意外に冒険者さんって人望があるっすよね。

807 ：名無しの斧士2年生

それでは提供させてもらおう。

先ほど知り合いから聞いたのだが勇者氏が〈ギルド申請受付所〉に向かったとの情報を聞いたのだ。〈エデン〉ではないメンバーを多数連れてな。

808 ：名無しの調査3年生

それね。私の方でも掴んでいるわ。むしろ現場にいるわ。

そしてたった今申請が終わったみたいよ。


聞きなさい。

〈エデン〉に下部組織《ギルド》ができたわよ。

809 ：名無しの冒険者2年生

ひぃぃぃぃぎゃあぁぁぁぁぁぁぁぁ!!??

塩！　傷口に塩を塗り込む！　どっさりとぉぉぉぉ!?

810 ：名無しの支援3年生

す、凄いな。

ふむ。確か冒険者のギルドは〈エデン〉から直接勧誘があったと聞く。

冒険者は見向きもされなかったようだが。

811 ：名無しの神官2年生

その後に大面接のことを教えてもらい応募するも……まあ後は知っての通りだったからな。

期待させておいて一気に傷口を抉るその手腕。

さすが調査先輩だぜ。

812 ：名無しの盾士1年生

ひ、人事じゃないわ！

わ、私だって運が味方すれば今頃あっちの一員になっていたはずなのよ！

813 ：名無しの錬金2年生
そうよそうよ！

814 ：名無しの神官2年生
いや、錬金は無理だろう。

815 ：名無しの冒険者2年生
うおぉぉぉ！

引き抜きやめてくれー！

俺んとこのギルドがますます弱体化するー！

816 ：名無しの盾士1年生
むしろ私を引き抜いてー！

817 ：名無しの支援3年生
かるく阿鼻叫喚だな。

まあ、引き抜きは学園で正式に認められた制度だからな。

QPだって動いているのだ。これを取りやめることは本人の意思で拒否する以外は無い。

脱退する気が起きないくらいギルドメンバーを厚遇《こうぐう》するしかないだろうな。

818 ：名無しの冒険者2年生
さ、希望はどこ!?

819 ：名無しの魔法使い2年生
頑張りなさい。

それしか言えないのだわ。

820 ：名無しの神官2年生

具体的に言うとだな。
冒険者よ。Dになれ。
戦闘職をギルドに入れろよ。

821 ：名無しの冒険者2年生

……以前戦闘職で募集したら誰も来なかった。

822 ：名無しの神官2年生

……まあ頑張れ。
調査先輩。それで件のメンバーの詳細早《は》よ！

823 ：名無しの調査3年生

少し待ちなさい。
これから詳しく調べ上げるわ。
なにしろ、うふふ。あの面接に加わっていないはずの子もいるみたいだし、ね。
これは調査のし甲斐《がい》があるわ。

それと、これだけは判明しているわ。
〈エデン〉の下部の名は、
――〈アークアルカディア〉よ。

199 ：名無しの調査3年生

〈エデン〉の下部組織《ギルド》、〈アークアルカディア〉の調査が完了したわ。

200 ：名無しの支援3年生

さすが調査3年生だな。
仕事が早い。

201　：名無しの盾士1年生
聞きたくない！
でもちょっと聞きたい……。

202　：名無しの神官2年生
どっちだよ!?
いやまあ、盾士は不合格になってるからな。
合格者を知りたくない、けど〈エデン〉新メンバーの情報は知りたい、
そんな気持ちがせめぎ合っているのか？

203　：名無しの錬金2年生
くっ、なぜ私はその中に入っていないの？

204　：名無しの神官2年生
いや、錬金は無理だとあれほど。

205　：名無しの調査3年生
では発表させてもらうわね。
とは言っても人物名はここ《掲示板》では言えないのだけど。

206　：名無しの剣士2年生
ということは今回有名人は無しっすか？

207　：名無しの調査3年生
そうね。
優秀どころが揃っているみたいだけど、みんな名家の出というわけ
ではないわ。
まずは知っているところからいきましょうか？

この掲示板から見事に合格を果たしたのは2名。
歌姫1年生と狸盾1年生ね。

208 ：名無しの歌姫1年生

うふふ。合格してしまいました！

すっごく嬉しいですね。

209 ：名無しの狸盾1年生

わ、私も、僭越ながら、合格をいただきました！

210 ：名無しの盾士1年生

ふぐぅぅっ！

211 ：名無しの神官2年生

はい、ふぐぅいただきました。

212 ：名無しの女兵1年生

羨ましすぎて涙が止まらないわ。

213 ：名無しの商人1年生

なんてことなの。

祝えばいいのか嫉妬すればいいのか分からないじゃない！

214 ：名無しの神官2年生

いや、祝ってあげろよ勇者ファン。

仲間だろ？

215 ：名無しの錬金2年生

仲間？

216 ：名無しの剣士2年生

なぜそこで疑問を持つっす!?

217 ：名無しの調査3年生

まあまあ、落ち着きなさいあなたたち。

彼女たちは良くやったわ。
〈エデン〉は完全実力主義よ。
そこに入れたのだから彼女たちの実力が本物ということ。
祝ってあげなさいな。
歌姫ちゃん、狸盾ちゃん。おめでとう。

---

218 ：名無しの歌姫1年生
ありがとうございます調査先輩。
みんなの羨望を背負ってこれからは〈エデン〉で頑張ります。

---

219 ：名無しの狸盾1年生
わ、私も！　か、加入できたからには全力で頑張ります！

---

220 ：名無しの盾士1年生
うう、羨ましい。
羨ましいけど頑張れ2人とも～。

---

221 ：名無しの錬金2年生
私も近々そちらに行くわ。
待っていなさいね。

---

222 ：名無しの神官2年生
応援、と思わせて錬金のは全然応援じゃないぞ!?
ただの願望だ!!

---

223 ：名無しの調査3年生
さて次に移りましょうか。
実はここ《掲示板》に参加していない勇者ファンからも3名合格者が出ているの。

---

224 ：名無しの商人1年生
にゃ、にゃんですって!?

225 ：名無しの女兵1年生

それは本当なの調査先輩!?

226 ：名無しの調査3年生

ええ。とある戦闘課の1年生で仲良し魔装3人娘と言われている子たちよ。

確か、歌姫ちゃんと狸盾ちゃんと同じパーティを組んでいたとか。

パーティ全員合格なんて、さすが1年生勇者ファンのトップパーティね。

227 ：名無しの盾士1年生

あの子たちかー！

ガチな超優秀パーティじゃないの！

228 ：名無しの商人1年生

あのお姫様パーティがまるごと〈エデン〉に加わったの!?

く、やっぱり一番じゃないとダメだというの!?

229 ：名無しの女兵1年生

完全実力主義!!

逆に言えば勇者ファンでトップに立てばワンチャンある？

230 ：名無しの調査3年生

だから言ってるでしょ、ワンチャンどころか採用確定まであるわ。

これまで以上にがんばんなさい。

目標ができたことでやりやすくなったでしょ？

231 ：名無しの盾士1年生

も、燃えてきたわーー！

次こそ！　次の面接こそ私は採用を勝ち取るわよーー!!

232 ：名無しの女兵1年生

ふふ。私こそ合格よ！

えいえいおー!!

233 ：名無しの商人1年生
えいえいおー!!

234 ：名無しの剣士2年生
盛り上がってるっすね。

235 ：名無しの調査3年生
さて、次に行きましょうか。

今度の情報はまた凄いわよ。

なにしろ面接関係無しに、勇者君がスカウトしたらしいわ。

236 ：名無しの冒険者2年生
ふぐぅぅ!!

237 ：名無しの神官2年生
冒険者のふぐぅはいらん。返品だ！

238 ：名無しの調査3年生
このスカウト組が3名、いえ4名、かしらね。

Eランクギルド〈アドベンチャーズ〉から1名、Cランクギルド〈ドワーフの集い〉から1名、そして研究塔から見習いが1名。

最後に未確認情報だけど、元Aランクギルド〈テンプルセイバー〉の下部、〈ホワイトセイバー〉から1名が移籍しているわ。

ちなみに、全員女子よ。

239 ：名無しの神官2年生
ちょっと待ってくれ！
情報が処理しきれない。特に最後が。
まあ〈アドベンチャーズ〉に関しては耳ダコだが、
まさかCギルドから移った猛者《エリート》までいるとは。

240 ：名無しの魔法使い2年生

特に〈ドワーフの集い〉は有名なのだわ。

タンク担当御用達、近接アタッカーも御用達と聞くわ。

正直実力はBどころかAに相当すると言われている超エリートギルドよ。

確かC道のほうが立地がいいからという理由でランク上げをしていないと聞いたのだわ。

---

241 ：名無しの支援3年生

6つの壁と言われる不動のCランクギルドの1つだからな。

そこから〈エデン〉に移ったか……。

これは何を意味するのか、調べねばならん気がする。

あの〈ダンジョン馬車〉の時のような、何かとてつもない情報を秘めている気がしてならん。

---

242 ：名無しの神官2年生

なるほど。そういう見方もできるのか……。

〈エデン〉は戦闘系のギルドだ。

確かに生産系のメンバーを入れるのに違和感がある。

魔法使いが言ったように、用があるのなら御用達にした方がいい。

わざわざ引き抜くには理由がある、というわけだな。

---

243 ：名無しの支援3年生

また、我が後輩にあたる支援課からも移動があったと聞くな。

だがこれは順当だ。

我らの支援無くして上は目指せん。

上を目指すには必ずサポートがいるからな。

---

244 ：名無しの冒険者2年生

いいセリフだ!!　メモメモ。

245 ：名無しの神官2年生

冒険者よ……支援課なのに知らなかったのか？

246 ：名無しの支援3年生

そして最も注目すべきは、最後の元Aランクギルド、
〈テンプルセイバー〉の下部からの移籍者、だな。
これはあの騒動に関連した可能性が高いとみていいか。

247 ：名無しの神官2年生

Aランクギルドの変動だな。
〈テンプルセイバー〉がBランク落ちした。
つい先日の話だし、記憶に新しいな。
確かにあれで多くの脱退者を出したと聞くが。

248 ：名無しの支援3年生

うむ。
大体の者たちは下部である〈ホワイトセイバー〉に吸収されたが、
問題なのは〈ホワイトセイバー〉の受け入れ枠が溢れたという点だな。
しかし、〈ホワイトセイバー〉のギルドマスターが方々のギルドに
駆け回り受け入れ先を探したため、そこまでの騒ぎに発展することなく事態を収めた。
だが、元Aランクギルドから人材が流れたという事実は変わらない。

249 ：名無しの神官2年生

その受け入れ先の1つが〈エデン〉だったということか？
いや、あそこは親衛隊と勇者ファンが守ってる。
どんなギルドでも面会どころかアポすら取れないで？
どうやったんだ？

250 ：名無しの支援3年生

そこまでは分からんが、事実移籍に成功している。
〈ホワイトセイバー〉のギルドマスターは優秀だ。

きっと何かしらの方法で縁を結んだに違いない。
元Aランクの人材が〈エデン〉に加わったのだ。
これでますます戦力が増強されただろう。

---

251 ：名無しの神官2年生
うわ、マジかよ。
どんどん雲の上の存在になっていくな〈エデン〉は。

---

252 ：名無しの盾士1年生
嘘よ。
私たちの守りを突破するなんて。どんな方法を使ったのよ！

---

253 ：名無しの錬金2年生
私が賢兎さんに頼んで用意してもらった枠なのよ!?
横から掠め取るだなんて、許せないわ。

---

254 ：名無しの調査3年生
まあまあ落ち着きなさいあなたたち。
勇者君が直接〈ホワイトセイバー〉に向かったという情報もあるの。
もしかしたら勇者君がスカウトをしに乗り込んだのかもしれないわ。

---

255 ：名無しの女兵1年生
それはそれで羨ま許せない！

---

256 ：名無しの剣士2年生
そ、そういえば調査先輩、加入者って全部女子だったっすか？
男子はいないんっすか？

---

257 ：名無しの調査3年生
話し変えてきたわね。良い判断よ剣士。
そうね、たった1人だけいるわ。
次のクラス替えで1組になるのではないかと有力視されている

1年生よ。

258 ：名無しの神官2年生

ぐ、またエリートか。

しかし、採用10の中で9人が女子、男子は1人？

ずいぶん偏ってるな。

259 ：名無しの賢兎1年生

男子って、女子ばっかり見てくるんですよ。

そういう人は全員落とします。

260 ：名無しの冒険者2年生

ドキッ！

261 ：名無しの神官2年生

ビクッ！

262 ：名無しの罠外3年生

グハァ!?

263 ：名無しの調査3年生

そういうことよ。

男子で〈エデン〉に加入したい人は、誠実に生きることね。

第6話　〈アークアルカディア〉メンバーの育成開始！

新しいメンバーの歓迎会&親睦会を開いた翌日、今日は水曜日だ。

朝クラスに出向くと憂鬱そうにしたラナが机に頬杖をついているのが目に入った。

近づくと側にいたエステルが軽く会釈をしてくれたので手を軽く上げて返す。

「おはよう。なんか憂鬱そうだなラナ」

「おはようゼフィルス。はあ。私も新メンバーたちとダンジョン行きたいわ」

「おはようございますゼフィルス殿。ラナ様は今日の放課後に帰省の打ち合わせがありますから、朝からこの調子です」

なるほど。

エステルの解説に納得する。

どうやらラナは今日と明日行なわれる〈アークアルカディア〉メンバー育成レベリングへの参加ができなくて、さらに面倒な打ち合わせもあってテンションが下がっているらしい。

そういえば今日と明日はラナが用事でギルドに参加できないという話だったな。

それに伴い、従者と護衛であるエステル、シズ、パメラも付いていくため不在である。

まあ、なんと言うか間が悪かったとしか言いようがない。

金曜日はDランク試験の日だし、土曜日と日曜日は〈バトルウルフ（第三形態）〉狩りをするため

〈アークアルカディア〉には関われず、休みが明ければ期末試験期間が始まって2週間はダンジョンに入れない。

ラナが〈アークアルカディア〉に関われるのはかなり先になってしまうだろう。

しかし、落ち込んだラナが可哀想なので代案を練って励ますことにした。

「期末期間中はダンジョンには入れないが訓練場には入ることが可能だ。さすがに勉強もあるから全員参加はできないだろうが、少しくらいなら関われる機会を作ってもいいかもしれないな」

「それよゼフィルス！　私のかっこいい姿を見せてあげるわ！」

まさかそれが本音じゃないよなラナ？

しかし、あくまで期末期間中だ。後ろにいる従者が許可してくれるかは分からない。

俺が視線をエステルに向けると、ハッと察したラナもエステルに振り向いた。

「ねえ、エステル。ちょっとくらいなら構わないでしょ？」

「そうですね。気分転換くらいなら構いませんよ」

なんか簡単に許可が下りた。

いいのだろうか？

「エステル、勉強の方は大丈夫なのか？」

「はい。シズから苦手科目の進捗もそれほど悪くないと聞いております。さすがラナ様です」

「あ、そうっすか」

なんかエステルの目が曇っているようにも見えなくもなかったが、従者がいいというのならいいのだろう。

じゃあ期末試験の準備期間にも訓練場で多少の練習なんかをやることを〈学生手帳〉のギルドチャット機能を使って皆に知らせておこう。

後でシエラと詳細を打ち合わせないとな。

勉強をおろそかにするわけにもいかないが、気分転換は重要だ。その辺の案配《あんばい》を決めておこう。


そんなことを決めて放課後。

ラナはエステルとシズに手を引かれ、悲しそうな顔をして去っていった。

それを軽く手を振って見送り、俺たちはサブメンバーとダンジョンに行く。

集合は〈初ダン〉と〈エクストラダンジョン〉の中間地点にある、とある広場だ。

サブメンバーは全員参加。我が〈エデン〉はサポート要員も兼ねて8人が参加する。

合計18人となると結構大所帯だ。邪魔にならないように隅に寄るが、なんか他の学生から注目されている気がするのは気のせいじゃないかもしれない。

「おい、あれ見ろ」

「〈エデン〉だ。〈エデン〉のメンバーがいる！」

「はぁ、勇者さんはいつ見ても格好いいわぁ」

「いやいや、他の女子メンバーの方がすばらしい。〈エデン〉の女子は強くて綺麗で美しいとか最強だよ！」

「しかし、見ない人たちがいるな。ほとんど1年生のようだが」

「おいおい君は掲示板を見ていないのかね？　あれは〈エデン〉が昨日新しく創立したという噂の下

「俺は見たぞ！　昨日の掲示板はもはやお祭り騒ぎだった。阿鼻叫喚とも言うかもしれないが部組織《ギルド》だよ」

「え？　おいおいおい、昨日だったのかよ!?　完全に見落としてたぜ。ちょっと見てくる！」

「いってらー」

なんかざわざわしている。広場に集合は間違ったかもしれない。時間短縮のためダンジョン近くに集合にしたが、ここは打ち合わせをするにはちょっとうるさすぎるようだ。今度からギルドで打ち合わせを済ませてから出発しようと決める。

とりあえず今日は仕方ないので予定が書いてあるスケジュールを持ちながら皆に説明していく。

「さて、今日は4チームに分かれてダンジョンを攻略する。とりあえずの目標は全員が初級ダンジョンから卒業することだ。〈アークアルカディア〉組はLvも低いし、ほとんどのメンバーが初級中位ダンジョンまでしか攻略できていないからな。〈エデン〉のメンバーがサポートしつつ、まずはダンジョンを攻略して〈攻略者の証〉を揃えよう」

昨日も軽く説明したことなので誰からも疑問の声は出ない。

〈攻略者の証〉を手に入れたら次は〈道場〉でLvアップする予定だ。

「ではチーム分けを行なう。表はこれだ。Lvと攻略階層を加味した上で大体みんなの実力が横並びになるようにした。Aチームは【コレクターLv11】のニーコ。【シーカーLv13】のカイリ。【炎雷鋼ドワーフLv19】のアルルだな。アシストにうちの防御担当シエラと回復兼アタッカーの俺が付く。今日は〈熱帯の森林ダンジョン〉と時間があれば〈石橋の廃鉱ダンジョン〉も回る予定だ」

「分かったわ」

「いきなりスパルタだね。2つもダンジョンを回るのかい？」

俺の提案にシエラは頷くが、他のメンバーはざわついた。ニーコが瞼を開けてまん丸の目をしているぞ。しかし、これは決定だ。なに、問題ない。俺たちが慣れているからな！

Aチームのメンバーは見てのとおり非戦闘職のメンバーだ。

ビックリすることに実はこのメンバー、初級下位《ショッカー》1つすら誰も攻略したことがないのである。

Lv19のアルルですら生産でレベル上げしたため、初級下位《ショッカー》への入ダンはしたことがあるが、素材採集だけで攻略はしていないらしい。ニーコとカイリは道中のモンスターは倒したことはあるが、ボス戦をしたことはないとのことだ。まあ、仕方ない。

彼女たちは戦闘職じゃないからな。

ということで、タンクのシエラと俺でキャリーすることに決定した。

「続いてBチームだが、仲良し3人娘とリカ、カルアのチームでレベル上げだ」

「了解した」

「よろ」

「「「よろしくお願いします！」」」

俺が連絡するとBチームで集まる。

ちなみに仲良し3人娘とは【魔装】シリーズ系の職業《ジョブ》を持つ、【魔剣士Lv24】サチ、【魔本士Lv24】エミ、【魔弓士Lv24】ユウカ、の3人娘のことだ。同じクラスなのでリカとカルアも知り合いだし仲良くできるだろう。仲良し3人娘のノリが体育会系なのが気になるが。

ちなみに仲良し3人娘はすでに初級中位《ショッチュー》を3つ全て攻略済みなのだが、次の初級上位《ショッコー》の入場がLv

25からなのでレベルが足りていないのが残念。彼女たちBチームはレベル上げ組だ。初級中位《ショッチュー》の証を3つ持っているので〈道場〉はランク4（Lv30からLv40）まで利用可能だな。今日はランク3（Lv20からLv30）に行ってきてもらおう。時間があればランク4にも挑戦するのも良しだ。

またヒーラーがいないように思うがエミが回復系の魔法を使えるのでリカの防御力とあわせれば問題も無いだろう。

「Cチームは、【歌姫Lv32】ノエルと【ラクシルLv32】のラクリッテだ。サポートはメルトとミサトが担当だ」

ノエルとラクリッテは〈アークアルカディア〉でもトップのLvの持ち主だ。

前回のダンジョン週間の時、〈エデン〉のリーナ、メルト、ミサトと組んでダンジョンに行っていたためLvがかなり育っている。

彼女たちもレベル上げだ。〈道場〉のランク4に行ってきてもらおう。

「最後のDチームは【姫騎士Lv10】アイギス先輩と【花形彦Lv22】のレグラムだ。サポートはルルとシェリア。レグラムには悪いがまずアイギス先輩のレベル上げに協力してほしい。それが終わったらレグラムの最後の証を取りに行く」

「問題ない」

俺の頼みにレグラムがクールに頷いた。助かる。

Dチームはひとつ問題がある。まずアイギス先輩は中級中位《チュウチュウ》の証を3つ持っているためいつでも〈道場〉に通うことが可能だ。

しかしレグラムは初級中位《ショッチュー》を2つしか攻略しておらず〈道場〉のランク3までは受けられるがラン

ク4は受けられない。

つまりこの2人は誰とも足並みが揃えられないチームである。

そのためまず〈道場〉のランク2（Lv10からLv20）でアイギス先輩をLv20に上げ、次にレグラムが攻略していない〈デブブ〉を狩り、それが終わってから〈道場〉ランク3、ランク4と進める計画だ。

時間はたった2日、しかも放課後しかないが、できるところまで進めておきたい。

俺は再度全員に確認し、皆はそれぞれのダンジョンへと向かっていった。


4チームに分かれ、その内3チームは〈道場〉に向かい、残りの1チーム、Aチームだけはそのまま〈初ダン〉へと足を進め、まずは初級ダンジョンの入門とも言われる〈熱帯の森林ダンジョン〉に入ダンした。

馬車は無いが、最短ルートは俺の頭に入っているため放課後でも日帰りは十分可能だ。

10層しか無いしな。

そして現在ここのボス、クマのような見た目なのに分類上アリクイの〈クマアリクイ〉を屠《ほふ》ったところである。

「ガアァ……」

「うわ、激強やん」

戦闘開始からたった十数秒で〈クマアリクイ〉がエフェクトに消え、少し訛った口調のアルが両手槌を肩に担いだままおったまげたとでもいいそうな顔をして言う。

「ま、これくらい朝飯前だな」

「もうＬｖもカンスト間近だものね」

以前はそれなりに時間の掛かったボスだったが、さすがに今のＬｖの俺たちに掛かれば秒殺だ。

さすがに自慢するのもなんなので普通に告げ、シエラも少し苦笑しながら応える。

多分シエラも以前〈クマアリクイ〉と戦った時と比べているのだろう。なんか複雑そうだった。分からなくもない。

苦戦した思い出深いボスが弱っちく感じてしまうと、なんか切ない気持ちになるんだよな。

苦戦した記憶は無いけど。

しかし、アルルたちにとってはかなりの強敵で、攻撃スキル無しでは厳しいボスである。

激弱ボスの〈クマアリクイ〉といえど立派なボス。

俺とシエラに向けるアルルの視線が輝いていて、俺とシエラはさらに苦笑せざるを得ない。

ちなみにだが、アルルは例の作業着装備だ。一部頭装備だけはレザー系のタレ耳のような顔の側面を守るガードの付いた帽子を被っていたが、それ以外は昨日の親睦会の時と同じ装備だな。

本人曰く。

「この装備にはな、職人の魂が宿っててんねん」

とのことだ。ドワーフの魂ならハンマーとかに宿るんじゃない？　と思ったが口には出さなかった。

「ふむ。ドロップは〈木箱〉か、残念だね」

「まあ仕方ないさニーコ君。探索は始まったばかりだ、これからいろんな出会いがあるさ」

「うむ。楽しみだよ。ぼくも早くレベルを上げたいね」

〈支援課〉の２人、ニーコとカイリはすでにボスは眼中に無く宝箱に目がいっていた。

さすが、彼女たちは宝箱などが専門だ。戦闘のことはあまり興味がないらしい。

【コレクター】のニーコや【シーカー】のカイリは正直初級下位《ショッカー》ではあまり役に立たない。

【コレクター】は〈初ツリ〉だと道中モンスターのドロップ量を上げるくらいしかできないからだ。ボスのドロップを増加したりレアドロップをゲットしたりするには〈二ツリ〉や〈三ツリ〉のスキルが必要になってくる。

【シーカー】はそもそも初級ダンジョンに罠が無い。完全に無いわけではないが本格的に出始めるのは初級上位《ショッコー》からなので罠に関しては活躍できない。道中の宝箱、隠し扉も同様だ。

最初にできることといったら採集量のアップと地図作成、索敵などだろうが、今はあまり必要ないな。【シーカー】が活躍するのはまさに中級からだ。

よって、彼女たちは一言で言えば暇なのだ。ただ付いてくるだけだしな。

ただ、戦闘中被弾するとあっという間に戦闘不能になるため、その辺の注意事項なんかは口頭で伝授してある。

これにはしっかり聞いてくれるので後は自由にさせていた。

また、彼女たちの装備だが、ニーコは研究者らしく学生用の初心者装備に白色のローブの上着を着て、頭に紺のベレー帽を被っているスタイルだった。うーむ研究者っぽい。

武器は〈アイスロッド〉という『アイスボールＬｖ２』が付与された〈銀箱〉武器。なんか昔のハンナを思い出すな。

しかし、ニーコの装備は完全に初級下位《ショッカー》装備だな。この先通用しないので近々換装させるとしよう。

カイリは軽装だ。動きやすさをメインにした運動着のような装備で二の腕が出ているタイプ。短いスカートにスパッツみたいなショートパンツ、スラッとした足はしなやかな筋肉を持っている。靴も運動靴でとても動きやすそうに見える。武器は右手に持っているボウガンだ。

おそらく走り回って狙いを定めさせないようにしながら、自分はガンガン攻撃することを目的にした装備だろう。

ただこれも初級中位《ショッチュー》まではいけるだろうが、その先は厳しいな。カイリも近々換装だな。

「さて、シエラ今の時間は？」

「まだ17時過ぎぎね。道中1時間半くらいでここまで来たから」

「道中の敵は全部瞬殺やったかんなぁ。これで同い年なんやもんなぁ」

アルルがシエラの答えに何か思い出すみたいに変顔をしていた。何を思い出したのかちょっと気になった。

しかし、17時ならまだ時間はあるな。

「よし、じゃあこのまま〈石橋の廃鉱ダンジョン〉まで行くか！」

「了解よ」

「え？　2つ目のダンジョン行くん？　これから？」

「時間がまだ余ってるからな」

「え～。さ、さすがトップギルドや。そりゃこのペースで攻略しないとトップは取れんのか」

俺の答えにアルルがちょっと引いていた。

そういえばこの世界の人はダンジョンに1日1回しか行かないんだったな。

勿体ない。時間は有限だ。2箇所行けるだけの時間があるなら2箇所行くべし。それが〈ダン活〉プレイヤーである。

ちなみに3人とも初めての〈攻略者の証〉に結構興奮していたため、よっしゃこのまま2つ目も行くかー、見たいなノリで2箇所目のダンジョンに向かうことに異論はないようだ。

〈木箱〉の中身、〈青銅の斧〉とボスドロップを回収してそのまま転移陣で帰還し、その足で〈石橋の廃鉱ダンジョン〉に潜る。

道中の動石《ゴーレム》たちをシエラが『シールドバッシュ』だけで全部倒していく姿は、あのニーコとカイリすらポカンとさせた。

動石《ゴーレム》は斬撃と刺突に高い耐性を持っているが打撃系に弱いのだ。シエラのSTRは意外に高いので余裕でワンパンできる。

そして、また哀れな動石《ゴーレム》がシエラの攻撃の餌食になった。

「こんなものね」

「さすがシエラだ」

「なんか、自分がこのギルドにいていいのか心配になってきたわ。タンクでこの戦闘力とか」

アルルの弱気な発言を背に、俺たち一行は最下層のボス部屋に到着し、

「『シールドバッシュ』！『シールドスマイト』！来なさい、『カウンターバースト』！」

「――――!?」

なんか対〈アーマーゴーレム〉戦法である転ばせるハメ技をする前に、シエラがボスを屠って終了

した。

『シールドバッシュ』で先制し、『シールドスマイト』でヘイトを稼ぎつつ攻撃して、ヘイトが貯まったボスが思わず手を出してきたところを『カウンターバースト』でドカンだ。

見事なコンボだったな。

サブメンバーの3人もそうだが、救済場所《セーフティエリア》で俺たちの戦闘を見学するつもりだった同期《1年生》たちもポカンとしていたよ。

シエラのSTRは200。初級下位《ショッカー》ボスでは太刀打ちできないのだ。

2つ目の〈攻略者の証〉も手に入り、いい時間だったので今日はここで終了。

転移陣で帰還し解散した。

明日は〈静水の地下ダンジョン〉だな。


「いやはや、ぼくの目に狂いはなかったよ。と言いたかったが、別の意味で狂いまくりだったよ。まさか2日で初級下位《ショッカー》全てを攻略してさらに全員二段階目ツリーまで解放してしまうだなんてね。〈エデン〉は本当に規格外だ。もちろん、良い意味でだよ？」

シエラと共にサブメンバー3人のキャリーを始めた翌日、締めの〈道場〉を終えたところでニーコがそう言った。

口調はのんびりとした冷静《クール》な発言だが、内心はかなり驚いているらしい。

そしてそう思っているのはニーコだけではないようで、となりにいるカイリも大きく頷きながら言う。

「ニーコ君の言うとおりだね。〈エデン〉が1年生トップギルドだというのはもちろん承知していたよ。だけど聞いていた話と実際に見るでは印象がまったく異なるね。もちろん良い意味でだ」

「うちは驚きすぎて疲れたわ。マリー姉の言うとおり、いやそれ以上にとんでもないギルドやったわ〈エデン〉って。もちろん良い意味でや」

良い意味とは？

最後に良い意味と付けるのが流行っているのかな？

まあ、良い意味でと言うのならきっととても良いということなのだろう（？）。

俺たちは今日、昨日の続きとして初級下位《ショッカー》の最後のダンジョン〈静水の地下ダンジョン〉を速攻で攻略し、初級下位《ショッカー》の〈攻略者の証〉を３つ揃えたところで〈道場〉へ出発。ランク２（Ｌｖ10からＬｖ20）をクリアして全員のＬｖを20に揃えて二段階目ツリーを解放した。

中々ハードなスケジュールだったが〈エデン〉では結構普通の出来事だ。しかし、彼女たちにとってはハードどころの話ではなかったらしい。

そういえばサターンたちも〈エデン〉の普通は絶対普通じゃないとか言っていたが、アレは冗談じゃなかったのか。

まあ、それはともかく。

サブメンバーたちが〈エデン〉の普通を受けて出た感想がさっきの言葉だ。

言葉から察するにみんな〈エデン〉についてそれなりに噂を聞いていたようだが、思った以上だったらしい。

想像を遙かに超える（良い意味で）ギルドか。なんかいい響きだ。

「なんで笑顔なのよ」

サブメンバーたちの感想に思わず顔がニヤけていたらシエラからジト目をもらった。

おお。今日は良い日だ。

「褒め言葉を貰ったからな」

「褒めていたのかしら、あれは。私にはもっと別の意味に聞こえるのだけど」

シエラは微妙な表情だ。

何を言っているのか。「良い意味で」と付いているのだから褒め言葉だろう。

素直に受け取るが良いのだ。


そんなやり取りをしつつ今日のダンジョンを終える。

これで支援と生産の3人は〈二ツリ〉が開放されたからな。

支援課の2人はまだまだダンジョン潜ってレベル上げが必要だが、生産のアルルはひとまず必要なスキルは揃った。

後は生産設備を整えてあげれば生産でレベルを上げることができるだろう。

時間も時間なのでダンジョン攻略はここまでとし、今日はそのまま素材を売りに行くことになった。

行く場所はもちろん〈エデン〉が常連となりつつあるギルド〈ワッペンシールステッカー〉だ。

中に入ると、いつも通りツインテールがこれ以上ないと言えるほど似合うロリ、もとい上級生。

マリー先輩が店番をしていた。

「マリー姉！」

「おお、アルルやないか。元気しとったか？」

店に入った瞬間、アルルがマリー先輩に抱きついた。

アルルはマリー先輩のことを姉のように慕っていると言っていたが、抱きつくくらい仲が良い様子だ。

ただ気になるのはマリー先輩の身長がドワーフのアルルと変わらない点、げふんげふん。

危ない、今一瞬『直感』が発動しかけたぞ。俺は何もやましいことは考えていません！

「アルル、〈エデン〉の下部組織《ギルド》はどうやった？　やっていけそうかぁ？」

「もちや！　いや、多少……というかかなりビックリしたけどな。マリー姉からとんでももビックリギルドや言われてたけど想像を遥かに超えてたで」

「そうやろ～」

アルルの言葉にマリー先輩がケラケラ笑う。

「マリーさん、買い取りしていただいていいかしら？」

「おお。悪いなぁシエラはん。買い取り万々歳や！　……ちなみに量はどれくらいなん？」

マリー先輩がアルルを引き剥がして素材を入れるデカ皿を持ってくるが、なぜか後半は恐る恐ると言った感じで聞いてくる。なぜだろうな？

とりあえず俺が答える。

「初級ボス3体分とザコモンスターがちょこっとってところかな。カイリ、出してあげて」

「了解だよ」

俺の言葉にマリー先輩がホッとした顔をしていた気がするが、きっと気のせいだろう。

ちなみにドロップは全てカイリが持っている〈空間収納鞄《アイテムバッグ》〉（容量：中）〉に入れてある。

この〈空間収納鞄《アイテムバッグ》〉は下部組織《ギルド》を作るに当たって必要だと思ったので、ＱＰと引き換えに〈交換所〉で購入していたものだ。

これを計3つ、〈アークアルカディア〉に預けてある。

〈空間収納鞄《アイテムバッグ》〉はギルドが成長するうえで必要不可欠なものだ。

無いと話にならないので〈エデン〉からは最優先支援物資として貸与してあった。

「ほ～。〈エデン〉にしては慎ましい量やな」

「マリー姉、うちら結構ドロップ集めたと思うんやけど、これで少ないほうなん？」

「せや。まあそのうち分かるやろうけどな～」

なぜかマリー先輩の横目が俺を射貫くが、何も身に覚えはないのできっと気のせいだろう。

ついでに数日前に依頼しておいた〈ダッシュブーツ〉の受領も済ませ、マリー先輩と〈アークアルカディア〉の顔合わせも終わってこれにて〈ワッペンシールステッカー〉での用事も完了だ。

今回の買い取り額だが、〈アークアルカディア〉はほぼ完全なキャリーだったし、攻略優先で採集はしなかったのでほとんど〈エデン〉が受け取ることになっている。

ただニーコの【コレクター】の能力で少しドロップ量は増えているため、その分は〈アークアルカディア〉が受け取る形で話が付いた。

他の〈アークアルカディア〉のサブメンバーの育成とキャリーもこの2日間で予定通り進み、大幅に強化できたと報告が来たため、とりあえずは下部組織《ギルド》の育成はここまでだな。

サブメンバーたちには〈最強育成論〉のメモも渡してあるので、明日からは各自でダンジョンに潜ったり、練習場で新しい〈スキル〉〈魔法〉の練習を行なう形になるだろう。

そして明日は〈エデン〉にとって待ちに待った重要なイベント、Dランク昇格試験が待っている。

第7話　最前列の女子より前にいる、只者じゃない先輩。

——キーンコーンカーンコーン——。

学園の6限目のチャイムが鳴り、それと同時に学生たちの弛緩した声、ではなくとても残念というようなため息が聞こえてきた。

現在金曜日。俺が臨時講師をしている選択授業〈育成論〉の授業が終わったところ、聞こえてきた反応がこれだった。

いやあ、みんな勉強熱心で嬉しいよ。

「じゃあ今日はここまでにしよう。質問があれば少しの時間だけだが受け付けるよ」

「ゼフィルス先生！　本日〈エデン〉はDランクギルドの昇格試験を受けるとのことですが、お時間は大丈夫なのですか⁉」

そう言って高らかに手を上げるのは、確か2年生の【錬金術師】の人だ。

この人はすごく勉強熱心で、いつもかぶりつきで真剣にノートを取っているのが印象的だ。

しかも、初期から参加している女子1年生たちが大体最前列を埋め尽くしている俺の授業で、ここ何回かは最前列中央の席、つまり教卓の目の前の席に座っているためとても印象に残っている。

周りの1年生女子のチームワークを持ってしてもこの人との席取りには敵わないらしい。

只者じゃないな。

「よく知ってるな。その通り、今日は俺が所属しているギルド〈エデン〉のDランク昇格試験があるんだ。午後5時からだから少しは時間が取れるけれど、いつもみたいな時間は取れないと思ってほしい」

俺が申し訳なさそうに学生たちに告げると、周りからキャーキャーという黄色い声と、うおーという嘆きの声が聞こえてきた。

キャーキャーのほうは要約すると1年生しかいないギルドなのにもうDランク昇格試験に参加するとかすっごいよね。という声が大半のようだ。

嘆きの声のほうは……主に上級生だな。要約すると1年生ギルドに抜かされる事実を受け入れられないという切実な声が聞こえる。〈育成論〉と〈転職〉で強くなって出直してきてくれ。

そんな悲鳴で講堂内がざわめく中、教卓の前の【錬金術師】2年生がそんなこととお構いなしとでもいうように距離を詰めてきた。

「ではゼフィルス先生！　質問よろしいでしょうか？　ここの説明の部分なのですが」

「あ！　抜け駆けよ！　先輩が抜け駆けしようとしているわ！」

「くっ、出遅れたわ！」

「なんてこと！」

おお。抜け駆けかは分からないが、【錬金術師】2年生さんが質問してきたことにより一瞬で周りのざわめきが収まったぞ。

まさか【錬金術師】2年生さんはこれを計算して距離をつめてきたのか？

今日はあまり時間が無いから貴重な質問タイムが潰れなくて助かった。

やはり只者ではないな。

【錬金術師】2年生さんの活躍（？）によりいつもの質問タイムとなったので丁寧に1つ1つ答えていき、午後4時前に質問タイムは終了することになった。

急ぎ足だったが、それなりにスムーズに進んだと思う。

【錬金術師】2年生さんがことあるごとに場を鎮めてくれたおかげだな。ただ積極的に質問してきただけだが、みんな俺の答えを聞き逃すまいと静かになるんだよ。

「ありがとうな、えっと」

「いえいえいえはい！　どういたしまして！　あ、私の名前、セルマって言います！　覚えてくれると嬉しいです！」

「セルマ先輩か、覚えたよ。改めてありがとう、助かったよ」

「はう。天国」

「じゃ、俺はDランク昇格試験に行くから。みんな、また来週！」

帰りがけにお礼を告げるとお名前が判明した。セルマ先輩な。

なんか天に召されそうな幸せそうな顔をするセルマ先輩。大丈夫かなぁと思いつつみんなにさよならを告げると、

「あ、ゼフィルス先生！　昇格試験、見に行きます！」

「見学させてもらいます！　先生の勇姿、見たいです！」

「私も絶対行きますね！」

「応援しに行きます！」

前列の女子たちから熱く見学を表明された。

「え、いや。だがただのDランク昇格試験だぞ？　そりゃ応援に来てくれるのは嬉しいが」

昇格試験というのはギルドバトルのようで、やっぱり普通のギルドバトルではない。

何かを賭け、勝者を巡る負けられない戦いがギルドバトルを熱くするのだ。

しかし、今回の昇格試験は勝っても負けても構わない。むしろDランクがEランクギルドを見るのだ。接待とまでは言わないが、ある程度手加減されるのも仕方がない。

むしろ、下位ギルドを本気出してぶっ潰そうとする試験官がいたらそっちの方が問題だろう。

故に、緊張感という面で少し気の抜けたギルドバトルになるだろうと俺は予想している。

それに今回〈ジャストタイムアタック〉戦法も〈馬車〉も〈竜の箱庭〉すら使わない予定なので見る価値の乏しいものと言わざるを得ないのだが。

しかし、彼女たちにはそんなこと関係ないようだった。

「ゼフィルス先生だもの、昇格するのは決まっていますよ！」

「むしろ落としたら暴動が起きる」

「大丈夫です！　私たちはゼフィルス先生がギルドバトルをしているところが見たいだけですから！」

「正直者！　でも私も純粋にゼフィルス先生を応援したいだけだよ！」

「この横断幕持って応援するからね」

「それ、いつの間に作ったの？」

前列女子が全員参加を表明するだけではなく、３人くらいの女子が一緒になって横断幕を広げる。

隣の女子が思わずツッコむが、俺も思った。いつ作ったの？

いつの間にか横断幕が完成していた件。

しかも内容、『ゼフィルス先生』と書かれていた。そこは〈エデン〉じゃないんだ。

本当に、いつの間にこんなの作ったのだろう。

いや、応援に来てくれるというのはありがたいことだ。

とりあえずお礼を言っておく。

「ありがとうみんな。応援に応えられるよう今日は頑張るよ」

すると黄色い声が鳴り響いた。

中には隣の子に支えられている子もいる。大丈夫だろうか。『リカバリー』いる？

「ゼフィルス先生！　そろそろお時間が迫っています。そちらのセレスタンさんも急かしていますよ」

「おお？　ああ、ありがとうセルマ先輩。じゃあな」

いつの間にか午後4時を回っていたことに気付かされ、俺は授業を受けている〈エデン〉の関係者とセレスタンを伴い、足早に第六アリーナへと向かったのだった。

第8話
学園・情報発信端末・誰でもチャット掲示板25

496 ：名無しの支援3年生
とうとう1年生からDランク試験を受ける者が現れたか。
今年は例年に比べ3ヶ月以上早いな。さすがと言わざるを得ない。

497 ：名無しの冒険者2年生
ひぃぃ！
万年Eランクの〈アドベンチャーズ〉の立場は!?

498 ：名無しの魔法使い2年生
踏み台にもならないのだわ。

499 ：名無しの神官2年生
いくらなんでも早すぎるだろ。
まだ6月だぞ？
普通は最速でも半年はかかるはずなのに！
どうなってるんだ〈エデン〉は!?

500 ：名無しの調査3年生
それなのだけど、興味深いことが分かったわ。

501 ：名無しの斧士2年生
!!
調査先輩の報告だ！
何か、分かったのか？

502 ：名無しの調査3年生

ええ。
どうも〈エデン〉は日に何度もダンジョンアタックしているみたいなのよ。
昨日、今日の2日間で勇者君は3つの初級ダンジョンを走破し、
エクストラダンジョン1つに入ダンしていることが分かっているわ。
走破のスピードだけではないの。
〈エデン〉の秘密の1つはその入ダン回数だったのよ。

503 ：名無しの神官2年生

なんだって！
つまり学園が終わった放課後に2つもダンジョンに行き、
さらに攻略して帰ってくるって言うのか？

504 ：名無しの剣士2年生

いやいや、待つっすよ。

そんなこと物理的に可能なんすか!?

だって放課後っすよ!?

時間が足りないっす！

505 ：名無しの支援3年生

そうだな。

しかしその話が本当だとすれば〈エデン〉の驚異的な成長スピードにも頷ける。

通常、学園が終わった後のダンジョンは時間的に踏破が難しく、
モンスターを狩ってのレベル上げか、採集などで資金調達をするのが普通だ。後はクエストだな。

攻略は土日やダンジョン週間を利用することが多い。

仮にダンジョンを踏破することができたとしても、
日に2度はダンジョンに潜らない。

〈エデン〉がいかに特殊か分かるな。

506 ：名無しの冒険者2年生

ええぇ。

いや、ええ？

マジか？

---

507 ：名無しの魔法使い2年生

ほら、冒険者も抜かされないようにするには

これくらいできるようにならないと。

---

508 ：名無しの冒険者2年生

ノー!!

難しいとかそんな次元じゃないぞ!?

---

509 ：名無しの神官2年生

これは、俺たちが抜かされるはずだ。

とんでもビックリだぞ。

---

510 ：名無しの斧士2年生

これができないようならただ抜かされるだけだというのか。

今年の2年生が辛い。

---

67 ：名無しの錬金2年生

うふふ。

勇者君とたくさん喋っちゃった。

---

68 ：名無しの盾士1年生

ギルティー!!

---

69 ：名無しの商人1年生

そうよ、ギルティーよ！

名前まで覚えてもらうなんて！

70 ：名無しの女兵1年生

というか錬金先輩は何時からあの席に陣取っているのよ!?
私が6時に教室に来たときにはすでにいたわ！

71 ：名無しの錬金2年生

悪いわね1年生。
でもあなたたちとは違って私たち上級生は途中参加だから
なりふり構えないのよ。
出遅れるあなたたちが悪いわ。

72 ：名無しの盾士1年生

ぐ、ぐぬぬぬぬ～。
次こそは私たちで勇者君の前の席を死守してみせるわ！

73 ：名無しの女兵1年生

そうね！
今回のことで分かったけれど、やっぱり教壇の前の席って
有利すぎると思うわ！
次は絶対私が座ってみせる！

74 ：名無しの盾士1年生

何言ってるの、次座るのは私よ！

75 ：名無しの剣士2年生

火花が凄いっす。
最近より激しくなってきた感じがするっす。

76 ：名無しの神官2年生

それもこれも錬金がちょこちょこ突撃するせいだな。
最近は学んだのか、強制送還を掻い潜る手腕も上がっていると聞く。

77 ：名無しの剣士2年生

そんな所に努力してどうする、って言えないのが困りどころっすね。
これが成功すればワンチャン起きる可能性があるっすし。

78 ：名無しの錬金2年生

次に〈エデン〉に加わるのは私よ。
何しろ勇者君に顔と名前まで覚えて貰ったもの！
加入まで秒読みよ！

79 ：名無しの支援3年生

さて、それはともかくとして、
そろそろ例のDランク昇格試験が始まるな。
注目のギルドバトルだ。見逃すことはできない。

80 ：名無しの神官2年生

おお、支援先輩がぶった切った。いやむしろ流した？
まあ、錬金の努力が成功するとは思えない。
それより重要な話題があったな。

81 ：名無しの剣士2年生

そうっすそうっす！
Dランク昇格試験っす！
というかアリーナ会場に人が凄いんすが。
〈エデン〉の昇格が決まったようなものなのになんでこんなに多いっすか？

82 ：名無しの魔法使い2年生

ええ、〈エデン〉が落ちる訳がないというのが今のところの評価なのだわ。
でも、やっぱり気になるじゃない。
だって〈エデン〉よ？

83 ：名無しの剣士2年生

すごく納得できる理由っす！

84 ：名無しの支援3年生

相手に選ばれたのは〈花《はな》の閃華《せんか》〉ギルドだ。
クエストを中心に活動しているDの中に位置するギルドだな。
女子の比率が100%ということで、〈エデン〉のような女子や
高貴な者が大半なギルドの相手によく選ばれるギルドだ。
その分、学園からの信頼も厚い。
今回選ばれたのもそういう基準からだな。

85 ：名無しの剣士2年生

なるほどっす。
僕も聞いたことあるっす。
男を加入させない団結力の強いギルドって聞いたっす。

86 ：名無しの盾士1年生

じゃあ、例の〈エデン〉に引き抜かれたいって俗な噂とは
関係ない所なのね!?
さすがは学園だわ。素晴らしい人選だわ！

87 ：名無しの女兵1年生

これでとりあえずは安心していいのね。

88 ：名無しの調査3年生

……そうね。
間違ってはいないわ。
団結力もあるし、女子ギルドになってから男子を加入させたことも
ないわね。
女子オンリーのギルドだからこそ、こういう時に選ばれる利点もある。

89 ：名無しの剣士2年生
な、なんか含みを持ってるっすね。
もしかして何かあるんすか？

90 ：名無しの調査3年生
そうね……。
でも〈エデン〉への加入はできないと思うから、
心配しなくてもいいのは確かだと思うわ。

91 ：名無しの盾士1年生
調査先輩がそう言ってくださるなら安心ね！

92 ：名無しの支援3年生
そうだな。
だが1年生よ。安心するのはまだ早いぞ。
Dランク試験、将来自分が参加する可能性もある、
しっかり見ておくのだ。
特にDランク試験というものは今後行なわれるギルドバトルの
特殊ルールなどが凝縮されている。
フィールドの作りからして今までとはまったく違う。
ここでできるだけ学ぶことを勧めるぞ。

第9話　〈四角形（障害物有り）〉フィールド。

しかし、今回のDランク昇格試験が行なわれるフィールドの地形について、今までに無かったものがある。

それは障害物。

――〈四角形〉フィールド。

今までフィールド内であれば比較的自由に上下左右斜めどこでも行けたのだが、今回のフィールドでは所謂侵入不可というエリアが登場する。

どんなエリアなのかと言うと、何のことはない、ただの観客席だ。

実はこの〈四角形〉フィールド、フィールド内に観客席が設けられており、選手たちは観客席に侵入不可となっているのである。飛び越えることも掻い潜ることもできない。

観客席は〈四角形〉フィールド内にまるでHの字のように配置され、中央の観客席によって北と南が分断されている。

本拠地はその分断する中央の観客席をちょうど挟むような位置に配置され、本拠地同士の距離は今までで一番近くなっていた。まあ観客席によって分断されているため回りこまなければいけないが。

また、観客席への攻撃はダンジョン機能で全て無効化される。観客席は破壊不可オブジェクトみたいな扱いだ。バリアみたいなものが張られ、選手から観客への攻撃はもちろん、観客から選手への手

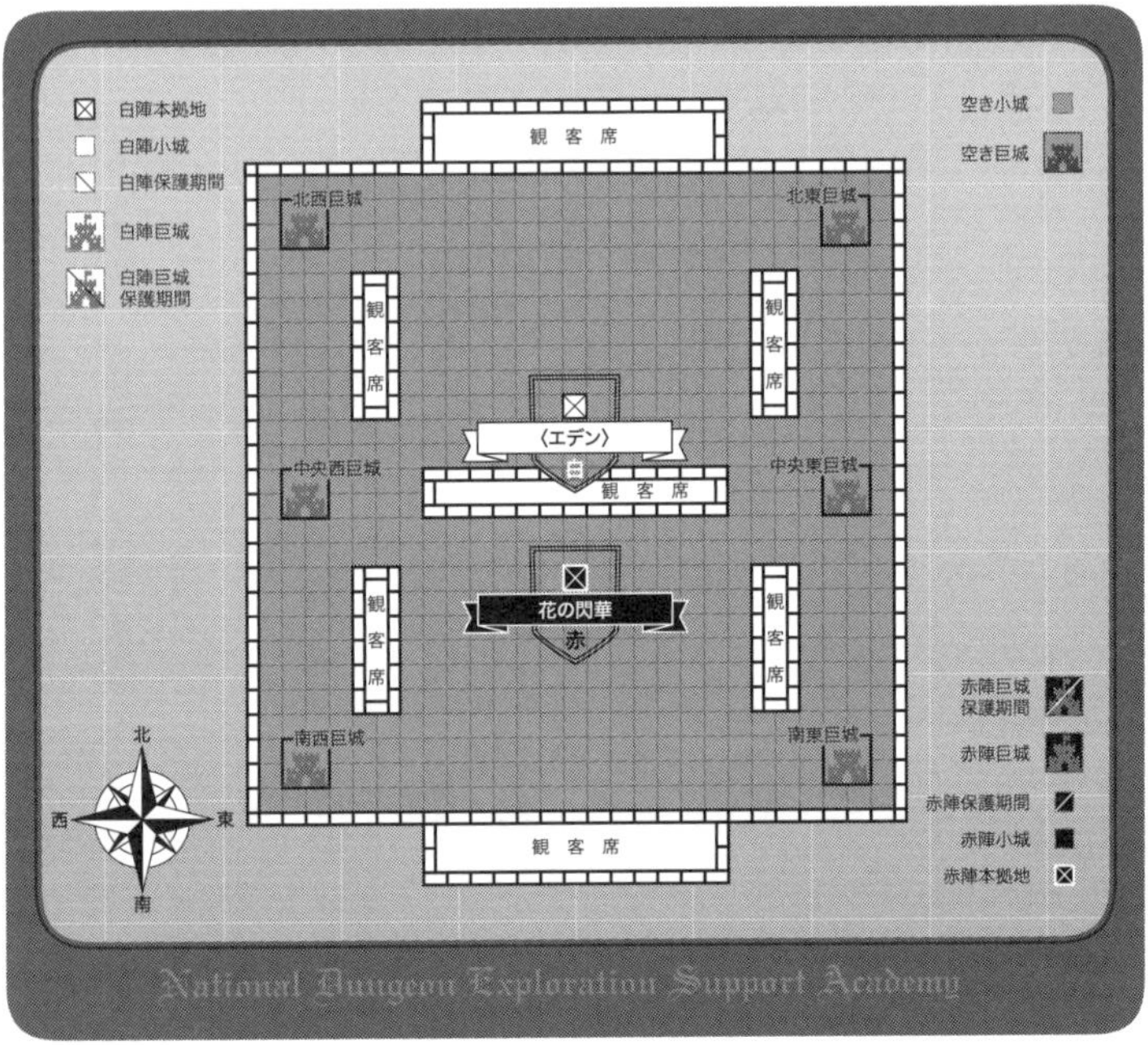

出しや声掛けも封じられている。声を掛けても雑音にしか聞こえないようになっているのだ。

すごいハイテクだなダンジョンって。

さてフィールドの説明の続きだが、今回の巨城は。

東側の「北」「中央」「南」の3箇所に1つずつ。

西側の「北」「中央」「南」の3箇所に1つずつ。

計6箇所に配置されている。

それぞれ東にある巨城を、〈北東巨城〉〈中央東巨城〉〈南東巨城〉と呼称。

それぞれ西にある巨城を、〈北西巨城〉〈中央西巨城〉〈南西巨城〉と呼称。

配置箇所はHの形の観客席、縦線の外側に配置されている。

またこの観客席だが、今回は障害物入門編ということで完全にHの形に塞いでいるわけではなく、Hの縦線と横線の合流地点は空白マスとなっている。つまり選手たちの行き来が可能だ。

観客席には連絡橋が架かっているため観客は上を行き来し、下の部分は選手が行き来できる地帯となっているわけだ。

またHの縦線もフィールドの端まで届いているわけではなく途中で連絡橋になっているため最北と最南のマスは通行可能だ。

通行不可なのは「中央」の横線と、「北東」「南東」、「北西」「南西」の縦線の5カ所だけだ。

これが上位のギルドバトルだと、まるで迷路のようなフィールドになったり、行き止まり溢れる厄介な形なんかになっていたりする。

今回は行き止まりや迷路がないだけ軽く、簡単な障害物というコンセプト、というわけだ。

まさに試験向き、入門編と言ったところだろう。

うーむ、これからは迷路型フィールドも増えるだろうし、守りの「伯爵」専用職業《ジョブ》が欲しいところだな。

貴族にはそれぞれ系統が存在する、「公爵」なら武官系、「侯爵」なら武士系。「子爵」ならヒーロー系で、「男爵」ならアイドル系なんかがそれに当たる。「伯爵」にももちろんそれに該当する系統があるのだが、今後のギルドバトルのことを考えれば早めに欲しいところだ。

すでに〈エデン〉にはシエラとメルトというカテゴリー「伯爵」が2人いる、しかし「伯爵」系統を持つ職業《ジョブ》じゃないからな。また、ゲーム〈ダン活〉では「伯爵」は2人までしかギルドに加えられなかったがここはリアル。もしかしたら3人目も加入可能かもしれない。今までの〈名声値〉無視などリアルの恩恵を考えれば不可能ではない気がするのだ。

上限解放とか、夢が広がるなぁ。

おっと話がそれた。

Dランク試験は〈10人戦〉、つまり10人対10人の同数でギルドバトルだ。

前回のEランク試験より格段に難易度が高いな。

そしていつも通り〈城取り〉。今回は制限時間40分だ。

〈六芒星〉フィールドの時は第五アリーナで制限時間45分だったが、今回は第六アリーナで少し会場が狭い、その分マス数も少ない。制限時間も第六アリーナだと大体30分から40分くらいとなる。

そして今回は今までになかった特殊ルールが加わる。

その名も〈敗者復活〉。

名前の通り、〈敗者のお部屋〉に送られた人が復活し、ギルドバトルに帰ってくる特殊ルールである。

内容は『戦闘不能になってから10分経過』すると自動で復活。『復活後ステータス10%低下』し『本拠地に復活』するというルールだ。

また『復活は1人2回まで』。1度目なら『ステータス10%低下』し、2度目復活なら『ステータス20%低下』で復活する。3度目以降は復活しないということだな。

このルールは特殊ルールなため通常なら『無し』ではあるが、ローカルルールとしてお互いが合意した場合『有り』となる。

今回は昇格試験なのでこれも経験ということで組み込まれている形だ。

このルールがあると本拠地を落とすのが途端に難しくなる代わりに対人戦が起こりやすくなり、それなりに人気のあるルールである。

その他にも、誰かが戦闘不能になった場合、補欠メンバーを出す〈選手交代〉や、手に入れた城P《ポイント》を消費して即選手を復活させる〈ゾンビ〉など、様々なローカルルールが存在する。

今回は〈敗者復活〉以外『無し』だけどな。


今回も俺たちは白チーム、相手役のDランク〈花《はな》の閃華《せんか》〉ギルドは赤チームとなっている。

本拠地は白の〈エデン〉が北側となる。

セレスタンとミサトの情報だと、〈花《はな》の閃華《せんか》〉は女子のみで構成されたギルドで所属人数は19人。

3年生が8人、2年生が7人、1年生が4人だそうだ。

今回は主に2年生が相手をしてくれるらしく、3年生が3人、2年生が7人という構成らしい。

また職業《ジョブ》の構成だが、〈花《はな》の閃華《せんか》〉ギルドは剣や刀系の武器を愛用している者が多い傾向があるらしい。

その職業《ジョブ》も【ソードマン】【魔法剣士】【刀剣豪】など、所謂【剣士】系が多いようだ。

ゲーム〈ダン活〉時代もあったな、こういう何かしらに傾倒している系ギルド。

話が合う者で構成された部活、仲良しギルドなどに近く、剣士ギルド、とか魔術師ギルドなどと呼ばれる分類だ。

しかし、ここはリアル。全ての学生がガチ勢の世界。

相手の構成を見てみると、ちゃんと魔法職、回復職、盾職、戦士職も入っている。

剣士のみというギルドではない、ということだろう。

その辺、学園が選んだ試験用ギルドということだ。

俺たちDランク試験の出場者はアリーナの控え室に集まり、今後の展開の予想と攻略方法について作戦会議を行なった。

今回の出場者はDランク試験の条件をクリアした10人、【勇者】ゼフィルス、【盾姫】シエラ、【聖女】ラナ、【姫騎士】エステル、【スターキャット】カルア、【姫侍】リカ、【ロリータヒーロー】ルル、【精霊術師】シェリア、【戦場メイド】シズ、【女忍者】パメラ。

以上のメンバーだ。他のメンバーとサブメンバーは観客席にいるはずだ。

そこから最初は2チームに別れ、まずはいつも通り、相手と巨城先取の競争だな。

今回白の本拠地と赤の本拠地に一番近いのは〈中央東巨城〉と〈中央西巨城〉の2箇所。

初めて巨城2箇所の取り合いとなる。

巨城数も今まで奇数だったのに今回は合計6つと偶数であり、3つずつ先取した場合は小城の取得や対人戦で勝敗が分かれるだろう。本拠地も狙われることになる。様々な状況を考慮しなければならない。

まったく、Dランク試験においてこれ以上はないほどのフィールドだよ。

時間となり、選手たちが入場する。今回は西側から入場し、そこで〈花《はな》の閃華《せんか》〉ギルドと対面し、お互いに礼をする。

中央が観客席で分断されているので出入口での礼だ。

「今日はよろしくお願いします」

「「「「よろしくお願いします」」」」

対戦相手にはスポーツマンシップに則り礼をとる。

あまり知らない相手だったので会話は最低限の事務的なものの域を出ず、そのままお互いのチームの本拠地へと向かう。

なんだか相手チームの人たちがチラチラと俺を見てくる気がするのはどういうことだろうか？

それにうちの女子たちが妙に鋭い目で相手チームを見ていたのが妙に気になった。

シエラが相手チームの視線からまるで俺を守るように後ろに配置し付いてくるのだ、まだ対人戦には早いよ？

お互いが本拠地に移ると上空にある巨大スクリーンにカウントダウンが映し出された。

本拠地近くの観客席は意外なことに人で埋め尽くされていた。

よく見れば俺の授業の生徒たちもいる。

本当に来てくれたのか。ちゃんと『ゼフィルス先生』の横断幕広げてるよ。ははは。

さて、俺の生徒たちに無様は見せられないな。

上空の巨大スクリーンを見る。

カウントダウンはもうあと僅かだ。

呼吸を落ち着かせスタートダッシュの準備を取る。

Dランク昇格試験だというのにみんなあまり緊張が無いな。

まあいつも通りやればいいのだ。問題は無い。

カウントダウンがゼロになり大きくブザーが鳴り響いた。

第10話　とてもカンペキ（笑）なイチコロ計画進行中？

時は少し巻き戻り、ギルドバトルのスタート前。

私は〈花《はな》の閃華《せんか》〉のギルドマスター、アミ。3年生よ。

私たちが所属するギルドは女の子しか加入していない、所謂女子ギルドね。

主に剣士系などの前衛職が多く剣や刀を使う子が多いギルドだわ。

そういう話が合う子ばかりが集まってできたのが始まりね。

本当は昔男子もいたのだけど、なんというか、トラブっちゃって。

前衛を任せると女子へのアピールが多くて……。

「ここは俺に任せろ」とか、「俺が前に出る、後ろは任せたぞ」とか、いいところばっかり魅せようとするのよ。

それはそれで乙女心的には満更ではなかったのだけど、私たちのギルドは女子も前衛職の多い武闘派みたいなところがあって、いいポジション、活躍できるポジションを取る男子に不満を持つ子は一定数いたのよ。

それである日とうとう不満が爆発。

どちらが前というポジションに着くかで揉めたのよね。結果は女子の勝利。すると男子は居場所がなくなっちゃったのよ。

今思えば私も若かったわ。もう少し話し合いで妥協点を見つければよかったのにね。

それで結局男子は全員脱退。

そしてそれ以来、なぜか私たちのギルドは男子禁制な女子ギルドなんて噂が流れるようになってしまったのよ。

悲劇だわ。

女子たちはそれから、もう男子に飢えていて、なんとか男子獲得に乗り出すのだけどなぜか「前衛は私たちが務めるから後衛を募集します」と言って集めても全然集まらないの。なんでかしら？

きっとメンバーの彼氏が欲しいという欲望が男子を遠ざけるのよ。まったく、少しはあの子たちも自重してくれないかしら。

でも3年生は今年卒業だし、早く男をゲットしたい気持ちも分かるのよね。私も早く彼氏が欲しいわ。

でも、それ以外なら私たちのギルドも中々優秀なのよ。

これでもDランクの中でもそれなりのところに位置しているわ。学園からの信頼も厚くて重要なクエストが学園からまわされることもあるの。

その1つがDランク昇格試験の相手を務めることね。

Eランクの子たちがDランクに上がるとき、かなり濃いギルドバトルを行なう必要があるのだけど、私たちのギルドは手加減が得意だし、女子しかいないギルドということで安心感があるとかでよくお相手に選ばれるの。

お貴族様の子息や息女のお相手はしょっちゅう務めているわね。おかげ様でそちらの覚えはよくって就職活動なんかは考えなくてもいいのは皮肉だわ。

男子はギルドに入れたい、でも入れたら女子ギルドという安心感がなくなりクエストも回ってこなくなるかもしれないジレンマよ。

でも一度、ギルドに入れても大丈夫そうな男子がいたのよ。あの時勇者君をギルドにゲットできていれば。

今でも無念でいっぱいだわ。あの時もっとハーレムを強調していればよかった。

でもね、あの勧誘合戦以来、勇者君は自分でギルドを作るし、近づくと黒服の親衛隊が出てきてしょっ引くしで近づけなくなって諦めていたのだけど、なんと今回、いつものDランクの昇格試験の相手を務めるクエストが来たの！　そこが勇者君がいるギルド〈エデン〉だったのよ！

こんな偶然、すごいと思わない？

勇者君はいろいろ学園に貢献しているし、学園からも学生からも注目されているし、私たちのギルドにもし引き抜ければ安心感そのままに男子をゲットできるというわけよ。

しかも勇者君は顔良しスタイル良し、職業《ジョブ》良し、能力良しの超優良物件。

この機会、逃せないわ。

計画はこうよ。

Dランク昇格試験で私たちの〈花《はな》の閃華《せんか》〉ギルドが圧倒的に勝ちを決めて勇者君にアピールし、負けて傷心の心に優しく入り込んでイチコロよ！　完璧だわ！

他の子たちには今回ばかりは手加減する必要は無いと言っておかなくちゃ。

〈エデン〉ほどのギルドなら手加減抜きくらいがちょうどいいわ、と言っておけば大丈夫でしょう。

そうだわ、参加メンバーを2年生に変えておかなくっちゃ。同期に取られたらたまらないもの。私は当然ながらメンバーに入れて、2年生を7人。残りは、裏切り者の彼氏持ち2人を加えておきましょう。

これで私がとても印象深く残るはずよ。

メンバー選びはギルドマスターの特権よね、ふへへ。完璧すぎる計画だわ。

サブマスターに「顔がきしょい」と言われても特に気にならないくらい気分がいいわ。

他のメンバーに「顔がブスい」と言われても気にならな――ちょっと待ちなさいよ！　誰がブスよ！　危うく聞き流すところだったじゃない！　誰よ今笑ったのは、出てきなさいよ！

ふう。色々あったけれど。あなたたち、全て許してやるわ。

その代わり勇者君を私が貰っても許してね。オホホホホホ！

第11話　〈エデン〉Dランク昇格試験。ギルドバトル――開始。

〈エデン〉Dランク昇格試験。

ギルドバトル――開始。

空中のスクリーンから開始のブザーが鳴り響くと同時に俺たちは2つのチームに分かれて本拠地から飛び出した。

今回、初動で相手チームと取り合う巨城は2箇所。

故に2チームに分かれ、まずは〈中央東巨城〉と〈中央西巨城〉の先取を目指すのがセオリーだ。

メンバーは10人しかいないため、他の巨城は全て後回し。

最初はこの2箇所の巨城先取に全力を尽くす。

相手チームもおそらく同じ行動を取っているだろう。

〈エデン〉は5人ずつに分かれ〈中央西巨城〉を狙うAチーム、俺、リカ、カルア、ルル、シェリアと、〈中央東巨城〉を狙うBチーム、シエラ、ラナ、エステル、シズ、パメラの2チームで先取を狙う。

ちなみに中級中位《チュウチュウ》の時とチームメンバーが同じなのは偶然ではない。

あのダンジョン週間から今日のことを見越してチームの連携を温めてきたからこそのこの配置だ。

〈中央東巨城〉はシエラたちに任せ、俺たちは〈中央西巨城〉を担当する。

まずツーマンセルでカルアとタッグを組んで一気に巨城の隣接を取らんとする。

相手チームを見ると、5人が足並み揃えて巨城を目指すタイプの進行のしかたを取っており、かなり出遅れていたのが目に入った。

それはダメだ、悪手だな。

初動の際、どれだけ移動速度が速いかが焦点になる。

一番足が遅い人に合わせて全員で足並み揃えて進むというのはあまり推奨できない。

いや、メリットは大きいのは分かるけどね。

保護期間《バリア》が張られていないマスは対人戦し放題だ。

初動でいきなり相手のチームを対人戦で潰すという手が使えるため、その対策となる大きなメリットが存在する。しかし、俺たちはその戦法は使わない。

俺たち〈ダン活〉プレイヤーの対策は、対人戦を受ける前に相手が追いつけないスピードでぶっちぎれ、である。

だってそうしないと、

「カルア、相手の巨城ルートを潰すぞ」

「ん、がってん！」

「「ああ！」」

スピードが遅いと巨城を囲まれて隣接が取れなくなってしまうから。

俺とカルアが巨城の攻撃を後回しにして巨城の隣接マスを取り始めると、〈花《はな》の閃華《せんか》〉ギルドから悲鳴が上がった。

俺とカルアのコンビは〈エデン〉の中で最速。

足並み揃えて走る相手が巨城に着く前に隣接マスを取り尽くしてブロックしてしまうなんて朝飯前である。

隣接マスが取れなければ巨城へ攻撃することはできない。

もう〈中央西巨城〉は〈エデン〉が貰ったようなものだな。

「リカ、ルル、シェリア。1分以内に落とすぞ！」

「うむ、遂行する！」

「あい！」

「わかりました。いきます、『古式精霊術』！『大精霊降臨』！お願いいたします――『グラキエース』！」

〈中央西巨城〉の隣接マスの保護期間《バリア》が残り1分ちょいというところでリカたちが合流し、巨城に総攻撃を仕掛ける。

「く、ここはもうダメよ！　〈南西巨城〉へ行くわ！」

「「おお！」」

〈花《はな》の閃華《せんか》〉ギルドはそれを見て口惜しんだが、すぐに次の巨城に向かうことに決めたようだ。

うむ、素早い判断だ。

初期の〈天下一大星〉なんて保護期間《バリア》の壁を殴りながら巨城が落ちる瞬間まで見ていたからな。

いや、あれは初心者だったし比べちゃダメか。

「よし、巨城が落ちたぞ！」

「やったのです！」

リカの最後の一撃で巨城のＨＰを削りきり、これで〈中央西巨城〉は〈エデン〉が先取となった。

ルルが両手を挙げて喜ぶ姿が尊い。

パチンとカルアとハイタッチして、俺は言う。

「よし、〈北西巨城〉へ向かうぞ」

「ん、ゼフィルス。南の城は？」

俺が次の狙いとして〈北西巨城〉を目指すと告げると、カルアが逆方向にある〈南西巨城〉とそこに向かって走る〈花《はな》の閃華《せんか》〉ギルドを指さして言う。

おそらく、今から走れば〈花《はな》の閃華《せんか》〉ギルドに追いつけるよと言いたいのだと思う。

確かに俺とカルアの足なら追いつけるだろうが、追いつけるだけだ。追い抜くことは多分できない

だろう。

リカたちは当然ながら追いつけないので巨城の差し込み合戦になる。

俺たち2人に対し、相手は5人だ。

〈ジャストタイムアタック〉戦法はある程度数が集まらないとあまり意味が無いので2人だけだと厳しいだろう。

これが、追い抜いて、さらに巨城を囲むことができるならば〈南西巨城〉を目指してもよかったが、2人で敵陣とも言える南に行くにはリスクがある。

今回は無難に〈北西巨城〉取得で問題ないと判断した。

生徒たちが見てるしね。

「いや、今回は〈北西〉に行こう。〈南西〉はいい」

「ん。わかった」

カルアは聞き分けがいい。

時間もないので説明を省《はぶ》いてしまったが、カルアは文句なく付いてきてくれた。

その後、俺たちAチームは無事〈北西巨城〉も先取した。

スクリーンを見ればさらに4000Pが入り、Bチームも無事〈中央東巨城〉〈北東巨城〉の先取に成功したようだ。

ポイント〈『白8550P』対『赤4520P』〉〈ポイント差：4030P〉。

〈巨城保有：白4城・赤2城〉

〈残り時間33分38秒〉〈残り人数：白10人・赤10人〉

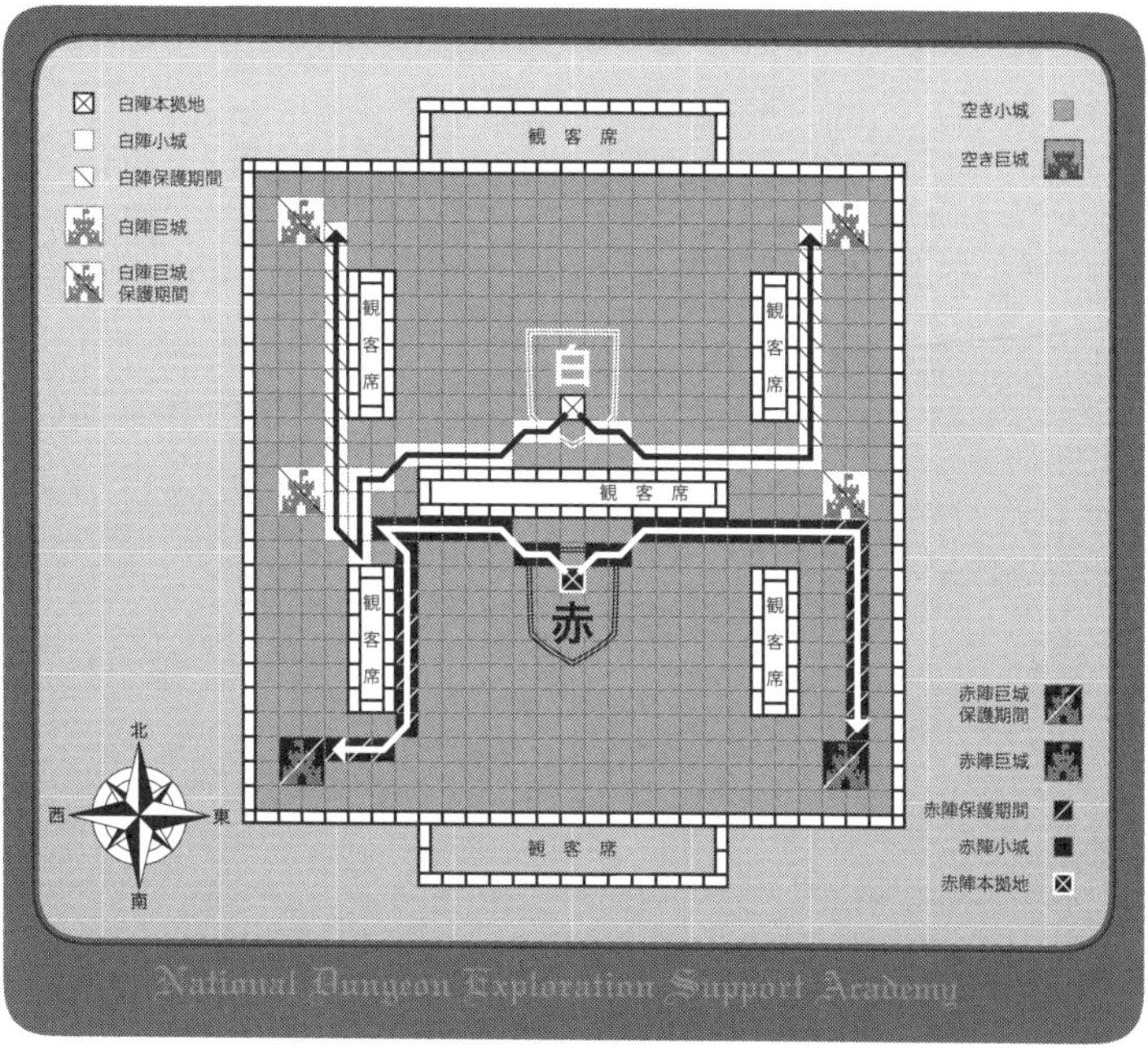

最初の出だしは順調だな。

初動が終わり、中盤戦。

ここからは基本マス取りがメインで進めることになる。しかし、様々な展開が起こりえるために気が抜けないのがこの中盤戦だ。

俺たちが巨城優勢で立ち回り、逃げ切るか。

相手が巨城劣勢から対人戦や巨城のひっくり返しで巻き返すか。

数多くの展開が起こり得るだろう。

だが優勢である〈エデン〉は無理に差を広げる必要はない。

まずは基本のマス取りから進める。

小城マス有利は巨城1個分の価値がある。

例えばお互いのチームが巨城を同じ数、3城ずつ保持していたとして、そうなると勝敗を決めるのは小城の保有数《ポイント》だ。

故に、小城の取り合いには負けられない。

特に巨城が偶数あるフィールドでは小城の保

有数が勝敗を分けるファクターになりやすいからな。

巨城の数が有利な〈エデン〉は無理をすることもなく、小城マスを稼げば自然と優勢に進められる。

「まずは相手の出方を見つつ俺たちはマス取りを始めよう。予定通り俺とカルアは西側。ルル、シェリア、リカは本拠地を見守りつつ中央付近の小城を頼む」

「あい！　了解なのです！」

「お任せください！」

「承《たまわ》った」

〈北西巨城〉を先取したところで素早く指示を出すと、ルル、シェリア、リカが良い返事し共に東に進むような形で観客席《障害物》を素早く迂回していった。

ここでAチームは二手に別れ、別行動だ。

俺とカルアは来た道を戻るようにして南下しながら小城マスを取っていく。

今回、ギルドバトルのローカルルールの1つ、〈敗者復活〉が適用されているため、俺たちが積極的に対人戦を仕掛けるのは終盤だけでいい。

10分したら復活しちゃうからな。

終盤、残り時間10分を切ったら対人戦解禁だ。

まあ、それまで相手が何も行動を起こさないはずはないとは思うがな。

「カルア、まずは相手が北上してくるかもしれないからルートを潰そうか。さっき巨城のルートを潰したときと同じように、壁から観客席《障害物》まで線を引いてしまおう」

「ん、ラジャ」

障害物は有効に使おう。

迷路状のフィールドは横幅のマスが少なく、横に遮断するようにマスを取られると侵入不可となり、保護期間《バリア》が明けるまでの2分間は通れなくなる。

障害物があるとこのように遮断しやすいのだ。障害物はこうやって使う。

案の上、敵さんは北上して中央へ進出してきたので〈中央西巨城〉と〈南西巨城〉の中間辺りで保護期間で道を遮断し、通行を止め。

その間にそこから北のマスはほとんどゲットした。

よしよし、まずは小城マス有利だ。

スクリーンを見ると少しずつ〈エデン〉が小城Pをいい感じに稼げているのが分かる。

相手側との差は200Pか。いい感じだな。

相手は焦っているはずだ。

巨城で負け、小城でも負けているとなれば焦らないわけがない。

何か手を打ってくるだろう。

いや、これは昇格試験だ。あえて手を打たず、このまま〈エデン〉に花を持たせる気かもしれない。

しかし、その考えは次の相手の行動で否定されることとなる。

「ゼフィルス。あの人たち、変」

「動きが変って言いたいのな。変な人って意味じゃないよな?」

「ん、そう」

カルアはたまに言葉足らずで変なことを口走るときがあるから油断できない。

今回は、どうやら相手が変な動きをしているというのを俺に知らせたかったらしい。

当然ながら俺もそれに気が付いている。

相手は小城の取得を一時的に縮小化し、人手を集めて中央の観客席《障害物》を東側から回りこもうとする動きを見せていた。

「あー、今回は〈敗者復活〉ルールがあるからな。まさかしょっぱなから本拠地を狙うか」

「ん？　本拠地」

「そうだ。相手は俺たちの本拠地を落とそうとしているんだ。ということで防衛に向かうぞ」

「ん。わかった」

俺たちは西側で小城マスを取りまくっていたが予定変更。

進路を変更し、一度北側に出て観客席《障害物》を回りこむ。目的地は〈中央東巨城〉付近だ。おそらくその辺りでぶつかるな。

途中の本拠地近くでさっき別れたルル、シェリア、リカを見つけたので声を掛ける。

「お、リカ！　敵が東側から攻めてくるから防衛する。付いてきてくれ！」

「なんだって！　了解した。行こうルル、シェリア」

「大変なのです！　ルルが頑張って防いでやるのですよ！」

「お任せください！　ルルにシェリアお姉ちゃん凄いと言ってもらうのです！」

シェリアがのんきなこと言っているがさすが〈エデン〉メンバーだ。すぐにこちらに合流し、再びAチーム一丸《いちがん》となって東に向かう。

相手は、南側にいるため観客席《障害物》のせいで確認はできないが、このまま進めばぶつかるはずだ。

「そういえばＢチームは？」

「Ｂチームなら北側を一色に染めていますよ」

「こういうときリーナの通信が欲しいな。まあ、ないものねだりをしても仕方ない。カルア、ひとっ走り呼んで来てくれ」

「ん、分かった。『爆速』！」

俺が聞くとシェリアが素の表情で答えてくれた。さっきまでルルにメロメロだったのに、変わり身が早すぎる。

それはともかくシエラたちは北側にいるらしいのでカルアに行ってもらおう。

そっちまで行くのは少し遠いんだよな。

こういうとき馬車か通信が欲しくなる。

まあ、今回は速さトップクラスの【スターキャット】がいるのでカルアに呼びに行ってもらえば問題ない。

走りながら指示を出し、カルアだけ別れて北上すると横を並走するリカが話しかけてくる。

「ゼフィルス、敵の数は？」

「7人はいたな。おそらく本拠地を落とす気だろう」

「本拠地をか？」

手早く状況を説明する。

ギルドバトルのルールでは相手の本拠地を落とすと相手の所持する巨城を全てゲットすることができる。

その代わり一度落ちた本拠地はＨＰが５割増しに増えるため、２度目を落とすことが難しくなる。

２度本拠地が落ちればＨＰは元の２倍にまで増えて復活するため、早い段階で落とすと後々本拠地の耐久が上がりすぎて落とすことができなくなるんだ。それが勝敗を分けることもある。

しかし本拠地を落とせれば、１つ１つ巨城を落とす手間を大幅に省くことができる。さらにポイントで大きくリードすることもできる。

大きなメリットと言えるだろう。だが、そんなことはみんな分かっているため本拠地には必ず防衛のための人員を少なからず配置している。

本拠地を落とすためには建物の中から防衛してくる敵を相手に本拠地のＨＰを削りきらねばならず、少なくない犠牲が出る。

防衛側には遮蔽物があるのに攻撃側には無いためだ。

これは大きなリスクだ、本拠地を相手にすればするほど犠牲が出るのだ。２度目３度目の本拠地を落とす難易度も上げている。

本来なら〈敗者のお部屋〉へ行った者は復活しないルールなので、序盤に犠牲者を出すのは避けるのだ。

ギルドバトルの目的はアピールの場。開始早々に退場しては良い印象が残らないからな。

しかし、今回は〈敗者復活〉ルールがある。退場したところで10分すれば復活するので問題なし。

さっさと本拠地落として巨城を奪い、逆転しようという魂胆だろう。

奪ったあと消耗が激しすぎて本拠地を殴り返され全部奪われて失う。なんてこともあるがそれはそれで美味しいからな。お笑い的な意味で。

昇格試験ではいろんなことを経験させようとしてくれているのだろう。

戦闘不能で〈敗者のお部屋〉ご招待もその1つと思われる。本拠地へのアタックとは必ず対人戦が起こるものだからな。

まあ、わざわざ〈敗者復活〉ルールが適応されているのに対人戦をしない試験官なんていているわけがないな。試験的に対人戦は強制のようだ。

そう、リカに簡略して説明する。

「なるほど。相手の残りの3人は防衛か」

「だろうな。だが、小城マスを放置して本拠地に来るのは、賭けにはなるが成功するなら悪くない戦法だ。相手の本気度が窺えるな」

「ふむ。気合を入れよう。おっと、出てきたな。前に出るぞ」

リカと話していると観客席《障害物》の角から〈花《はな》の閃華《せんか》〉ギルドがおいでなすった。

人数は、やはり確認したとおり7人のようだ。

その内5人は着流し風の装備をしており、前衛職というのが分かる。

残り2人は支援職と魔法職か？

となれば、狙いはそっちからだな。

「シェリア。後衛を頼むぞ」

「了解いたしました」

「ルルは俺と一緒にリカを援護するぞ！　人数は向こうが多いから無茶はするなよ！」

「あい！」

現在〈エデン〉のメンバーは4人、〈花《はな》の閃華《せんか》〉ギルドは7人。

数の差で大きく負けている。

俺たちの狙いはシエラたちが駆けつけてくれるまでの時間稼ぎだ。

突然待ち受けるように現れた俺たちに〈花《はな》の閃華《せんか》〉ギルドは動揺したようなそぶりを見せた。今が攻めるチャンスだろう。出会いがしらに総攻撃だ！

「総攻撃開始！『勇気《ブレイブハート》』！『シャインライトニング』！『ライトニングバースト』！」

「はあっ！『飛鳥落とし』！『焔斬り』！『雷閃斬り』！『凍砕斬』！『光一閃』！『闇払い』！」

「『古式精霊術』！『大精霊降臨』！お願いします『グラキエース』！」

「とうー『ロリータタックル』！『ジャスティスヒーローソード』！『ヒーロースペシャルインパクト』！『セイクリッドエクスプロード』！『ロリータオブヒーロー・スマッシュ』！」

「へ？ちょ、ちょっと、ごふっ⁉」

「ギルマス⁉う、うそぉ！『ブロックソード』！ちょ、おも、重すぎるわ⁉」

「『四重封結界』！ってえぇぇぇ⁉一瞬で結界割れたんだけど⁉」

「『スラッシュ』！『ワイドスラッシュ』！『ヘヴィースラッシュ』！『ダブルスラッシュ』！ってダメ！手が足りない！」

「ま、待ち伏せ⁉『ロングスラッシュ』！『ラージエッジ』！ちょ、ヘルプヘルプ！」

「ギルマスがやられたわ！ちょ、一旦下がって！」

「撤退撤退！」

敵が角から現れた瞬間、〈エデン〉がいつもの総攻撃を流れるように叩き込むと、阿鼻叫喚が生ま

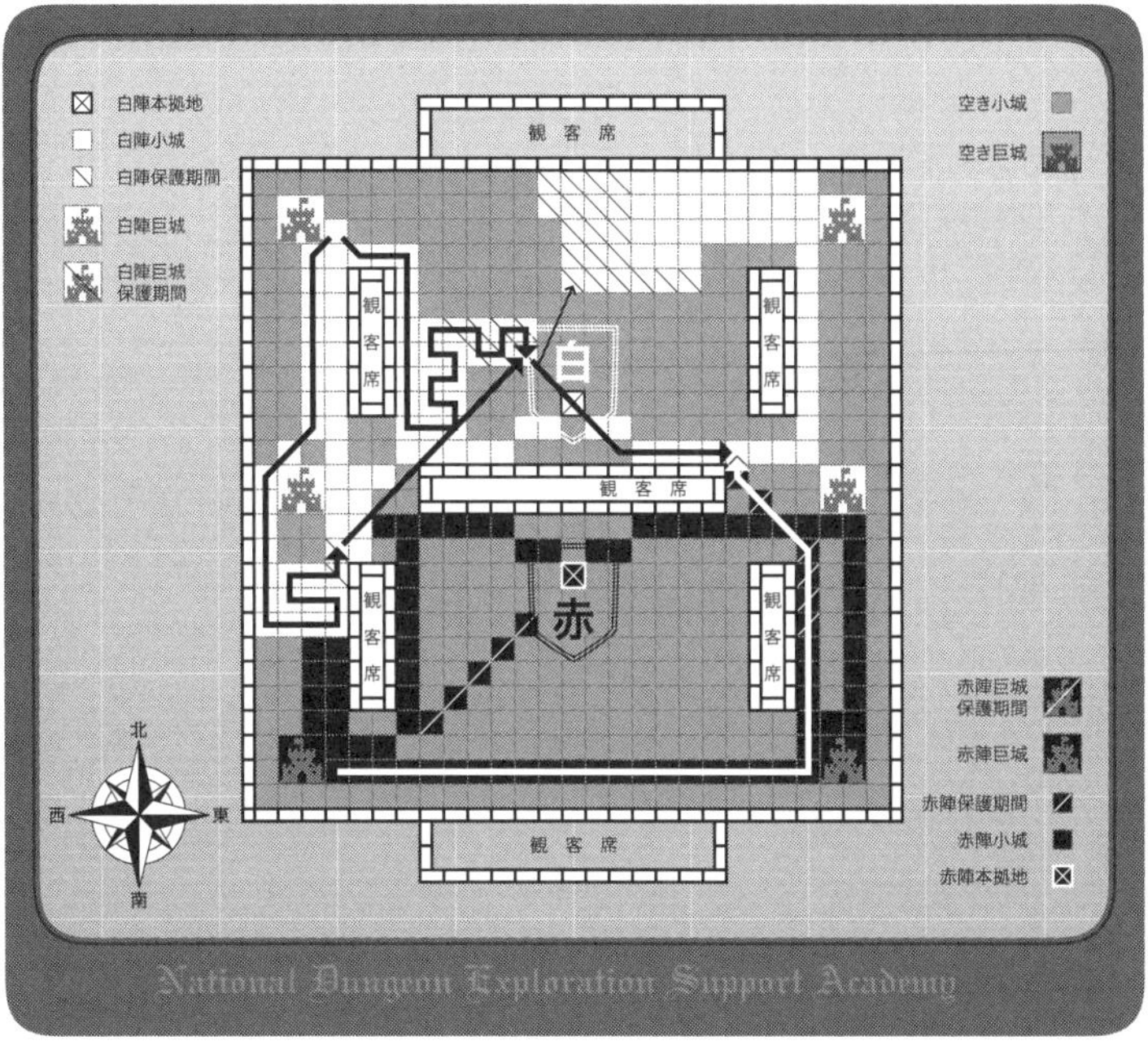

れた。

お、おおう。なんか予想以上に大きい手ごたえだったぞ。

人数差あるから一回全力で叩き込んだあとはヒットアンドアウェイで時間稼ぎしようと思ったのに、気が付けば敵が撤退していた件。

おかしいな。ゲームの時はこんなことはなかったんだが。

俺たちと〈花《はな》の閃華《せんか》〉ギルドがかち合ったのが、運が良いのか悪いのか、お互いが死角になっている観客席《障害物》の角のところだった。もう、ばったりだよ。

しかし、こっちは準備万端だったのに対し、相手は俺たちがこんなところにいるとは思っていなかったのだろう。あたふたしている間に全力攻撃決めたらあっけなく崩れた。

マジか。

しかもルルの『ロリータタックル《おでこ頭突き》』によって先頭の１人が崩れ落ちてそのまま総攻撃の

餌食になって〈敗者のお部屋〉へ直行。

残り6人は大きくダメージを負いつつもなんとか防《ふせ》いで撤退していった。

なんか耳にギルドマスターがやられたとか聞こえてきた気がするが、きっと気のせいだろう。ギルドマスターは一番強い。こんなことで早々退場なんてするはずはないのだ。

「待たせたわねゼフィルス！　それで、敵はどこよ！」

あ、ラナたちが到着した。


相手が本拠地アタックをしてくる前に手を潰した。これは大きい。

いや、結構偶然だったけどな。

障害物は使いようによってはこのように出会いがしら、角の部分で強襲することもできる。

今回は別に待ち伏せなんてしていなかったのだが、偶然障害物を利用した待ち伏せみたいになってしまった。

おかげで人数が半分近かった〈エデン〉がこの場を勝利で飾ってしまった。こういう偶然もある。

今まではだだっ広いフィールドに小さな城と巨大な城。そして防衛モンスターくらいしかいなかった。

おかげで目視である程度の状況は見ることができたのだが、ここは観客席があるせいで死角になる場所がある。ともなれば対人戦でそれだけ作戦の幅が増えてくる。

今まで『出会いがしら』なんてものはなかったがこうして対人戦で強襲することができるようになるのだ。

これだからギルドバトルは面白い。リアルだと相手の反応がまた新鮮だ。ゲームのＡＩ相手だとどうしてもビックリしたとか手が止まるとか、そういうのはなかったからな。

　ということで思った以上の戦果で相手を1《ワン》キルし、残りを撤退させたことで、相手側はこれから攻めにくくなるだろう。回復も必要なはずなので一度本拠地に戻るかもしれないな。素晴らしい戦果だ。

　しかし、それがお気に召さなかった方もいる。

「『回復の祈り』！　『回復の願い』！　はい、リカとルルは終わりよ。ゼフィルスは自分で回復しなさい」

「へーい」

「もー、ゼフィルスはまったくもーよ」

　語るまでもない。ラナである。

　せっかく北の方で小城Pを順調に増やしていたのに救援要請で呼ばれ、駆けつけてみたらすでに勝負がついた後だったのだ。とてもぷりぷりしていらっしゃる。

　ちょっとラナのほっぺが膨らんで見えるのが可愛い。

　おかげでラナの回復は俺には与えられなかった。無念。

　冗談だ、ラナの回復魔法は今〈初ツリ〉と〈二ツリ〉を発動したからクールタイムで残っているのは〈三ツリ〉のみ。俺は掠った程度だったので勿体ない。俺の『オーラヒール』で十分という話なだけだ。多分。

　と、俺が自分に『オーラヒール』を使って回復していると近づいてくる影があった。

　シエラである。ちなみに、他のシズ、パメラ、エステルには西の方の警戒を任せていた。

　今のシエラはラナとペアなのでラナの回復が終わるまで待っていた形だ。

「これからどうするのゼフィルス、本拠地を攻め返すのかしら？」

ろう。


「賛成よ、今がチャンス、ゼフィルス、行くわよね⁉」

「ん？　……いや、これまでどおり小城Pを集めよう。今は相手との差を引き離すが吉だ」

シエラが言ったことにラナが賛成するが、俺は一瞬だけ考えてそれを却下した。

おそらく、撤退させたのだから相手は浮き足立っている。要は逆侵攻のチャンスだと言いたいのだ
ろう。

これもゲーム時代なかったことだ。ＡＩは浮き足立たないからな。

しかし、今相手の本拠地を潰すことのメリットはあまりない。

〈敗者復活〉ルールがあるので相手をいくら退場させても復活してしまうからな。

巨城だってリードしているのだし、赤の巨城を2城ゲットしたところで状況もあまり変わらない。

ならば、小城リードを広げるほうが重要だと考える。

そうシエラにも伝えた。

「了解したわ。では、私たちも東側に行くわね」

「もーゼフィルス！　仕方ないわね、何かあったらすぐに呼んでよね。次こそ活躍してやるわ！」

「おう。いってらっしゃい」

シエラから行き先を聞き、ラナがぷりぷり言ってから東へ向かっていった。可愛い。

行き先を告げるのは呼べということだろう。

シエラも肩透かしを食らったのが残念だったようだ。

俺たちAチーム5人はそのまま西へ移動する。

撤退した〈花《はな》の閃華《せんか》〉ギルドが、撤退したと見せかけて回り込みそのまま西から再度攻めてくる可

能性があったからだ。

しかし、これは杞憂に終わる。

〈花《はな》の閃華《せんか》〉ギルドはやはり本拠地まで一旦撤退し、回復に努めている様子だ。

また、シエラが提案していた〈エデン〉逆侵攻を警戒しているようにも見える。

とりあえずさらなる進行はないと見て、西を警戒してくれていたエステルたちにもシエラたちと同じことを伝えてマス取りに戻ってもらった。

俺たちAチームは見つからないように観客席《障害物》の角から相手の本拠地を窺う。

「ん、『ソニャー』！　周囲、敵影なし」

「ありがとうカルア。ふむ、あれは逆侵攻を警戒しているのか？　防衛を整えている」

「リカもそう思うか。これは、しばらく足止めに使えるな、今のうちに障害物の向こう側のマスを全部取っておこう。見つからないようにな」

「ん、わかった」

リカも同じ判断だったため、俺たちはそのまま西側の観客席《障害物》の向こう側に回りこみ、相手が警戒して動けない隙に小城Pをガンガン取得した。

俺とカルアはそのまま南へ回り込み、リカたちは白の本拠地周辺へ向かい小城Pを獲得していった。

数分後、相手側もようやく動き出し、小城を取って巻き返そうとするが、その時には結構な差がついており、このまま巻き返すのは不可能なほどになっていた。

向こうもそう判断したのだろう。

早々に小城Pを取ることを諦めて2回目の白本拠地侵攻をする様子を見せた。先ほど退場した1人はまだ復活していないのだろう。6人での侵攻だ。今度は西から回りこんで、しっかり出会いがしらも警戒しているみたいだ。

さすが上級生、判断と対応が早いな。

また俺とカルアが先に気がついたのでカルアを東のラナたちのところに送り、俺はリカたちと合流して迎撃の構えだ。

さっきと同じ展開だ。結果も同じにならないことを祈る。

障害物を活かしながら壁沿いに展開し、相手が北側に出てきたところを今度は待ち伏せをして強襲した。

「お願いいたします『グラキエース』！」

「やっぱり！　また待ち構えていたわ！」

「今度は大丈夫よ！　みんな、固まらないように！」

「了解サブマス！　反撃よ！」

残念ながら〈花《はな》の閃華《せんか》〉ギルドが出会いがしらを警戒していたこともあってあまり削れなかったが、ここでの俺たちの役割は……今度こそ時間稼ぎだ。問題はない。俺たちは障害物の角付近で迎撃を開始、ヒットアンドアウェイや防御に徹して足止めし、時間を稼いだ。

そしてとうとう援軍がやってくる。

「待たせたわね！　『獅子の加護』！　『聖魔の加護』！　行くわよー『聖光の耀剣』！」

今度は間に合ったラナが素早く攻撃力と魔法力を上げるバフを掛けて『聖光の耀剣』をぶっ放した。

「やば！　皆避けてー！」

「わーぁ!?」

しかし、そんなド派手な攻撃を上級生たちは全力で回避した。

そりゃあとんでもデカい剣が飛んでくるのだ、剣士の直感か、みんなこれがヤバいものだって瞬時に判断したみたいだ。さすが上級生。

だが、1人、不幸にも直撃する。それもさっき1人だけ退場した方だった。

「みんな、助けに来たわ――――ほびゃぁぁっ!?」

「ギルマスー!?」

彼女はおそらく本拠地で復活して慌てて合流しに来たのだろう。

そして障害物の角から飛び出し、仲間と合流するところで、ラナの強烈な一撃が直撃した。不運だった。

しかも、

「む、まだまだ行くわよ！　『聖光の宝樹』！　『光の柱』！　『光の刃』！」

「ちょ、ひぎぃ！　待っ、ひゃぁ！　助けっ、みゃぁぁぁぁぁ！」

「ギルマスがまたやられたー!?」

執拗に狙ったラナの追撃で、哀れにも合流した方はまた〈敗者のお部屋〉へ送り返されてしまった。

これは膝《ひざ》を抱えるしかない。

他の〈花《はな》の閃華《せんか》〉ギルドメンバーも呆気に取られていた。

防御やかばうことすらできず固まっていたほどだ。

ただ1人ラナだけが「いい仕事したわ」とおでこに手の甲を当てている。

後で聞いたが、なんか相手から邪悪な気配がしたとのことだ。邪悪な気配とは……。

……まあよし、チャンスだな！

「今だ！　全員総攻撃!!」

「とうー！」

俺の総攻撃に反応し、まずルルが跳んだ。

「まっず！　皆撤退！　撤退だよ！」

「下がって下がって！」

「ちょ、みんな待ってよー」

部隊が崩されたと判断したのだろう、〈花《はな》の閃華《せんか》〉ギルドがまた撤退する。確かサブマスと呼ばれてた人が指揮をとっているみたいだ。どうやらあの人がリーダーみたいだな。（勘違い）

会場は結構盛り上がっている様子だ。

2回目の対人戦は見応えあったからな。1回目は出会い頭ですぐ終わってしまったので会場の盛り上がりはいまいちだった。

王女のラナが活躍したのも拍車を掛けているのかもしれない。なんか一部の黒装束集団で固まっているエリアから「「王女《ラナ》様ーー!!」」と歓声が聞こえてきた。

なんだろうあの集団。わりとよく見かけるのだが……正体は分からない。

現在のポイント〈『白9920P』対『赤5220P』〉〈ポイント差：4700P〉。

〈巨城保有：白4城・赤2城〉

〈残り時間18分13秒〉〈残り人数：白10人・赤9人〉

スクリーンに映し出されているポイントは白チーム〈エデン〉が大きくリードしている。

その差は4700Pだ。ここで注目するべきは小城Pで70マスのリードをしている点だ。

この小城P差を今からひっくり返すのは、残り時間的に見て難しい。

〈花《はな》の閃華《せんか》〉ギルドはもう小城Pを取る意義は無いとみなしたのだろう。マスを広げなくなった。

となれば、〈花《はな》の閃華《せんか》〉ギルドが勝つためには白の巨城を3城（6000P）を取ってひっくり返すか、白の本拠地を落とし全ての巨城（8000P）を奪うかしかない。

つまり対人戦だな。

「ゼフィルス殿、これ以上マスを広げなくてもいいのですか？」

相手のP《ポイント》の動きを見て俺たちもマスを広げるのをやめると、エステルが首を傾げて聞いてきた。

「ああ。ここからは対人戦がメインになる。小城Pはこれ以上リードを広げる必要は無いさ。それより部隊を編成し直そう。また攻めてくるぞ」

俺は確信を持って答える。

終盤戦が始まる。

まだ時間的《タイム》には折り返したばかりだが、小城Pを取らなくなれば終盤戦というのがギルドバトルでの考え方だ。

相手の動きに合わせ臨機応変に行動しなければあっと言う間に戦況がひっくり返される。

攻められているのにのんきに小城Pを取っている場合ではないということだな。

『相手が小城Pを取るのを止めたら警戒せよ』。これ、〈ダン活〉の常識。

「さすがDランク昇格試験。対人戦が多いですね」

近くにいたシズも俺の言うことに納得するように頷く。

「Eランク昇格試験の時はむしろ格上との対人戦は避けろ、が試験内容だったけどな。今回は積極的に攻めてきた相手に対する対応が求められているんだろう」

「さすが、学園はよく考えていますね」

「それを忠実に実行する〈花《はな》の閃華《せんか》〉ギルドもたいしたもんだよ。戦術的にも良い案配なんだ。良い指揮者もいるみたいだしな」

シズが学園を評価する発言に俺も同意する。

Dランク昇格試験を行なううえで相手の戦闘力や戦術が絶妙だ。

さすが〈迷宮学園・本校〉。強すぎず弱すぎず、良い相手をチョイスしてくれる。


そこからマスを有利に取ったり、相手マスをひっくり返したりして防衛を意識し、残り時間12分というところで相手から3回目の侵攻があった。

もうすぐ〈敗者復活〉ルールが無しになる。正確には10分後、復活した時にはすでに勝負は着いている状態になるのだ。

つまりここで〈敗者のお部屋〉に行ったが最後、戻って来たら、終わってる。

本当に本気、ドキドキの対人戦だ。

会場もどことなく緊張感が増している気がする。

今回は二手に分かれた侵攻だった。

東から3人、西から3人が攻めてくる。

これで相手は残り3人、復帰待ち1人だ。

〈エデン〉はこれに対し、東に3人、西に3人を振り分けた。同数による防衛だ。

なぜ同数なのか、5人ずつ送ればいいじゃないかと思うだろう。

しかし、これには訳があった。

「ん。『ソニャー』！　東、障害物の後ろから接近中、数3」

「やっぱりか。本命はそっちだな」

「むう。ゼフィルスの言ったとおりだったな」

カルアの探知《ソニャー》に敵影あり。

俺にとっては予想通りの展開。〈花の閃華《はなのせんか》〉ギルドは本拠地に残しておいたはずの防衛戦力まで攻めに回し、東側の観客席の裏から回りこませて北側から挟撃を狙う心算のようだ。

ゲーム〈ダン活〉時代から使い古された手だな。

東と西を攻めているのは、攻めていると見せかけてノーガードな赤本拠地へ来させないための壁であり敵の引きつけ役でもある、つまり攻めと守りをこなす陽動だ。本命は回り込んだ部隊による挟み撃ちである。

これを警戒するために4人が本拠地近くに待機していたのだ。

せっかく障害物のあるフィールドなんだからこれくらいあるだろうと思っていたらやっぱりだった。

障害物を利用した回り込み戦法。残念だが俺には効かないな。

「まず本命の手を潰す。後は煮るなり焼くなりだ。行くぜ」

「うむ。参ろうか」

「ん、行く」

「援護いたします」

本命の部隊を潰すのは、俺、リカ、カルア、シズの4人メンバーだ。

今回のポイントはシズである。

「今回は逃がさないようにな。シズは『バインドショット』や『地雷罠設置』、『攪乱《かくらん》』『閃光弾』を使って逃げられないようにしてくれ。もし逃げられたら『追跡』と『索敵』を。それと『痕跡発見』や『罠発見』も忘れずに頼む、撤退するうえで罠を仕掛けるなんて当然だからな」

「了解いたしました」

相手にとって最も潰されたくない本命。それを潰してしまえば相手はもう何もすることができない。

相手も必死だ。そのためにこちらはシズと、それにカルアも連れてきた。

シズは今言ったように、相手を逃がさない、逃げても追跡可能、隠れることも許さない、という補助的な役割に非常に特化している。さすが【戦場メイド】。戦場《対人戦》では敵にしたくない相手だ。

カルアは単純にその足の速さで逃がさない。

『罠突破』や『罠爆破』もあるため罠系は効かないしな。

そして2人を守るのがリカと俺の役目だ。

ここで相手3人を退場させればもう勝ったも同然だろう。

今東と西でバトっている6人も一度撤退するしかないだろうが、撤退したところで攻め手が欠けた

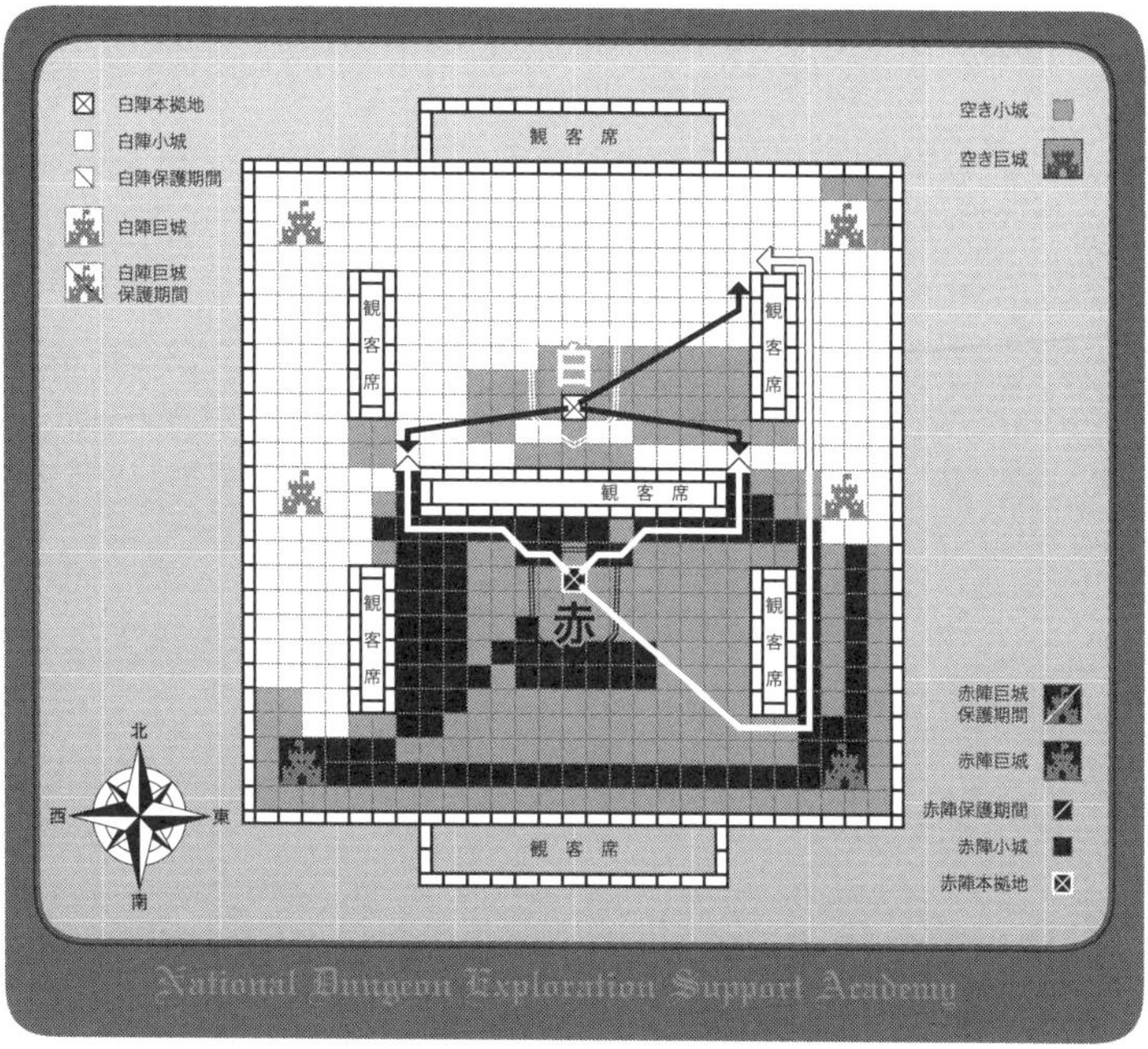

状態ではどうしようもないからな。

と、考えているうちに相手が北東側の観客席《障害物》を回り込んだようだ。

俺たちも障害物の角付近で待機し、出会いがしらの奇襲を狙うが。

「ん、『ソニャー』！　相手、慌ててる」

カルアの探知《ソニャー》によれば、相手側に俺たちが潜伏していることがバレているらしい。角から出るに出られず立ち止まって慌てているようだ。

相手側からしたら陽動に引っかからず、待ち伏せされている時点で作戦が失敗したようなものだ。そりゃあ慌てるだろう。

リカが1つ頷いて俺に聞く。

「ふむ、探知系持ちがいたか。ゼフィルス、どうする？」

「シズ、『閃光弾』発射」

「了解しました。『閃光弾』！」

「みんな顔を伏せろ！　閃光が切れた瞬間飛び出る」

ここで相手の本命部隊を仕留められればギルドバトルに勝ったも同然。逃がす気は無い。

俺は無慈悲にシズへ指示を出す。

シズの銃口からバキュンと飛び出た一発の銃弾は角を超えたところで地面に着弾。

おそらく相手はなんだなんだとその地面に注目しているだろう。

グッバイ！

「キャアァァ！」

「目が、目がーー！」

瞬間、フラッシュが瞬いた。

聞こえた叫び声から察するに見事ヒットしたようだな。

これで〈盲目〉状態が付着したはずだ。

光が収まったところで攻めに出る。

こちらに接近を気づかれないよう、マスを取らずに来たのは失敗だったな。

保護期間《バリア》のマスも無いため、俺たちは容易に接触できる。

角を超えた瞬間、巨大火の閃光が飛んできた。三段階目ツリー『フレアバースト』だ。

聞こえてきた悲鳴は2人分、無事だった1人が放ったらしい。しかし、

「効かん！　『二刀払い』！　覚悟――――！」

「うえ!?　高位魔法が弾かれた!?」

彼女の渾身の『フレアバースト』だったのだろうが、リカの『二刀払い』はクールタイムが長い代わりに三段階目ツリーの魔法攻撃すら払うポテンシャルがある。

まさかの展開に〈盲目〉を回避できた上級生が狼狽えてしまった。致命的だな。

「『バインドショット』！」

「はぐっ！　うそ、〈拘束〉状態⁉　回復アイテムを――」

「遅い！　はあっ！　『光一閃』！　『凍砕斬』！　『雷閃斬り』！」

「ん、『32スタースターム』！」

「きゃあぁぁぁ！」

流れるようにシズの『バインドショット』が決まり、〈拘束〉状態をアイテムで回復しようとするも時すでに遅し、攻勢に出たリカとカルアによってその魔法使い上級生は〈敗者のお部屋〉へ飛んでいった。

さらに〈盲目〉の状態異常でもなんとか逃げようと試みた残りの2人だったが、1人は俺とカルアが追いついて斬って退場、もう1人も遠距離からシズに狙撃されて退場した。

ブォォン――――！

「残り10分！　ここからは〈敗者復活〉が無しになる、本格的に気をつけろよ！」

スクリーンから残り時間10分を切ったブザーが鳴り響いた。

俺はすぐに全員に注意を促す。

「ゼフィルス殿、掃討完了しました。次の指示を」

「ああ。俺たちはこのまま逆侵攻を仕掛ける。と言いたいところだが、一度本拠地に戻るぞ。改めて部隊を編成し直す」

「了解した」

「ん、行く」

シズの報告に次の指示を出すとリカとカルアもなんの反論もなく頷いた。

素直に指示を受け入れてくれて嬉しいけど、もう少しどうしてか聞いてくれてもいいんだぞ？

一応説明するとだ、本当ならこのまま俺たちも東側から南に回り込み、逆侵攻で攻め、他の2チームと連携して三方向からの攻勢を掛ければ赤本拠地の落城も可能だと思う。

しかし、通信が無いので東と西で戦っているメンバーに指示が出せないのが辛いところ。

スクリーンには赤チームのメンバーが新たに3人退場したことを知らせる〈残り人数：赤6人〉の文字が点灯していた。

おそらく陽動役の6人も気がついているはずだ。本命部隊がやられたことに。

この場合、赤の6人は一度撤退するはずだ。

ここから攻めに転じたとして、〈エデン〉のメンバーを抜くことができないだろうからな。

赤本拠地が無人というのも心配の1つだろう。

そうなると、ここで俺たちが逆侵攻した時、6人の防衛部隊が赤本拠地に構えていることになる。

これを抜いて本拠地の落城を目指すのは難しい。

他のメンバーが応援に駆けつけてくれるのなら話は別だが、通信が無いのでその指示が出せないためだな。

となれば、逆侵攻は悪手。有利だからって調子に乗って攻めていたら逆にやられるパターンだ。

相手が万が一にも〈エデン〉メンバーを抜いて本拠地を攻撃しているとも限らないので、俺たちはまず白本拠地に戻るのが正解だろう。

白本拠地へ戻るとすでに東へ行ってもらっていたシエラ、ルル、シェリアが本拠地に戻ってきていた。

「ゼフィルス、お疲れ様。作戦は成功したみたいね」

「ああ。シエラたちもお疲れ様。早かったな」

「ええ、スクリーンから残り10分の知らせが届いたとほとんど同時に赤チームの人数が減ったじゃない？　それで慌てて相手は撤退していったのよ。西の方もそろそろ戻ってくるのではないかしら」

シエラがそう言ったところで西側を任せていたラナ、パメラ、エステルが戻ってきた。

「今戻ったわ！」

「おう。ラナもお疲れ様。追撃もせずちゃんと戻って来られて偉いな」

「ちょっとゼフィルス、私を子ども扱いしてない⁉」

いやぁ。

だってラナのイメージってそのまま追撃戦で敵を追いかけて、掃討するまで帰らないとか普通にしそうだったし。

あそこで追撃に出ていたら相手は東側の部隊と合流して逆にラナたちが撃破されていた可能性もあった。

よく我慢して帰って来られたと、そう思ってしまう。

「実際ラナ様はちゃんと帰還を宣言されましたよ。私たちはそれに付いてきただけです」

「ラナ様の指示は的確だったのデス！」

エステルとパメラが援護するように言う。彼女たちが窘《たしな》めた訳でもないようだ。

なるほど。ラナも成長しているのだ。イメージで決めつけて悪かったな。

「すまんすまん。しかし、これで完全に優位は取れたな」

「ゼフィルス、これからどうする気？」

シエラの問いに俺は一度思考に没頭する。

うーむ、勝敗だけを見るなら、正直言えばこのまま防衛しているだけで勝てる。

相手が6人、いや、10分前に〈敗者のお部屋〉へ出発した人が戻ってきた様子で今は残り7人。

相手が勝つ手段は白本拠地を落とすか、巨城を3城落とすかの2択しかない。

俺たちは白が持つ巨城を落とされないよう、中央観客席の東と西にメンバーを割り振り、相手の攻勢を時間まで止めれば勝てるのだ。

故に俺たちは〈残り時間7分32秒〉の間、重点的に守っているだけで勝ててしまうわけだが、それでは会場の盛り上がりに欠ける。

できれば華々しく行きたいところだ。

と、そこまで考えたところでカルアの探知《ソナー》に感あり。報告が舞い込んできた。お互いの本拠地が近いので、この距離だと相手の動きはカルアに筒抜けなんだ。

「ん、ゼフィルス。東から4人、西から3人、来てる」

「あくまで攻めに出るか……。まあ、それしかないよな。なら、よし割り振ろう！　西には3人、シエラ、ラナ、エステル、行ってくれ。相手は本気だろう、抑えてくれ」

「了解したわ」

「任せてよ！」

「承りました」

相手は本拠地をゼロとし、全てを攻めに回してきたようだ。

今回は陽動の時のように気を引くだけの戦法とは違い、全力で攻勢に出てくるはずだ。もしくは引きつけ役かもしれない。

いずれにせよ対処できるよう、こっちも初期メンバーであり、Lv70前後と高レベルの頼れる3人に西側を任せる。

そして、

「ゼフィルスはどうするの？」

ラナが出撃の準備をしつつ首を傾げて聞いてきたので不敵に笑いながら答えた。

「俺は、残りの全員を指揮して東側を食い破る。東側に送るのは7人、残りメンバー全員だ」

守りに入るだけじゃ盛り上がりに欠ける。

相手の4人を破り、そのまま本拠地を落として勝つぞ！

それを聞いたラナが「ずるい！　私も東に参加するわ！」と少々揉めたが「西を守れるのは頼れるヒーラーのラナだけなんだ。頼むよ」と巧みな話術で言いくるめて西へと送り出し、俺も東へ向かった。

「悪いシズ、パメラ、待たせた」

「問題ありません。先にリカ様、カルアさん、ルル様、シェリア殿が先行しています」

「私たちは回り込まなくてもいいのデース？　今なら赤本拠地は隙だらけなのデス」

「ああ。今回は東の4人を破って侵攻しよう」

全体に指示を出しているとどうしても遅れる。

東の部は先にリカたち4人に先行してもらい、足止めをお願いしていた。

俺も待たせていたシズとパメラと合流し、そのまま東を目指す。

途中でパメラが提案してきたのは、さっき〈花《はな》の閃華《せんか》〉ギルドがやってきた戦法をお返ししようという作戦だった。

まあ、今から障害物を回り込めば赤本拠地はガラ空きだよな。だけど、それだと二番煎じだしイマイチだ。

ここは4人を撃破して本拠地へ攻め込む方が会場は盛り上がる場面。

東の合流地点では、すでに戦闘が始まっていた。

「とうー！『セイクリッドエクスプロード』！」

「『ラージエッジ』！　くうう、強いこの子！　でも！」

「くっ、この巨大な大精霊が邪魔で進めない」

「みんな！　上級生の意地を見せるのよ！『ギガ・ソード』！」

「ヒーローにはそんな攻撃効かないのです！『ジャスティスヒーローソード』！」

「きゃあああぁぁぁ！」

現場にたどり着いてみたらルルが上級生3人を相手に大立ち回りをしていた。

シェリアが全力でルルを援護しており、囲まれないよう気をつけながらもルルが思いっきり暴れている。

リカとカルアも3年生と思われる女子を2対1に持ち込んで大きく削っていた。

これ、俺たちが来なくても勝ってたっぽいな。いや無理か、ルルのダメージがそろそろ危険域だった。このままではルルが戦闘不能になる。

とりあえず、むっちゃダメージを受けているルルを回復しよう。

「『オーラヒール』！　『エリアヒーリング』！」

「ええ⁉　ちょっと、ここでヒーラー⁉」

「嘘でしょ！」

「みんな落ち着いて！　ヒーラーをまず狙うのよ！」

「了解ギルマス！」

あの指示を出しているのは、さっき２度〈敗者のお部屋〉へ直行した人だ。

的確な指示だな。

ヒーラーは大体の場合、攻撃力も防御力も低い、でも一番厄介だ。

故に、一番狙われるのがヒーラーだな。

ギルドバトルで前線に出ようものなら速攻で狙われて退場するのが常である。

故に、大体のヒーラーは本拠地に構えていたり、そもそもヒーラーを参加させずポーションョン系で乗り切ろうとするものだが……。

このタイミングでヒーラーの登場は〈花《はな》の閃華《せんか》〉ギルドにとってかなり苦しいだろう。人数差的にも。

「え、嘘、勇者君！　勇者君が現れたわ！」

「ギルマス！　ヒーラーは勇者君よ！」

「な、なんですって⁉　ちゃ、チャンスよ！　最後のビッグチャンン――」

「よそ見は厳禁なのです！　『ロリータオブヒーロー・スマッシュ』！」

「ほびゃあぁぁぁ⁉」

「ギルマスーー⁉」

ああ。大剣使いの女子がルルの最強攻撃『ロリータオブヒーロー・スマッシュ』の直撃を受けてきりもみ回転しながら吹っ飛んだ。たしか、ギルマスと呼ばれていた子だ。

あれはボスですら吹っ飛ばす効果があるからな。あ、〈敗者のお部屋〉の招待状が。

確かあの子って3度目……。

「残りは3人なのです！」

「いや、2人だ。こっちも片付いた」

そう言って現れたのは3年生を相手にしていたはずのリカとカルア。

どうやらもう1人の3年生も〈敗者のお部屋〉に向かったらしい。

「やば、先輩方がやられた⁉　撤退、てったーい！」

「させませんよ。『バインドショット』！　『攪乱《かくらん》』！」

「『忍法・影縫い』！　『暗闇の術』デース！」

「わわわ！」

相手がこっちの人数を見て撤退を試みようとするが、それを見逃すシズとパメラではなかった。

状態異常を放ちまくり行動阻害を狙う。

シズの『バインドショット』は〈拘束〉に、『攪乱《かくらん》』は〈混乱〉の状態異常を引き起こす。

パメラの『忍法・影縫い』は〈束縛〉、そして『暗闇の術』は文字通り〈暗闇〉状態になる。

いくつかレジストされたが、2名はそれぞれ〈拘束〉と〈束縛〉の状態異常を被り、逃げ足を封じられてしまった。

「チャンスなの！」

「デース！」

「くっころーー！」

「やーん、いいとこなしー」

全身白の鎧を着たタンク女子と着流しの軽装女子が叫びながら〈敗者のお部屋〉へ飛んでいった。

これで阻む者はいなくなったな。

残り時間も4分を切った。

俺たちはそのまま赤の本拠地までコマを進め、総攻撃を開始。やり方は巨城を落とす時と変わらない。

西に向かっていた〈花《はな》の閃華《せんか》〉ギルドの3人がラナたちを振り切って慌てて戻ってきたがもう遅い。

――〈残り時間2分25秒〉赤の本拠地落城。

赤の巨城だった2城、〈南東巨城〉と〈南西巨城〉が〈エデン〉の所有物になった。

ギルドバトルではどちらかの本拠地が落とされた時点で仕切り直し、お互いが自陣本拠地へ一旦転移陣で送られ、保護期間《バリア》の明ける2分後にギルドバトルが再開となる。

もちろんロスタイムなんてものは無いので、〈残り時間0分25秒〉からの再開だ。

もう、赤チームにできることは無い。

◇　◇　◇

「こ、こんなはずではー」

〈敗者のお部屋〉で私は見事なｏｒｚ《オズ》を決めていた。

私の考えていた勇者君イチコロ計画は、見事なまでに失敗していた。しかも3度も退場した。

40分の試合で3度退場するってどういうことよーー!!

私、なんか試合中ほとんどここにいたんですけど!?

「うう、せっかくの、大チャンスがぁぁぁ……」

〈エデン〉が……〈エデン〉が強すぎるよー!! あれで1年生ギルドって本当なの!?

そう崩れ落ちる私を、同じく〈敗者のお部屋〉に送られてきた後輩たちは、スルーした。

「こんなはずではー」

「ギルマスうっさい！」

「試合が終わる良いところなのよ、静かにして」

後輩たちが厳しすぎるよぉ。


――そこでブザーが鳴り響き、ギルドバトルが終了した。

――会場が大きな拍手と歓声に包まれたのだった。

ポイント〈『白１４２３０Ｐ』対『赤５５２０Ｐ』〉〈ポイント差：８７１０Ｐ〉。
〈巨城保有：白６城・赤０城〉
〈残り時間00分00秒〉〈残り人数：白10人・赤３人〉
勝者：白チーム〈エデン〉。

第12話
学園・情報発信端末・誰でもチャット掲示板26

711 ：名無しの剣士2年生
は、始まりますっす！
みなさんは配置についたっすか!?

712 ：名無しの魔法使い2年生
もちろんなのだわ。
でも、珍しいわね剣士がかぶりつきなんて。

713 ：名無しの支援3年生
それだけ注目度の高いギルドバトルということだ。
見ろ観客席を、何やらハラハラとした2年生が多い。

714 ：名無しの冒険者2年生
ハラハラ、ドキドキドキドキドキドキドキドキドキ。
ドキドキドキドキドキドキドキドキドキ。

715 ：名無しの神官2年生
いやドキドキしすぎだろ！
まあ、初の1年生Dランク昇格の試験だ。
俺たち2年生にとっても他人事でないのは分かるが。

716 ：名無しの斧士2年生
結果は見えているからな。
勝負が付いたときのあのハラハラ組がいったいどんな反応をするのか。

717 ：名無しの調査3年生

そんなの予想するまでもないわ。
でもせっかくだから観察させてもらうけど。

718 ：名無しの神官2年生

調査先輩!?
あんた鬼か!?

719 ：名無しの剣士2年生

そんなところまで調査してあげなくてもいいっす!?

720 ：名無しの支援3年生

それはともかくだ。
懐かしき〈四角形〉フィールド。
スタンダードなために攻略法がほぼ存在しないフィールドだ。
純粋な戦力と連携力が試される場だな。

721 ：名無しの神官2年生

ここ戦略が難しいんだよな。
最初にいくら作戦を練って準備してもし足りないって言われてる。
即応力が試されるんだよ。

722 ：名無しの調査3年生

だからこそDランク試験にうってつけなんだけどね。
さて、選手の入場ね。

723 ：名無しの剣士2年生

おお、〈エデン〉と〈花の閃華〉が出てきたっす！
……男子が勇者さんしかいないのは気のせいっすか？

724 ：名無しの冒険者2年生

ぐっ、俺もあそこに紛れ込みたい！

やられてもいいから！

---

725 ：名無しの錬金2年生

いいわ、後半の願いだけ望みどおりにしてあげる。

---

726 ：名無しの神官2年生

あ、今観客席でアクシデントが……。
そっとしておこう。
みんな、あれは気にするなよ。

---

727 ：名無しの剣士2年生

は、はいっす。
そ、それで、この選手たちっすが、
誰かわかる方いらっしゃるっすか？
特に〈花の閃華〉っす。

---

728 ：名無しの調査3年生

よろしい、私が答えるわね。
今回は試験だからか3年生が3名、2年生が7名のメンバーね。
ギルドマスターとサブマスターは知っている人も多いけれど、
2年生のメンバーはあまり見ない子が多いわ。
2年生は全員参加みたいね。

---

729 ：名無しの剣士2年生

2年生中心っすか？
でも〈エデン〉相手に2年生って大丈夫なんすかね？
3年生が相手でも平気そうに感じるっす。

---

730 ：名無しの調査3年生

〈花の閃華〉はDランク試験の試験官を多く務めてきたギルドよ。
2年生とはいえ普通のギルドよりとても経験が豊富だわ。
そこらの3年生でも足元すくわれる実力よ？

731 ：名無しの神官2年生

対人系がやたら上手いからなあのギルド。

はてさて、どんな展開になるのか。

746 ：名無しの魔法使い2年生

始まったのだわ。

747 ：名無しの神官2年生

勇者速！

748 ：名無しの支援3年生

いや、全体的に〈エデン〉が速いぞ。

あれは、装備だな。

共通した装備を使っているように見える。

749 ：名無しの調査3年生

勇者君とツーマンセルを組んでいる猫人の子以外は足装備を統一しているみたいよ。

そしておそらくあの足装備は『移動速度上昇』系のスキルが付いているわね。

750 ：名無しの支援3年生

やはりか！

それなら〈エデン〉のスピードにも納得がいく。

それに戦法も、やはり〈エデン〉の初動の戦法は足の速いツーマンセルによるルート確保か。

スピード型だな。

それに対し、〈花の閃華〉は足の遅い者に合わせるというポピュラーな戦法を取っている。

751 ：名無しの剣士2年生
解説プリーズっす！
これ、どっちの戦法がいいんすか!?
西の〈エデン〉は相手のルート完全に潰しちゃってるっす！
やっぱり〈エデン〉の戦法の方が有利っす？

752 ：名無しの支援3年生
難しいな……。
今のポピュラーな戦法だって決して悪くはないのだ。
だからこそ使う者は多い。
利点は相手が初動で対人戦を仕掛けてきた場合に対し、
人数が多ければ防げること。
それに巨城は少人数が先行しても落とすことは難しい。
ならば、足並み揃えて向かったとしても問題は無いという主張だな。
強固な攻めだ。
しかし、足の遅い者に速度を合わせるとなると、〈エデン〉のように
超スピード特化型に進路を塞がれるリスクがある。

753 ：名無しの神官2年生
だからって超スピード型同士で進めば対人戦が怖い。
初動で退場ほど無念なものはないからな。
難しいところだ。

754 ：名無しの剣士2年生
なるほどっす……。
解説ありがとうございますっす！

755 ：名無しの魔法使い2年生
ちょっと、あなたたちが話している間に状況が動いているわよ。
〈エデン〉が巨城を確保したのだわ。
まずは中央の西ね。

756 ：名無しの盾士1年生

きゃー、さすが勇者君！
相手の進路を完全に封じての先取！
すごくカッコいいわ！

757 ：名無しの商人1年生

今のは完全に決まっていましたね。

758 ：名無しの女兵1年生

見事な対応力よ！
あれ、途中で〈花の閃華〉の動きが遅いことに気が付いたから
予定を変更したのよ。

759 ：名無しの神官2年生

見てから即対応ってやばいよな。
どんな作戦だったのかすげぇ気になる。

760 ：名無しの調査3年生

東の中央も〈エデン〉が先取したみたいね。
これは巨城殴り合戦でどちらが先取できるのかわからなかった
けれど、最後は〈エデン〉が火力と回転力を上げる形で奪ったわね。

761 ：名無しの支援3年生

以前行なっていた、全員ぴったりに巨城を攻撃する戦法は今回は
使わないようだな。
使うまでもないのか、それとも使えないのか……。

762 ：名無しの剣士2年生

あ、〈エデン〉は北に、〈花の閃華〉は南に分かれたっすね。

763 ：名無しの神官2年生

これでとりあえず初動の展開は終了か。

予想通りと言うかなんというか、〈エデン〉優勢だな。

790　：名無しの神官2年生

〈花の閃華〉が動いた！

791　：名無しの魔法使い2年生

東へ向かって合流し、大人数で攻める気だわ。

7人一塊《ひとかたまり》、これは〈エデン〉も……。

792　：名無しの調査3年生

小城を捨てる気？　思い切ったわね。

でも、それならマスを確保しながら合流するのではなく、

無視してでもスピーディにことを運ぶべきだったわ。

見て、もう勇者君が即応してる。

793　：名無しの神官2年生

うへぇ!?

勇者速すぎるだろ!?

なんだあの動き!?

794　：名無しの支援3年生

例の移動速度上昇系装備に加え、マスを完全に無視しての即応か。

決断力と判断力が桁外れだ。

この中盤の初めというタイミングでの大型侵攻に対し、

しっかりと手を打っている。

〈花の閃華〉はおそらくギルドマスターである勇者氏を避けて

本拠地を狙う心算だったのだろうが、完全に対応されているな。

795　：名無しの神官2年生

えええぇ……？

相手が動き出した後で対応できるもんなのか？

いくらなんでも対応速度が速すぎるぞ……。

796 ：名無しの支援3年生
そのための足装備なんだろうな。

相手が動きを見せたところでどんな位置にいようとも対応できるようにしているのだろう。

まあ、これは相手の動きから即相手が何をしようとしているのか看破する能力が無ければできない技だが。

797 ：名無しの神官2年生
マジ信じられない……。

これが1年生だと？

お、おい。そろそろぶつかるぞ！

798 ：名無しの剣士2年生
このタイミング、障害物の角になるっす！

799 ：名無しの魔法使い2年生
〈花の閃華〉は障害物で勇者君の動きに気付いていないわ！

800 ：名無しの斧士2年生
ぶつかった！

801 ：名無しの神官2年生
〈エデン〉の一斉攻撃だ！

802 ：名無しの剣士2年生
〈花の閃華〉対応できてないっす！

803 ：名無しの神官2年生
やべぇ！　この人数差で強襲が成功した!?

804 ：名無しの剣士2年生
ああ!?　ギルマスが逝ったっすー!?

805 ：名無しの神官2年生
おでこ強えぇぇぇぇ!!

806 ：名無しの盾士1年生
勇者君の勝ちー!!
きゃー！

807 ：名無しの女兵1年生
すっごいわ！
ナニアレ、神業よ！

808 ：名無しの神官2年生
マジそれだよ！
普通あそこから追いついて奇襲して、
そんであの人数差をひっくり返して撤退させるか!?
何あの神業!?

809 ：名無しの支援3年生
とんでもないものを見せられたな。
普通なら本拠地近くに保護期間《バリア》のマスを引き、
時間稼ぎをしている間に仲間を集めるのがセオリーだが、
まさかこんな手があったとは……。

810 ：名無しの魔法使い2年生
周りを見て、今のプレイに度肝を抜かれた2年生放心しているのだわ。

811 ：名無しの調査3年生
普通なら盛り上がるはずの会場が一瞬静かになったわね。
凄く面白かったわよ。

812：名無しの神官2年生

いやあ、マジビックリ展開だったわ。
一瞬で勝負が決まったぞアレ。
マジ凄かった。俺もやってみたいわ！

813：名無しの支援3年生

もうこれだけでDランク試験の合格は見えたな。

814：名無しの魔法使い2年生

あ、そういえばこれ試験だったのだわ。

815：名無しの斧士2年生

忘れるほどの衝撃だったな。

816：名無しの神官2年生

まだ開始から10分しか経ってないのにこれだ。
これからどんな展開になるのか……。

817：名無しの剣士2年生

ギルドマスターが1人だけ飛んで逝きましたっすしね。

818：名無しの調査3年生

……不運だったわ。

832：名無しの剣士2年生

〈エデン〉の動きが止まらないっすね。
北側はかなり白マスが増えているっす。

833：名無しの神官2年生

これは、小城Pを巻き返すのは難しいだろうな。
〈花の閃華〉は苦しい展開だぞ。

834 ：名無しの魔法使い2年生

ここまで〈花の閃華〉は、
巨城先取で負け、小城Pで負け、さらに対人戦でも一度負け、
さらに復帰待ちで1名抜けている状況。
こんなに優勢な状況なのに〈エデン〉はさらに小城マスの確保に
余念がないのだわ。

835 ：名無しの支援3年生

前から分かっていたが、〈エデン〉のギルドバトルのやり方には
無駄が少ない。
効率よく、最短で、物事を有利に引き込んでいるように見える。
特に顕著なのが小城マスの確保だ。
本来小城マスを確保していると大きな隙ができる。
メンバーがバラバラに動く必要があるからだ。
そのため対人戦が起きたとき各個撃破がされやすく、
不利になることもある。
小城確保よりも大人数で固まり、対人戦に備えるべきという主張も
多いのだが……。

836 ：名無しの神官2年生

〈エデン〉は小城マスを優先的に取りながらも
対人戦で勝利したからな。
あの即応力あっての技だが、恐れ入るぜ。
少ない時間で勝利を飾った〈エデン〉は相手が立て直している
うちにさらに小城Pを稼ぐ。
そして、気がつけばもうひっくり返せないくらいその差は大きく
なっているということか。

837 ：名無しの剣士2年生

聞けば聞くほどとんでもないっすね……。
でもなるほどっす。
小城マスをガンガン取ることが有利に繋がるんっすね。

838 ：名無しの錬金2年生

取れれば、の話だけどね。

周りを見てみなさい。放心している2年生が多いこと多いこと。

839 ：名無しの調査3年生

ぷるぷる震える男子も多くて、面白いわよ。

840 ：名無しの神官2年生

いや調査先輩!?

そっとしておいてあげて!?

むしろギルドバトルを見てあげて!?

841 ：名無しの冒険者2年生

ぷるぷるぷるぷる、ビクンッ！

842 ：名無しの神官2年生

いや、冒険者のは別の理由だろ。

なんか〈麻痺〉ってるし。何があった。

843 ：名無しの錬金2年生

何もしてないわ。

844 ：名無しの神官2年生

嘘をつけ!?

845 ：名無しの魔法使い2年生

状況がまた動いたのだわ。

また〈花の閃華〉が攻勢に出るみたいよ。

846 ：名無しの剣士2年生

おお、今度はまた6人での攻勢っすか。

小城は取らないっすか？

847　：名無しの支援3年生

うむ。
おそらく〈花の閃華〉は小城Pでは勝てないと結論を出したのだろう。
試験官としても対人戦を多くしたいはずだ。
故に、このタイミングでの対人戦だな。
先ほどは予想外のタイミングでの強襲を食らい、撤退した形だが、
今回はしっかりと警戒をしている様子だ。
これは分からんぞ。

848　：名無しの神官2年生

それにしても相変わらず勇者の即応力が高い件。
なんで対応できるんだ？
速すぎるだろ。色々と。

849　：名無しの盾士1年生

それが私たちの勇者君よ。

850　：名無しの神官2年生

く、色々言いたいことはあるはずなのに、
反論の言葉が出てこない！

851　：名無しの剣士2年生

2回目の対人戦、ぶつかるっす！

852　：名無しの神官2年生

まともにぶつかった！
本当にこれは分からない展開だぞ!?

853　：名無しの魔法使い2年生

〈花の閃華〉は6人、それに対し〈エデン〉は4人なのだわ。
人数差を乗り切れるかしら？

854 ：名無しの盾士1年生

勇者君頑張ってー！

855 ：名無しの商人1年生

みんなで声援を送るのよ！

856 ：名無しの女兵1年生

応援団、横断幕掲げて掲げて！
みんな、声を出すのよ！
勇者先生がんばれー!!

857 ：名無しの剣士2年生

会場が凄く盛り上がってるっす!?

858 ：名無しの神官2年生

なんだあの横断幕!?
……なんか相手が可哀想になってきた。
誰か〈花の閃華〉も応援してあげて!?

859 ：名無しの魔法使い2年生

結構な2年生男子が熱心に〈花の閃華〉を応援しているのだわ。

860 ：名無しの神官2年生

…………うん。
そうだったな。

861 ：名無しの王女親衛隊その1

おお！
我らが王女様が来られたぞ!!

862 ：名無しの剣士2年生

なんか出たっす!?

863 ：名無しの神官2年生

あー！　ギルドマスターが吹っ飛んだー!!??

864 ：名無しの冒険者2年生

王女様強ぇーー!?

865 ：名無しの王女親衛隊その2

ふはははは！

我らも勇者ファンに負けるな！

声を出すのだ！

866 ：名無しの王女親衛隊その3

声援行くよー!!

王女様ーー!!

867 ：名無しの王女親衛隊その4

王女様最強ー！

王女様素敵ー！

王女様無敵ー！

868 ：名無しの盾士1年生

な！

私たちも負けてられないわ！

みんな勇者ファンの力を見せるのよ！

勇者くーん!!

869 ：名無しの商人1年生

勇者君今よー！

全力で攻めるのー！

870 ：名無しの女兵1年生

チャンス、チャンスよ！

勇者君素敵ー！　勇者君がんばれー!!

871 ：名無しの歌姫1年生
私たちも負けてられないですね！
勇者君頑張れ！　〈エデン〉ガンバレー！

872 ：名無しの狸盾1年生
え、〈エデン〉のみなさん、がんばってくださーい！
ゆ、勇者君もー！

873 ：名無しの賢兎1年生
〈エデン〉のみんな強ーいっ!!
みんなその調子だよー！　ファイトー!!

874 ：名無しの剣士2年生
なんか王女親衛隊と勇者ファンと〈エデン〉メンバーの応援で
観客席が凄いことになってるっす!?

907 ：名無しの魔法使い2年生
やっと落ち着いてきたのだわ。

908 ：名無しの神官2年生
いや、どう見ても嵐の前の静けさだろ。
見ろ、あの黒装束たち。
いつでも応援飛ばせるように待機してらぁ。

909 ：名無しの斧士2年生
2年生男子のぷるぷるハラハラが止まらない件について。

910 ：名無しの冒険者2年生
俺のぷるぷるとハラハラとドキドキとビクンビクンが止まらない！

911　：名無しの剣士2年生
あ！　とうとう〈花の閃華〉が動いたっす！
これは3回目の侵攻っすか!?

912　：名無しの支援3年生
これは……三方向からの攻め！
中央の東と西を陽動に本命が回り込み北から挟撃するつもりか！
あのサブマスター、1年生を相手になかなか凝った手を使う……。

913　：名無しの神官2年生
いや、もう〈エデン〉をただの1年生とは思えないぜ。
しかし、障害物を利用した挟撃か。
確か〈エデン〉は障害物初めてだろう？
これはイケるんじゃないか？

914　：名無しの冒険者2年生
スルーされた……。

915　：名無しの神官2年生
東の観客席の裏から進んでる3人が本命か。
あれは、隠蔽《いんぺい》系か？

916　：名無しの支援3年生
そのようだ。
隠密性を高めて回り込もうという魂胆だろう。
その証拠にマス取りもしていない。
マスを取ると色が変わってバレるからな。

917　：名無しの剣士2年生
メモメモ。
うちのギルドにも活かせそうっす。

918 ：名無しの支援3年生
東と西の同時攻め。
ここでのポイントは白が本拠地で待ち構えると
挟撃を受けてしまう点だ。
できれば避けたいだろう。
そして仕掛けてくる赤はそれぞれが3人ずつだ。ここもポイント。
普通ならチャンスと感じて大人数で打って出てもおかしくない、
誘いの戦術だな。
これが陽動だとは気づきにくい。

919 ：名無しの冒険者2年生
メモメモ。続けて。

920 ：名無しの支援3年生
うむ。
その相手の心理を利用し、本命を回り込ませて挟撃し、
相手の人数を削るのがこの戦術の目的だ。
人数の問題で全員が本拠地を空けることにはなるが、
この陽動は赤本拠地へ通さない防衛の意味も持っている。
攻めと守り、陽動と誘いの術を持った戦術だな。
これを本来、初めてで看破するのは難しいのだが……。

921 ：名無しの冒険者2年生
思いっきり看破している勇者クオリティ。

922 ：名無しの神官2年生
マジでどうなってるんだ？
勇者の動きは相手がどう来るか完全に読んでいた者の答えだぞ!?
俺たちのように上から見ているわけでもあるまいに！

923 ：名無しの魔法使い2年生
本命部隊の前に先回りしたのだわ！

924 ：名無しの支援3年生

ふむ。
残念ながら〈花の閃華〉の作戦は失敗だ。
陽動がバレている時点でこれ以上は進められない。
ここは被害が出ないうちに即撤退すべきだろう。
問題は、その指示ができる3年生が本命部隊にいないという点だ。

925 ：名無しの剣士2年生

あ！　本命部隊が攻められたっす!?
しかも一瞬で2人が状態異常になったっす!?

926 ：名無しの支援3年生

これは難しい展開だな。
本来なら本命部隊を率いていたはずの
〈花の閃華〉ギルドマスターが不在。
いや、復帰待ちだったのが響いているな。
おかげで2年生のみの部隊となり、経験不足がここにきて現れている。

927 ：名無しの神官2年生

あー、ギルマスな。うん。
王女様に出会いがしらに吹っ飛ばされていたな。

928 ：名無しの王女親衛隊その1

一番の強者を真っ先に破るその手腕。
さすがは我々の王女様！

929 ：名無しの王女親衛隊その2

これで勝負は決まったようなものだな！

930 ：名無しの盾士1年生

勇者君が加わればもう怖いものなしね！

931 ：名無しの女兵1年生
〈エデン〉に怖いものなんてないわ！
勇者君が全て吹き飛ばしてくれるもの！

932 ：名無しの王女親衛隊その1
王女様もな！

933 ：名無しの神官2年生
親衛隊も勇者ファンも仲良いな!?
それより見ろ、残り時間10分を切った。
本命部隊は、全員〈敗者のお部屋〉へ行ったみたいだぞ。
なお、〈エデン〉の被害は軽微。

934 ：名無しの冒険者2年生
圧倒的じゃないか!?
なんだかさっきまで感じていた震えが別のものに感じてきたぞ。

935 ：名無しの支援3年生
まさかここまで一方的に展開が進むとは……。

980 ：名無しの神官2年生
試合終了～～！
終わってみればとんでもない点数差！
ここまでの点数差はあまり見ないぞ!?
〈花の閃華〉のギルドマスターは……可哀想だったが。

981 ：名無しの支援3年生
見応えのあるギルドバトルだったな。
まさか最後に本拠地を落として締めるとは。
勇者氏は会場の盛り上がりも考慮していると思われる。
つまりは余力と余裕を残している、ということか。

982 ：名無しの調査3年生
とても良い試合だったわ。
〈花の閃華〉ギルドは、ちょっと不運も重なったけど、
結果的に見れば完全な準備不足ね。
ギルドマスターの詰めが甘かったと言わざるを得ないわ。

983 ：名無しの神官2年生
いや、そりゃ甘くもなるだろ。
だって1年生ギルドだぞ？
いや、この試合で完全に1年生の実力じゃないって分かったけどさ。

984 ：名無しの冒険者2年生
それな！
俺の周りにいる男子たちが軒並み灰色がかってる。
「〈エデン〉ヤバい」ってさっきからぼそぼそと呟いてるんだぞ。

985 ：名無しの調査3年生
特にCランクギルドの震え方は凄いわよ？
もう笑っちゃうくらいぷるぷるしているわ。

986 ：名無しの剣士2年生
そりゃそうっすよ!?
元Cランクにいたから分かるっす！
Cランクギルドでさえこうも対応するのは不可能っす！
〈エデン〉に狙われたが最後、Dランク落ちが見えるっすよ……。

987 ：名無しの神官2年生
どこのギルドが狙われるのか、ということか。
そりゃあ震えるな。
〈エデン〉に狙われたら高確率でDランク落ちだ。
Cランクギルドさん、陰ながら応援だけしています。

988 ：名無しの支援3年生

ふむ、これから〈エデン〉がどこのギルドにギルドバトルを
仕掛けるのかが注目されるな。
諜報活動が活発になりそうだぞ。
すでに押し付け合いが起きているとの情報もある。

---

989 ：名無しの調査3年生

それで自分のギルドが狙われてるって分かったら、
どうする気なのかしら？
生贄でも用意するの？

---

990 ：名無しの剣士2年生

生贄!?　とんでもなく恐ろしい言葉っす。
でも元Cランクには分かってしまうっす……。
挑まれる立場になるのは、色々キツいっすから。

---

991 ：名無しの支援3年生

まあそれはともかくだ。
今は〈エデン〉の勝利、
1年生初のDランク進出を祝おうじゃないか。
それが上級生の貫禄、というものだろう。
見ろ、王女親衛隊も勇者ファンも一塊《ひとかたまり》になって喜びを叫んでいる。
おかげで〈エデン〉の昇格の合否がまったく聞こえないぞ。

---

992 ：名無しの神官2年生

む、支援先輩の言うとおりだな。
まあ、合否が聞こえなくてもまったく問題無いのが凄いところか。
よし、俺も祝おう！　〈エデン〉おめでとう！

---

993 ：名無しの剣士2年生

おめでとうっす！
だから、僕がまたCランクになっても狙わないでほしいっす！

994 ：名無しの調査3年生

剣士がCになる頃には〈エデン〉はもっと先に行っているのではないかしら？

でもお祝いは必要よね。

私も、勇者ファンと喜びを噛みしめてくるからこれで落ちるわ。

じゃあね。

995 ：名無しの斧士2年生

これで解散か。

俺たちは食堂でジュースでも飲んでくる。

996 ：名無しの魔法使い2年生

飲み過ぎないようにね。

997 ：名無しの神官2年生

俺たちも帰るか。

998 ：名無しの剣士2年生

っす。

999 ：名無しの支援3年生

うむ。

そういえば〈エデン〉の枠が増えるため相手のギルドから誰かを引き抜くのではないか、という話もあったが、無さそうだったな……。

第13話　新しい部屋で祝賀会、みんなの席を回ろう～。

「お疲れ様でしたでカンパーイ！」

「「「「お疲れ様でした～」」」」

「「「かんぱ～い!!」」」

ギルドバトルが終了して時刻は19時。

新しく割り当てられたDランクギルド部屋で〈エデン〉と〈アークアルカディア〉が集まって、いつものように祝賀会が行なわれていた。

Dランクのギルド部屋は中級上位ダンジョンのある建物、〈ダンジョン門・中級上伝〉通称：〈中上《ちゅうじょう》ダン〉の近くに建ち、学園や寮にも程近く、学園の中心地にあり利便性が高い。

建物は4階建てでファンタジー中世風、と言えばいいのだろうか。石製であるため学校の建物として見た時さらにかっこよく見える。

俺たち〈エデン〉のギルド部屋はその最上階の一室に割り当てられていた。

ギルドバトルが終わってから無事合格を言い渡され、その足で〈ギルド申請受付所〉で合格の通知とDランクギルド部屋の鍵を貰い、即行でお引越しを開始。

一応引越し期間として1週間はEランクギルド部屋の鍵を返却しなくてもいいことにはなっているが、これから期末試験期間なのだ、長々と引越しに時間を掛けている暇など無い。

ということでつい先ほど引越しも完了。

荷物は〈空間収納鞄《アイテムバッグ》〉があるのでほとんど手間はかからなかった。

むしろ新しい部屋のインテリア（ほぼぬいぐるみ）をどう配置するかの方が時間が掛かったくらいだ。

あ、もちろん〈幸猫様〉には上座のさらに後ろ、一番良い場所に神棚を配置させていただきましたとも。

ああ、ありがたや、ありがたや。

〈幸猫様〉を配置したことで溢れ出したグロウな光がいいイルミネーションを醸し出す中、皆で最高のジュースに舌鼓をうった。

実はこのジュース、例のオークションで落札した〈芳醇な100％リンゴジュース〉である。

610万ミールのお高いジュースだということは、サブメンバーはおろか〈エデン〉メンバーでもあのオークションに参加していないメンバーにはほとんど伝えられていない。

ハンナとか味がわからなくなりそうだしな。

「くぅ、美味いな」

25人で分けたので3口で飲み終わってしまったが、相変わらず美味い。

とんでもなく美味だ。このスッと抜けて蕩けていく香りがたまらない。

「はーい。今日は〈食材と畜産ダンジョン〉19層の高級食材を贅沢に使った豪華料理を多数取り揃えたよ！　皆どんどん食べてね」

続いてハンナが出し、セレスタンとシズが配膳してきたのは例のエクストラダンジョンの高級食材で作られた料理の数々だった。

例のごとく、ギルドバトルが終わってから依頼したのでは遅い、というシエラの主張に頷き、料理専門ギルド〈味とバフの深みを求めて〉に依頼を掛けておいたのだ。

あとハンナの料理もいくつかある。ハンナの料理は毎日のように、というか毎日食べているがハンナ特製の豪華料理ともなれば話は別だ。絶対ハンナ料理を制覇するぞ！

一部ビュッフェ方式を採用してハンナが作った料理の巨大皿が設置されると俺は真っ先に飛びついた。これだけは譲れない。

「むむ、やはり胃袋を掴むべきかしら……」

「料理、料理ね。できなくはないと思うけど」

「この味、【調理師】系の職業《ジョブ》持ちに匹敵するんじゃありませんの？」

そんな俺の姿を見てラナ、シエラ、リーナが何かを呟いていたが、ハンナの極美味料理に夢中な俺の耳には届かなかった。

「しゅ、しゅごい。カレーが、飲み放題！」

「カルア、もう少し落ち着いて食べるのだ。カレーは逃げないから。あとカレーは食べ物だぞ？」

奥では〈カレーのテツジン〉によって自動調理されたカレーの山にカルアが目を輝かせまくっていた。

今回カルアが大活躍だったからな。特別に貴重な〈食ダン〉のレアボス、〈ボスミノタウロス〉からドロップした特製の〈高級ビーフ〉をふんだんに使った〈高級ビーフカレー〉を用意したぞ。

普通に食べれば3日は持つ量を作っておいたからたんと召し上がれ！

特製なだけあってカルアの食べる勢いは凄まじい。

リカが窘めるが効果は無く、カレーを飲み物のようにごくごく平らげていく様子にサブメンバーたちが目を点にしていたぞ。完全にカレーは飲み物だと誤解している。

女子たちの視線が相変わらずカルアのへそだし装備のお腹に集中していたが、少しずつぽっこりとなっていくお腹に戦慄していた。

「ゼフィルスさん。隣いいかな？」

「え、えっと。お邪魔でなければ」

「おお、ノエル、ラクリッテいらっしゃい。ちょうどいい、この料理が絶品なんだ。是非食べてくれ」

俺は自分の皿によそったハンナ特製豪華料理を指差してオススメする。

「おお……ゼフィルスさんとシェア！　ありがとう〜」

「ゼフィルスさんからい、いただいてもよろしいのでしょうか⁉」

「ダメよ！」

「あなたたち、違うでしょ。自分の分は自分で持ってきなさい」

「で、ですよね〜」

「は、ハイ！　もちろんです！」

ラナとシエラが現れた瞬間、氷属性の攻撃でも浴びたかのようにカチンコチンになったノエルとラクリッテがオススメ料理を取りに大皿に向かっていった。

「まったく、油断も隙も無いわ」

「ゼフィルスが隙だらけなのよ。もっと隙をなくしなさい。その言い方だと勘違いするでしょ」

「え、いや……悪かったよ？」

なぜか怒られた俺。抵抗はむしろ被害が増すと『直感』が警報を鳴らしてきた。

なんだか女子たちの視線が鋭くなりそうだったのでそそくさと退散し、メルト、ミサト、それとサブメンバーで唯一の男子であるレグラムのいる場所へ向かう。

「ゼフィルス殿、よく来たな。駆けつけ一杯だ。酌をしよう」

「おお、悪いなレグラム。これはなんだ？」

「〈調理課〉のクラスにいる知り合いに作ってもらったブレンドジュースだ。多少酸味はあるが食の間に飲むと食が進む、味も美味く感じられる」

勧められて飲んでみると、柑橘系のミックスジュースのようだった。レモン系だがほんのり甘みがあって美味しい。

レグラムの話では、こういうパーティの時などに食の間に飲むと胃がもたれづらくなり、食欲が上がるそうだ。また、口の中がリセットされるため次の食事がより美味しく感じられるらしい。

なるほど、【調理師】系が作るジュースにはこんなリアル効果があるものもあるんだな。

「メルトとミサトが飲んでいるのも同じジュースか？」

「ああ。この身体はあまり食べられん。このジュースは重宝しているんだ」

「もう、メルト様はそのままでも十分凛々しいって言ってるんだけどね。無理して食べても身長は伸びないよ？」

「やかましい！」

どうやらメルトは以前からこのジュースを愛飲しているらしい。ミサトよ、そっとしておいてやれ。

「しかし、メルトとレグラムは知り合い、というかずいぶん仲がいいんだな」

「同じクラスだしな」

「ああ。それにメルトには世話になっている」

「いや、〈アークアルカディア〉に入れたのはレグラムの実力だろう。俺は募集があることを教えただけだ」

そういえばメルトもレグラムも〈戦闘課1年8組〉、同じクラスだったな。お互い知った仲というより普通に友達だったようだ。

どうもレグラムはメルト経由で〈アークアルカディア〉の面接募集があることを知り、応募したらしい。メルトに聞かされなければ逃していたそうで、メルトには恩を感じているようだ。

「じゃあ、俺は次へ行くな、楽しんでくれ」

ある程度話を聞き、お土産にミックスジュースを貰って俺は次の席に向かった。

「あ、ゼフィルス殿。お待ちしていました」

「よく参られました。こちらの席へどうぞ」

「お邪魔するな、エステル、アイギス先輩」

続いてやってきたのは【姫騎士《ジョブ》】のお二方が歓談する席だ。

基本的に〈エデン〉では職業系統が被らないよう調整してはいるが、「騎士爵」はどうしても難しい。

〈姫職〉が他の王族貴族より種類が少なく、【姫騎士】一種しかないせいだ。

おかげで〈エデン〉に1人、〈アークアルカディア〉に1人【姫騎士】が在籍することになってしまっている。

まあ〈姫職〉が少ない分、上級職への〈上級転職《ランクアップ》〉の選択肢は他の〈姫職〉より多いのだが。

また【姫騎士】は獲得できるスキル数が下級職ダントツと言っていいほど多い。

そのため住み分けも容易だ。アイギスは今のところ上級職の【竜騎姫】を目指しているため、エステルとは違い騎乗系やチャージ系を覚えていくことになるだろうな。

後はテイムか。モンスター乗りの騎士に成長させる予定だ。

その〈最強育成論〉ルートも、すでに渡してある。

「ゼフィルスさん、【姫騎士】って奥が深すぎます。自分じゃ絶対【竜騎姫】にたどり着けないですよぉ」

「すみません。アイギス先輩は先ほどからこうなんです」

「私よりすごく優秀な【姫騎士】の方が後輩で、先輩の威厳が木っ端微塵ですよぉ」

「エステル、アイギス先輩に何飲ませたんだ？」

「何も飲ませておりません」

いや、だってエステル、アイギス先輩の言動が噛み合ってないぞ？

悲観しているのか、感謝しているのか、喜んでいるのか、それとも全部なのか。

これでシラフだというのか？

「おそらく感情が爆発したのだと思います。〈転職〉経験者にはよくあることらしいですよ」

「そうなの？」

この世界では少し前まで〈転職〉はタブーに近かった。

それが少しずつ受け入れられ始めている。しかし、〈転職〉して高位職に就いたはいいが、その道の険しさが段違いで不安に押しつぶされそうになることも多いのだとか。

確かに【姫騎士】とかエステル以外に見たことがなかったな。それに上級職のルートが違えば育成のやり方はかなり違ってくる。【姫騎士】は他の職業《ジョブ》よりも綿密に育成方法を練る必要があるためにプレッシャーが段違いらしい。

エステルから聞いた話だが【姫騎士】に就いたはいいが、その高すぎる性能に振り回され大成できなかった人間がほとんどだそうだ。

そんな見通せぬ先のプレッシャーや、優秀な後輩がいること、自分の力量では【ナイト】が精一杯だったことなどが重なり、アイギス先輩の不安は爆発してしまったらしい。

まあ、この世界ではほとんど先駆者みたいなものだもんな【竜騎姫】って。自分で道を切り開かなければいけないとかそりゃプレッシャーだろう。そのための〈最強育成論〉なんだが？

「アイギス先輩のＬｖは30。ここまで早足で僅か数日で昇ってきてしまったために熟考する時間もなく、不安が外に溢れてしまったのでしょうね」

「ううう。ごめんなさいエステルさん。でも今だけは頼らせてください」

「はい。私でよろしければ胸をお貸ししますよ」

「うう、わ、私より大きい……」

エステルが言うにはパワーレベリングの弊害でもあるそうだ。

同じ【姫騎士】という職業《ジョブ》であり、成功者でもあるエステル。

アイギス先輩はそんなエステルに思いっきりすがりついていた。

美味しい料理もある。ここはエステルに任せよう。

なにやらアイギス先輩が後輩の一部分にさらに敗北感を味わっていたようだったが、俺は気が付かなかったことにしてその場を後にした。

次に足を運んだのは仲良し3人娘、【魔剣士】のサチ、【魔本士】のエミ、【魔弓士】のユウカがいる場所だった。

そこにパメラとシエラもいた。

「パメラちゃんもスキル選びが絶妙で痺れたよー」

「いやーそれほどでもデース。全部ゼフィルス殿の指示のおかげデース！」

「シエラちゃんも足止めすごかった。相手は上級生なのに一歩も引かないでさ」

「そうそう！　こう、盾でガツンだったもんね！　『カウンターバースト』ってさ！　シエラちゃんって盾の扱いがすごく上手いよね」

「ええ。幼少の頃から盾を使っていたからとても得意よ。相手が上級生でも負ける気はないわ」

「く～、そんなセリフ言ってみたいわー」

どうやらさっきのギルドバトルの対人戦についての話のようだ。

目を輝かせた3人娘がパメラとシエラを尊敬の眼差しで見つめていた。

シエラが仲良し3人娘と仲が良いのは知っていたけれど、パメラも仲が良かったのか。

「こっちは盛り上がってんなぁ」

「あ、ゼフィルス君、ハロハロー」

「いらっしゃーい！　待ってたよー」

「ギルドバトルお疲れ様、すごくかっこよかったよ」

近くによって声を掛けると早速サチ、エミ、ユウカから歓迎を受けた。

「あら、ゼフィルスもこっちで一緒に食べる？」

「歓迎するデース！」

「いや、みんなの席を回っている途中なんだ。少し話したら移動するよ」

「そう、残念ね。私も付いて行こうかしら」

「別に皆と食べていていいぞ？　サブマスターだからといってそこまで束縛することはしないさ」

「そういうことじゃないのだけど……はぁ」

なぜかため息を吐かれた。

そこへこれまたなぜかキラキラ輝かせた目をした３人娘がやってくる。

「シエラちゃん、ここは任せて一緒に行ってきていいよ！」

「うんうん。頑張ってシエラちゃん！」

「シエラちゃんなら私たちも、安心だもんね」

「いえ、私は別に……。それより、あなたたちも狙っていたのではなかったの？」

「あー、いいのいいの」

「私たちは近くで拝むだけでも大満足だしねー」

「お、お付き合いするとか恐れ多いから！」

「それを聞いて安心したわ。でも今回は止めておくことにするわね」

「「「えー」」」

なんか女子会的なものが即行で形成されて俺は追い出された。

何か仲良し3人娘とシエラで熱く議論（?）をしているようだが、抽象的な発言が多くし内容はよく分からなかった。

「ゼフィルス殿も大変デスね～」

「え？　パメラはあれ分かるのか？」

「私だって女子デス。当然デース！」

なんてこった。どうやら女子にしか分からない話題のようだ。

ふむ、挨拶も済んだし、俺も退散しておこう。

女子の話に男子が入っても碌なことにはならないからな。

俺はまたまた移動する。


最後にやって来たのは、【炎雷鋼ドワーフ】のアルル、【コレクター】のニーコ、【シーカー】のカイリがいる、サポート関係が集まったようなグループだ。

当然のように我が〈エデン〉のサポート担当であるハンナ、セレスタン、シズもここにいた。

「あ、ゼフィルス兄さんや。いらっしゃい」

「おう、お邪魔するなぁ」

「やあ勇者君、ご相伴《しょうばん》にあずかっているよ。いやはや、これだけ豪勢な食事は初めてだ！　ぼくの舌が歓喜を叫んでいるよ」

「うん。本当にどれも美味しいな。このようなパーティに参加させてもらい感謝するよ」

「喜んでもらえてよかったよぉ。あ、このミニハンバーグはこのソースを掛けて食べてみて」

5
May
2024
—ニューアイテムラインナップ—
New Item Lineup
TOブックス
同時開催
穏やか貴族の休暇のすすめ。
POP UP SHOP
深崎暮人×SHIBUYA TSUTAYA
IP書店プロジェクト
produce by TO BOOKS
SHIBUYA TSUTAYA
POP UP SHOP
本好きの下剋上
～司書になるためには手段を選んでいられません～
6階IP書店にて開催中!
TSUTAYA先行販売グッズ
好評発売中!
Honzuki no Gekokujo
図書委員
図書委員
ステンレスボトル
(ローゼマイン工房紋章・アレキサンドリア紋章)
タオルハンカチC
図書委員腕章
(シュバルツ・ヴァイス)
TSUTAYA先行販売!
ミニアクリルスタンド(4種)
TOブックスオンラインストアにて
5/1発売!
ミニアクリルスタンド(5種)
商品のご購入はTOブックスオンラインストアへ!

そこではアルル、ニーコ、カイリが料理に舌鼓をうち、ご機嫌なハンナが次々と料理を勧めていた。

「ふう。ぼくの胃はもう限界のようだ。これほど豪華な料理の数々、滅多に食べられないというのに。脆弱な腹が恨めしいよ」

「では私がいただこうハンナさん。はぐ――うぅぅ～～ん、美味い！」

ハンナからハンバーグを受け取ったカイリが食べた瞬間、カッと目を見開いたかと思えばとても幸せそうな顔をしてそう言った。ニーコは自分の腹を撫でながら恨めしそうにカイリを見つめている。

「あそこはさっきからずっとああなんや。カイリはんの食いっぷりが見事でなぁ、ハンナはんもガンガン餌付けしまくっとんのや」

「確かに、美味しそうな見事な食べっぷりだな」

ハンナの料理はマジで美味しいからな。カイリのあの表情も分かる。

「セレスタンとシズもご苦労様。食事の用意や配膳、助かったよ。2人ともちゃんと食べているか？」

「ご心配なさらずともいただいておりますよ。改めましてゼフィルス様、〈エデン〉のDランク昇格おめでとうございます」

「ありがとうセレスタン」

「ゼフィルス殿はいかがですか？　食べておりますか？　先ほどから席を回り、食事はあまり取っていないようですが？」

シズが珍しく心配してくると、それを聞いたハンナが即でこっちを向いた。

「え？　それはいけないよゼフィルス君。ここでたっぷり食べていってよ！」

「ああ、そういえば回っている間はジュースくらいしかもらっていなかったっけ。じゃ、いただくよ」

しかし、ここは静かだな。周りでは何かとギルドバトルなどの話で持ちきりであったが、ここではあまり話題に上がっていない。というのも、ここがサポート系の人ばっかりだからだろう。

唯一ギルドバトルに出場したのはシズだが、他はそもそも戦闘職自体が少ない面子。戦闘面についての質問や聞きたいことがあまりないんだろうな。

「くふぅ⁉　も、もう食べられないよ……」

「おお？　カイリ君がギブアップしたぞ」

一番活気があったカイリがダウンした。ハンナ、食わせすぎだ。だが美味いと手が止まらないんだよなほんと、俺も一度ああなったから分かる。

ふむ、もうみんな食べ過ぎるくらい食べた頃か。俺も急いで食べるかな。

ん～、ハンナ料理は相変わらず美味！　でも料理ギルドの料理もすごく美味いな。

その後は料理に舌鼓をうち、さらにメンバー、サブメンバーとの交流を深めていった。

〈エデン〉と〈アークアルカディア〉の仲もだいぶ打ち解けてきた様子だ。

明日の土日、〈エデン〉は〈バトルウルフ（第三形態）〉狩りに行く予定で、次の週は期末試験でダンジョンにいけず交流ができない。

今日までに交流でき、親交を深められて良かったよ。

期末試験が終わったら下部組織《ギルド》から〈エデン〉への昇格者を出す予定もある。

そのための下準備は大体整っただろう。思い残すことはない。

これで来週からのテスト勉強に集中できそうだ。

俺はいたるところで楽しそうにするメンバーとサブメンバーたちを見つめながらそう考える。

第14話　カンストへの道。カンストラッシュ始まる！

ギルドバトルが終わり、〈エデン〉はＤランクへと昇格した。

引っ越した部屋は大部屋１つと小部屋が４つ入ったギルド部屋で、やっと小部屋の方を色々と利用できるようになったな。

今までハンナの魔石部屋とか、素材の倉庫部屋とか、うん。主に倉庫としか使っていなかったけど、これからは生産部屋なんかを作りたい。いや作る！

とりあえずＱＰを使って〈部屋設置型・空間収納倉庫《アイテムボックス》Ｌｖ10〉を注文しておいた。

収納スペースが一番デカいやつだな。くくく、これで色々捗るぞ〜。

主に回収した素材の保存に困らなくなったな。

それと、色々付属品を設けまくった中級〈錬金セット〉も注文、小部屋１つを錬金生産工房へと改造していく。

また、ハンナが料理もしたいと言い出したので錬金部屋の一部にキッチンも取り付けた。

ギルド部屋の一室がハンナ専用部屋になってしまったが、まあいいだろう。

そしてＤランクになったことで最も重要な事がある。上限人数が増え、最大20人を加えることが出来るようになった件だ。

やっと20人だな。

ここまで長かったようで短かったような。

おっと、感傷に浸るのはまだ早い。

今回〈エデン〉には5人の枠ができた。

これには、以前の大面接で採用した下部組織《ギルド》〈アークアルカディア〉のメンバーから昇格してもらうことになるだろう。

その後には、また下部組織《ギルド》の面接をしようとミサトから話を持ちかけられている。やることは多い。

さて、ではその昇格の時期だが、これに関してまだ見極めが足りないということで期末試験の後を予定している。

本当は期末試験の結果も加味してメンバーに入れるかを決定した方がよいとシエラから助言を受けたからだ。

確かに、赤点者をメンバーに加えてしまい、その後の夏期休暇の時に補習でダンジョンに行けませんとなれば〈エデン〉の活動に支障が出る。

下部組織《ギルド》のサブメンバーにもこれは通達しておいた。赤点を取れば昇格も無しになると聞いてみんな気合いを入れていたよ。震えている者もいたが。

というわけでこれから2週間は〈アークアルカディア〉と交流しつつ誰を〈エデン〉メンバーに昇格させるかを見極めるとして、俺たちは俺たちで試験前最後のダンジョンを楽しみ尽くすため、土日は〈猛獣の集会ダンジョン〉で〈バトルウルフ（第三形態）〉狩りへとしゃれ込んでいた。

「やったわ、Ｌｖ75！　カンストよ！」

「ラナ様、おめでとうございます。私も今の戦いでＬｖがカンストいたしました」

「エステルもなのね！　やったわね！」

「はい！」

活きの良かった〈バトルウルフ（第三形態）〉が尻尾を垂れ下げてクゥ～ンと鳴き始めた頃。（土曜日のお昼過ぎ）

とうとう下級職がＬｖカンストするメンバーが現れ始めた。

元々Ｌｖ71と〈エデン〉の中でトップレベルだった俺、ラナ、エステルがまず初めにＬｖカンストしたのだ。

ちなみに今回はラナとエステルのＢチームが〈バトルウルフ〉を狩ったため２人がカンストした、俺はその前にお先にカンストさせてもらっている。

「ラナ、エステルおめでとう」

「ラナ殿下、エステル、おめでとう」

「おめでとうなのです！」

「２人ともおめでとう」

「ん、おめおめ」

門から出てきたラナとエステルを、俺、シェリア、ルル、リカ、カルアの順で祝っていく。

カルアのそれは祝いの言葉なのか？

まあいい。めでたいことだし、細かいことは言いっこなしだ。

とにかくやっとＬｖカンストだな。

Ｃランク戦はＬｖカンストがデフォルトだ。Ｃランクに上がるには〈15人戦〉で全てのメンバーが

Ｌｖカンストしているのが最低条件となる。

これでＣランクに一歩近づいた。Ｄランクに上がったばかりだけど。

またそれだけではなく、中級上位《チュウジョウ》へ行くにもこれは必要なことだった。中級上位《チュウジョウ》の入ダンＬｖ制限は60からとなっているが、実際ボスの推奨Ｌｖは75だ。レアボスなら最低でも高位職でＬｖ75が推奨だった。

この中級中位《チュウチュウ》でレベルカンストに勤しんだのは、そんな中級上位《チュウジョウ》へ向かうための準備だな。

他のメンバーもほとんどカンスト間近。いい感じだ。

この調子でどんどんいくぞ！

その後もカンストラッシュは続いた。

元々高レベルだったシエラ、カルア、リカが夕方にはカンストし、翌日日曜日の15時にはルル、シエリア、シズ、パメラがカンストする。

これで〈エデン〉のメンバーは下級職Ｌｖカンスト者が10人となった。

みんなでカンストを祝っていると、俺の元にそっとシエラが寄ってきた。

「ゼフィルス、これからどうするの？　帰還するかしら？」

「いいや、レベルカンストしたことだし、いっちょ中級上位《チュウジョウ》ボスの強さを確かめておくのもいいんじゃないか？」

「それいいわね！　賛成よ！」

シエラの問いに答えると、いつの間にか側にいたラナが賛成の声をあげる。

いつの間にそんなに近くにいたんだラナ？

「つまりレアボスね。今までよりかなり慎重にレベル上げしていたみたいだけど、やっぱりそれほど強いのね？」

「ここの〈バトルウルフ〉は中級中位《チュウチュウ》でも難易度の高いダンジョンだからな。そのレアボスも中級上位《チュウジョウ》の中では高位に当たる。Ｌｖはカンストしておいた方がいいな」

「なるほどね」

中級上位《チュウジョウ》、ここは非常に難易度が高いダンジョンとして名高い。

多くのギルドがこのダンジョンで足踏みし、攻略が進んでいないのだ。

その理由は、単純な力押しが制限されたこと。

今までＬｖを上げれば後は力押しで攻略できたのだが、ここではＬｖがカンストしてしまい、中級中位《チュウチュウ》を攻略した時とほぼ同Ｌｖで挑まなくてはいけないなんてこともざらにある。

故に、今まで高Ｌｖに頼って攻略してきたギルドはここを攻略できないのだ。

また、中級上位ダンジョンはそのダンジョンによって攻略の難易度がかなり違ってくる。

例えば中級上位《チュウジョウ》で最も難易度の低いダンジョン〈夏日の荒野ダンジョン〉は低位職でも攻略できる難易度に設定されているのに対し、難易度が中間くらいにある〈四季の妖精ダンジョン〉では、もう低位職では非常に厳しい難易度となっている。

これによりダンジョンによって等級付けが行なわれており、低位職でもギリギリ攻略できるダンジョンを〈ランク１〉から〈ランク３〉としているな。〈夏日の荒野ダンジョン〉は〈ランク１〉のダンジョンだ。

ちなみに〈四季の妖精ダンジョン〉は〈ランク５〉相当と格付けされている。

このリアル世界では、ほぼ全てのギルドが中級上位《チュウジョウ》で止まっておりどのランクのダンジョンを攻略したかで競っているとか聞いたな。

俺のギルドは〈ランク6〉相当だぜ～、とか言って自慢しているのかもしれない。

ちなみに俺たちのDランク試験を担当してくれた〈花の閃華〉は〈ランク5〉相当だそうだ。

こほん、話が逸れた。

それで、この〈バトルウルフ〈第三形態〉〉のレアボスは当然のように〈バトルウルフ〈第四形態〉〉だ。

その難易度は、〈ランク7〉相当に匹敵する。

高位職をかき集めないと厳しいレベルのボスだ。さすがに今回は安全のため、全体のＬｖがカンストするまでレアボスの登場を控えさせていたくらいだ。

低確率でツモった時用に、ボスを再リポップさせるアイテムなんかも持って来ておいたほど、準備を入念にしなければ安心できない相手である。

まあ、このアイテムを使う機会は無かったんだが。

さて、ものは試しだ。

全員が〈最強育成論〉の通りにステ振りを行ない、準備が完了したところで俺は笛を片手に持ってみんなに宣言した。

「これからレアボス狩りをするぞ！」

「「「「おおー！」」」」

最初にレアボス〈バトルウルフ〈第四形態〉〉とバトルするのはＡチームに決まった。

つまり、俺、カルア、リカ、ルル、シェリアのメンバーである。

レアボスは基本的に単体だ。

統率系のスキルを持っていたはずの〈バトルウルフ〉だがレアボスの時はお供を連れず、単体での出現となる。

では弱いのかというとそうでもない。

むしろパワーアップしている。

お供を連れていないので範囲攻撃、全体攻撃をバンバン使ってくるのだ。

〈バトルウルフ〉も（第四形態）ともなると見た目も能力もかなり上がってきており、見た目は全長5メートル、黒くダークな体毛に覆われ眼は怪しく赤く光り、そして頭が2つに増えている。

2つの口からそれぞれ闇属性のブレスと氷属性のブレスをまき散らし、これまでに少なかった範囲攻撃をかなり放ってくるので気が抜けない。

後衛は気をつけていないとすぐ範囲攻撃の餌食になるため注意が必要だ。

ユニークスキルはそのブレスが2つ混ざり合い部屋全体に降り注ぐ『バトルウルフ流・闇氷柱豪雨《ダークネスアイスピアレイン》』、全体攻撃だ。上からの攻撃はリアルだと防いだり回避したりするのが難しい。

これは要警戒だな。

この中で装甲が脆弱なのがカルアとシェリアだ。特にカルアは回避に特化しているためいざ防御するといった時に不安があるが、新しい防具も装備している。なんとかなるだろう。

シェリアも魔防力とHPはそれなりに育てているし、防具は中級《チュウジョウ》上位級のものだ。

一撃で即戦闘不能になることはないだろう。

後は回復次第だな。

後衛のシェリアには〈ハイポーション〉を多く渡しておく。

「今回、回復が追いつかなくなる可能性がある。その時は配ってある〈ハイポーション〉を使って各自で回復してほしい。俺は全体回復系を持っていないからな。それとリカ、『エリアヒーリング』を使ったら〈バトルウルフ〉を抑えてくれ」

「承《たまわ》った」

俺の『エリアヒーリング』はエリア魔法。

発動したエリアの中に居れば人数問わず回復し続けるが、そのエリア魔法の範囲内にボスがいる場合、エリア魔法地帯は放棄せざるを得ない。

敵を回復してしまうということはないが、エリア魔法の範囲内に留まることを優先しすぎるあまり敵の攻撃範囲に留まり続けると、下手をすればダウンを取られ戦闘不能に追い詰められることもありうるからだ。

エリア魔法に敵が入ってきたら、大人しく距離を取って対応すべしだ。

だが、その前に入らせないことが大事だな。リカにはタンクとして頑張ってもらいたい。

「じゃあ、〈笛〉を吹こうか。今回は――」

「はい！　ルルが吹きたいのです！」

「よし、じゃあ今回はルルに任せよう」

「やったのです！」

「ルルは本当に癒やされます。ルル、吹き方は分かりますか？　よければお姉ちゃんが教えてあげますよ」

「前にオカリナを吹いたことがあるので大丈夫なのですシェリアお姉ちゃん！　見ているのですよ！」

「はい！　ルルの可愛さ、しっかりお姉ちゃんが見ていますよ」

ルルに〈笛〉を渡したらシェリアが過剰なほど甘やかし始めた。いつもの光景だ。

ルルは以前レアモンスターを呼び寄せる〈オカリナ〉を吹いて以降、〈笛〉を吹くのにハマっているんだ。

「――――♪　――――♪」

ルルが吹くと〈笛〉からエフェクトが溢れ、発動したことを教えてくれる。

エフェクトを放ちながら演奏するルル。

シェリアがうっとりした顔つきでそれを見つめていた。

リカとエステルが微妙な顔をしているぞ。

シェリアはルルにハマっているんだ。

「レアボスツモればいいいな」

「何を言っているのですか。ルルが吹いているのですよ？　レアボスだって我慢しきれず演奏を聴きに駆けつけます」

「……そうだな」

レアボスがツモる確率は70％。

思わずポロッとこぼれた願望を、シェリアが凄い勢いで拾い上げた。

シェリアがルルを好きすぎて困る。

別に困ってないけどな。

ルルの演奏が終わっていよいよボス部屋に入ると、そこにいたのは……いやどこにもボスはいなかった。

「お、レアボスツモった」

「ですから言ったでしょう。ルルに掛かればレアボスを釣り上げるなんて造作もありません」

シェリアがまったく疑いもなくうんうんと頷くが、その自信はどこから……。

これでもしレアボスがツモってなかったらシェリアはどんな反応をするのだろうか？

見てみたい気もする。

と、そうこうしているうちにボス部屋の奥が光り始める。

レアボスポップのエフェクトだ。

シェリアを後方に残し、まずリカを先頭に俺、ルル、カルアが前へと出て陣形を作り終わると、エフェクトの中から黒く巨大な双頭の狼が姿を現した。

「グウオォォォォォンッ!!」

〈猛獣の集会ダンジョン〉のレアボス〈バトルウルフ（第四形態）〉だ。

ゲームの時の見た目通りだ。

頭が2つ、赤くギラギラとした眼光が4つ俺たちに向けられる。

バトル開始。

「慌てずいつも通りいこう。リカ、ヘイトを頼む」

「承《たまわ》った。〈エデン〉が【姫侍】リカ、いざ、参る！『名乗り』！」

まずはリカの挑発スキルでタゲを取る。

強大な敵を前にしてもやることは変わらない。

2つの頭、4つの目がリカに向いた。

「グオォォォン！」

「む、速いな。『上段受け』！」

一気に真っ直ぐ迫ってきた〈バトルウルフ〉、両頭が噛みついてくる『剛噛みつき』を使ってくるが、リカは冷静に『上段受け』で防御、相殺する。

〈バトルウルフ（第三形態）〉の時とは明らかに違うスピードだが、最初からレアボスは速いと経験上分かっているリカは崩されることなく、最初の一撃に対応して見せた。

ここでスキルのタイミングが合わず初撃で崩されてもおかしくはない。崩された時用にサブタンクの俺が後ろに控えていたが、出番は無かったようだ。

さすが、リカの防御スキルはピカイチだぜ。

「グオン！　グオ、グオン！」

「ふ、『受け払い』！　は！　『切り払い』！　『上段受け』！」

最初の迫り来る〈バトルウルフ〉の巨体に怯《ひる》まなかったリカに、足を止めての攻撃が通るはずもなく、リカは順調に相殺でヘイトを稼ぎ始めた。

全てを相殺するのは難しいが七割方相殺できているな。しかし、残り三割は防御しているにも関わらずダメージがガリガリと入っていく。さすがに強いな。

しかし、ヘイトは稼げた。

次は俺たちアタッカーの番だ。リカに回復を送り、全体に指示を出す。

「『オーラヒール』！　――ルル、前の〈バトルウルフ（第一形態）〉のバトルは覚えているか？　今回はとにかく速度低下のデバフを優先して掛けまくれ」

「あい！　『キュートアイ』！」

「カルア、俺たちも行くぞ！　俺は左から、カルアは右からだ！　はあぁ！　『勇者の剣《ブレイブスラッシュ》』！」

「ん、行く。『32スターストーム』！」

「グォォン！」

まずはデバフで〈バトルウルフ〉の防御力と素早さを削《そ》いでいく。

ルルがリカの後ろでキュピーンと『キュートアイ』を発動。

側面に回りこんだ俺がデバフ攻撃を決め、続いてカルアが一気にダメージを稼ぐ。

よし、うまくデバフアイコンが付いてそれなりのダメージが入ったな。

「ふむ、やりやすくなったぞ！　ここだ、秘技『二刀払い』！」

「グオオン‼」

速度低下で相手の攻撃が見やすくなったリカがノックバック強めの防御スキル『二刀払い』をジャストで決め、〈バトルウルフ〉がノックバックした。

この瞬間は逃せない。

「は！　『ツバメ返し』！」

ノックバック中に大ダメージを受けるとダウンする。

リカの『ツバメ返し』は防御スキルの硬直無しで即発動できる。ノックバックの追撃時に与ダメージがアップする追撃スキルだ。

【姫侍】の攻撃力とボスの防御力次第ではこれだけでダウンまで取れる可能性のあるコンボだが、さすがに中級上位《チュウジョウ》のボス並相手では火力が足りない。いや、相手がタフすぎるな。

しかし、〈エデン〉では敵がノックバックしたらダウンのチャンス、転じて総攻撃のチャンスというのが身体に染みついている。

リカがノックバックを取った瞬間から、俺たちはすでに攻撃スキルの準備が完了していた。追撃だ！

「『ソニックソード』！」

「『チャームポイントソード』！」

「ん、とどめ。『急所一刺し』！」

「グウウオオォォンッ!?」

俺、ルルと攻撃を決め、最後にカルアがノックバック中に使うとダウン確率大の『急所一刺し』を使って見事〈バトルウルフ〉はダウンした。

「総攻撃だーー!!」

「光の大精霊様、敵をその光りで滅してくださいませ。『大精霊降臨』！　『ルクス』！」

先ほどから『精霊召喚』や『エレメントブースト』、『古式精霊術』で準備をしていたシェリアが俺の総攻撃の声と同時に光の大精霊を降臨させた。

白く光るローブと羽衣を着た女性が、光の輪のような物を持ってシェリアの正面に現れる。あれが光の大精霊『ルクス』だ。主に光魔法で敵を攻撃したり、味方に少しバフを掛けてくれたりする。

〈バトルウルフ〉は、見ての通り真っ黒い狼だ。最初白い狼だったのが少しずつ闇へと引きずりこまれている感じがすごい、その見た目を裏付けるように闇の属性を持っている。

つまり弱点は光属性だな。聖属性も結構効くのだが、光の方が効く。

そのため、今回はシェリアに『ルクス』の降臨をお願いしていた。

俺たち前衛が囲って総攻撃を仕掛ける中、『ルクス』はその光の輪を正面に向けたかと思うと、そこから光魔法を放ちダウン中の〈バトルウルフ〉を攻撃しだした。弱点属性の攻撃なので、俺たちの中で一番ダメージが高い。

見た目はまんまビームだな。

〈バトルウルフ〉のＨＰがビームが直撃する度にガクンガクン削れていく。強い。

「ウウォォォォォン!!」

「ダウンは終わりだ！　全員、リカの後ろに退避！　リカは前に出ろ！」

「任された！」

ダウンしたら大ダメージを与えるチャンスだが、同時にヘイト管理があやふやになって混乱することもしばしばだ。それが原因で全滅することもある。

故にダウン回復直後は防御陣を形成し、相手のタゲがどこへ向かっているのか見極めることが大事だな。

セオリー通り、冷静に対処する。これも、さすが〈エデン〉のメンバーだ。みんな強大な敵を相手にいつも通りの行動ができているな。

今回ダウンを奪ったのはカルア、ダメージを一番稼いでいたのはシェリアだ。

ヘイトがタンクを超えた場合、２人のどちらかが狙われることになる。

2人をリカの後方に入れ、リカが前に出て再びヘイトを稼がんとした。

「『影武者』！」

「グオオォン!!」

〈バトルウルフ〉のタゲは――リカだった。

さすが、防御スキルの相殺でヘイトをたくさん稼げる【姫侍】はヘイト稼ぎでも一流だぜ。

よし、出だしは思っていたよりも順調だ。

しかし、まだ相手は範囲攻撃も全体攻撃も、何もしてきていない、ここからが本番だな。

そして、カルア、ルル、俺が攻撃の態勢に移行しようとした時、〈バトルウルフ〉の2つの口から赤色のエフェクトが溢れ出した。

〈バトルウルフ（第四形態）〉の2つの口から赤色に光るエフェクトが溢れる、ユニークスキルの兆候だと瞬時に見抜いた。

すぐに全員に指示を出す。

「ルル以外は全員防御姿勢！　『エリアヒーリング』！　シェリアとカルアはそのエリア内に退避！　ルルはボスの魔法力を奪え！」

「はい！」

「ん！」

「任せてなのです！　『ロリータソング』！　――♪　――♪」

「スウゥウゥッ、ウオォォォォン!!」

全員が最初に決められていたとおり動き、それが完了するのと〈バトルウルフ（第四形態）〉が天井に向けて闇属性と氷属性のブレスを吐いたのは同時だった。

ユニークスキル『バトルウルフ流・闇氷柱豪雨《ダークネスアイスピアレイン》』。

闇属性と氷属性の槍の雨を降らし部屋全体を攻撃するスキルだ。

ブレスが天井に当たった瞬間雲のようなものが天井を伝って広がり、そこから氷の槍が降り注ぐ。

しかし、その時にはすでに俺たちの対処は完了している。

この全体攻撃は雨のように降らせる関係上、連続攻撃に分類される。

トータルでは結構なダメージを与えてくるスキルだが一発一発はそこまで大きなダメージではない。

つまり、回復の差し込みが可能なのだ。

俺は『エリアヒーリング』を発動、その中にシェリアとカルアを入れたことにより、２人は「ダメージを受ける」のと「継続回復する」の２つの効力を受けることになった。

要は擬似的なダメージの減少だ。さすがに俺の『エリアヒーリング』はユニーク級ではないためダメージを相殺するには全然足りないが、これでダメージをかなり減らせる。これを後衛に配置し、カルアにはダッシュして来てもらった。

これにより、ダメージを受けながらも回復を受けた２人は、ＨＰを半分に減らしながらも、無事に切り抜けることに成功する。

ルルの歌デバフをその身に浴びてなお、しかも全体攻撃というダメージが低くなるスキル系統でこの威力。

普通の後衛でなんの対処もしていないなら即行で戦闘不能になるな。

相変わらず恐ろしいスキルだ。これだからレアボスのユニークスキルは馬鹿にできないんだ。

俺はゲーム〈ダン活〉時代、かなり有利に戦況を進めていたのにこのユニークスキルのみで状況をひっくり返されて敗北したことが数え切れないほどある。

レアボスのユニークスキルはそれほど脅威であり、『対処しまくって警戒しすぎということは全くない』というのが俺の持論だ。

と、そうこうしているうちに攻撃の雨が止む。

俺は瞬時に味方の状況を確認。ダウンしている人は、皆無！

俺は盾で防御姿勢をしてやり過ごし、リカも刀で防御、ルルは『ヒーローだもの、へっちゃらなのですLv10』の効果でダウンもノックバックもしないので、ずっとユニークスキル発動中で動けない〈バトルウルフ（第四形態）〉を攻撃し続けていたらしい。さすがルルだ。

その代わりルルのHPはすでに20％以下の危険域に達していた。他のメンバーならすぐに回復を放っているところだが、【ロリータヒーロー】は別だ。

【ロリータヒーロー】は、HPが減ってこそ真価を発揮する。

「ルル！　奥義使っていいぞ！」

「ふおー！　ヒーローの奥義を受けてみるのです！　『ヒーローは負けないんだもん』！」

俺が指示を出すと興奮した様子のルルが一歩バックステップして〈バトルウルフ〉から離れ、剣を真上に掲げるポーズをシャキンと決めてスキルを発動する。

『ヒーローは負けないんだもんLv10』。

HPが残り20％以下の時のみ発動可能で攻撃力が3倍に、被ダメージが80％減少するという超破格のスキルだ。

ヒーロー特有の火事場の力。ヒーローがピンチな時に何か強力な力を発揮する例のアレだ。つまり、

――――ルル、覚醒。

クールタイムが長く、またＨＰを回復して20％以上にしてしまうとスキルが自動で解除されてしまうが、逆に言えばＨＰを20％以下に調整していれば永続に覚醒ヒーローを維持できるスキルでもある。強いぞ。

ルルがスキルを発動した瞬間、金色のオーラがルルの回りに発生する。見た目もかっこいい。

ここからルルの怒涛の攻撃が始まる。

さらに俺はルルに指示を出した後すぐにリカにも指示を出していた。

「リカ！　〈六雷刀《ろくらいとう》・獣封《けものふうじ》〉をバンバン使って攻撃しろ！」

「承《たまわ》った！　はっ！　『雷閃斬り』！　『飛鳥落とし』！」

「グウォン⁉」

リカの二刀のうちの一刀〈六雷刀《ろくらいとう》・獣封《けものふうじ》〉には『ビーストキラーＬｖ６』が付いてる。

それを用いればリカの攻撃だってそれなりのダメージになるのだ。

リカは普段左手に装備していたそれを両手で持ち、〈バトルウルフ（第四形態）〉に斬りかかった。

ユニークスキル後の硬直中に大ダメージを与えられるとダウンする。

ルルがダメージを蓄積させておいてくれたおかげで、無事、リカの攻撃で再び〈バトルウルフ（第四形態）〉のダウンを取ることに成功した。

ここでルルを投入する。

「総攻撃！　ルル、今だ！」

「とうー！　『ジャスティスヒーローソード』！　『ヒーロースペシャルインパクト』！　『セイクリッドエクスプロード』！　『ロリータオブヒーロー・スマッシュ』！」

おお！　ルルが攻撃する度にがっくんがっくん面白いように〈バトルウルフ〉のＨＰが削れていく！

しかし、俺も負けてはいない。『勇気《ブレイブハート》』で攻撃力を２・８倍にした【勇者】の総攻撃でもがっくんがっくん削ってやった。

そこへリカ、カルア、シェリアの攻撃も加わり、大きなダメージが入ったな。

「グオォォォン!!」

ダウンが終わり、仕切り直し。

ダウン後でヘイトが若干乱れてルルが狙われたが、すぐにリカが割り込んでヘイトを奪っていき、また戦況は安定しだす。

俺はヒーラーに回って全体を回復しながら指示を出し、〈バトルウルフ（第四形態）〉を相手に有利にことを進めていった。

範囲攻撃のブレスも放たれたがカルアは全てを回避。シェリアには届かず。

俺、リカとルルは食らっても耐久値的にへっちゃらなので、回復が足りない分は〈ハイポーションン〉で回復しながらやりすごした。

ルルはＨＰが20％以上にならないよう調整、維持させた。

『エリアヒーリング』内でＨＰが20％ギリギリになるまで回復させたり、普通の〈ポーション〉でちょこっと回復させたりして前線に送ってあげた。

最後の怒りモードもリカのユニークスキル『双・燕桜』で粉砕されて総攻撃が見事に決まり、〈バトルウルフ（第四形態）〉はエフェクトの海に沈んで消えたのだった。

さすがの中級上位《チュウジョウ》〈ランク7〉相当のボスだったが、Lvカンストしたメンバーたちはほとんど苦戦はしなかったな。

レベルが足りていなかった〈猫ダン〉より遥かに楽だったと感じた。

準備はできた、と判断する。

期末試験が終わり、落ち着いたら中級上位ダンジョンの攻略に乗り出すとしよう。

しかし、その前に、まずは目の前の〈銀箱〉を開けようか。

ドロップした〈銀箱〉は4つ。

久々の〈ビューティフォー現象〉だ！

第15話　〈幸猫様〉いつもいつもありがとうございます！

「〈ビューティフォー現象〉キター!!　〈幸猫様〉〈幸猫様〉いつもありがとうございます！」

〈銀箱〉4つを見た瞬間から条件反射で俺は〈幸猫様〉に祈っていた。これは祈らずにはいられない。

おそらく、少し前の祝賀会、その時のお供え物が効いたに違いない。

〈幸猫様〉はいつも俺たちを見守ってくれているのだ！

よっし！　時間が余ったら〈ゴールデントプル〉の肉を狩りに行くか！

そして〈幸猫様〉にお供えするのだ！

はっ！　そうだ、明日から２週間はダンジョンに入れない。

その間毎日豪華なお供えをすれば、蓄積した幸運的な何かが大爆発して〈ビューティフォー現象〉のさらに上、〈パーフェクトビューティフォー現象〉も狙えるかもしれない⁉

なんてことだ！　これほど重要なことに今気がつくだなんて！

帰ったら豪華なお肉を２週間分用意しておかないと！

俺がそう心に決めていると、いつの間にかルルたちは宝箱の前に集まっていた。

「ゼフィルスお兄様！　早く来るのですよ！　お楽しみの時間なのです！」

「ふははは！　お楽しみの時間だー！」

ルルの発言に大いに一本釣りされてシュパッと〈銀箱〉ドロップの中心地に降り立つ俺。

多分、今の俺はカルアより速かったと思う。

「ん、これ、いい感じの気配」

「ほう。ではカルアが開けてみるか？」

「んん。リカに譲る。きっと良いものが入ってる。開けてみて」

「そ、そうか？」

隣ではカルアがリカにオススメの〈銀箱〉を教えていた。

俺もその〈銀箱〉から良いもの感がびんびんする。俺にアホ毛があったならビンッと直立していても不思議ではないほどだ。できれば俺が開けたい。

「ルルはどれが開けたいですか？　またお姉ちゃんと一緒に開けますか？」

「今回もゼフィルスお兄様と一緒に開けたいのです！」

「ガーン!!　そ、そんな……。――ゼフィルス殿？」

シェリアがなんとかまた共同作業をしようとルルを誘うが、ルルは俺を誘う気だったらしくショックを受けていた。

放っておくと泣き出しそうな顔をしているのでフォローする。

目が少し怖かったのは内緒だ。

「いや、俺が終わったら次ルルと一緒に開ければいいじゃないか」

「そ、そうですよね！　ルル、ゼフィルス殿と一緒に開け終えたらお姉ちゃんとも開けましょう？」

「にゅ？　でもいいのです？　宝箱は1人1つまでなのです」

「そんな規則、お姉ちゃんが打ち砕いてあげます！」

シェリアがなにやら大げさにルールブレイカー宣言をしているが、俺が一言いいよと言えば済む話であった。

しかし、なんか宣言がかっこよかったのかルルがシェリアを見る目つきがキラキラしている。シェリアはそんな尊敬にも似た視線を浴びてご満悦だ。

ここで俺がいいよと言ってしまえばシェリアへの尊敬を奪うことになってしまう。

しばらくそっとしておいてあげよう。

結局〈銀箱〉は『俺&ルル』『シェリア&ルル』『リカ』『カルア』の分配で開けることになった。

ボスを倒したことにより出入り口の門が開いたので救済場所《セーフティエリア》にいたBチームもやってきて注目する中、次々と開けていく。

まず『俺&ルル』からだ。

前のように俺の腕の中にすっぽりとルルが入る形で2人で〈銀箱〉に向き、俺がルルを支えるようにして宝箱を開く。良い物くださいい〈幸猫様〉！

なんとなくラナとシエラの方を窺うが、問題はない様子だ。宝箱のほうに注目している。

なぜかは分からないがホッとした。

俺も〈銀箱〉の中身に集中するとしよう。

「ほわ！　ベルトなのです！　ヒーローみたいでカッコイイのです！」

「マジか、こりゃ驚いた！　名称はそのまんま〈ヒーローベルト〉だぞこれ？」

ルルが開けたからか？

〈銀箱〉に入っていたのはアクセサリー装備の1つ、〈ヒーローベルト〉だった。

防御力が20上がる他、『ヒーロー強し』〈攻撃を受けるたびに攻撃力が+3、上限60〉というスキルを持つ良装備だ。

しかも見た目もかっこいい。メカっぽい意匠が施された無駄にデカイベルトは何かロマンを掻き立てられる。

これは是非ルルに装備してもらいたいな。

当たりの部類だ。

次に『ルル&シェリア』、『カルア』と続けて〈銀箱〉を開けていった。

『ルル&シェリア』組は、シェリアがなぜか「ルルが倒れないように支える」と言って補助に回ったのでほとんどルル1人で開けていた。

中身は〈金当《きんあ》タ〜ル（中級）〉。まさかの大当たりだった。

ルルを抱きしめたシェリアがクルクルと三回転していたぞ。それ俺の役目……。

また、カルアは残念ながら〈装備強化玉×10個〉。

悪くはないが、この中では一番微妙だった。

最後は期待高まる、リカの〈銀箱〉だ。

この箱からは俺とカルアの『直感』がびんびんに反応している。

「では、開けるぞ」

いざ参る、と言わんばかりにリカが覚悟した顔つきでパカリと〈銀箱〉を開けた。

全員が中を覗きこむ。

「む？　なんだこれは？」

「ん？」

リカが中身を取り出すと頭を捻った。カルアもそれに続く。

見た目があまりにもその、当たりとは言えないものだったためだ。

近くにいたルルがその物体を見てビックリ仰天する。

「はわ！　腕が入っていたのです！　鉄の腕です！　でも錆《さ》びてるです？」

そう、ルルが言うとおり見た目は錆びた鉄の腕だった。

甲冑《かっちゅう》なんかに付いてるやつな。

「こりゃあ珍しいな、腕装備の〈錆びた鉄腕〉だ。これは強化していくと名称が変化して〈金箱〉産クラスの良装備になる、〈錆びた〉シリーズの装備品だな」

〈ダン活〉には〈錆びた〉系や〈未覚醒な〉系、〈呪われた〉系といった、そのままでは激弱装備なのだが、強化すると名称が変化し本来の力を発揮する装備群が存在する。所謂成長系装備群だな。

この〈錆びた鉄腕〉は〈銀箱〉でドロップするが、強化すれば〈金箱〉産クラスの強力な装備になるのだ。

しかも、それをシリーズで揃えると、超強力なシリーズスキルが覚醒するため俺もゲーム〈ダン活〉時代はちょくちょく集めて使ったものだ。

しかもこの〈錆びた鉄腕〉は中級上位級《チュウジョウ》、シリーズ装備が全て揃い、シリーズスキルが全て覚醒すれば、もしかしたらこの世界に現存する装備の中ではかなり上位に入るものが誕生するかもしれないな。

せっかくの〈錆びた〉シリーズだ。ちょっと集めてみるのもいいかもしれない。

俺とカルアの『直感』が発動したのは〈金箱〉級にもなる装備品だった。

これは中々の当たりだ。

さて、次はBチームが挑む番だな。


中級中位ダンジョンを卒業するときが来た。

Aチームがレアボスを攻略後、Bチームもレアボスに挑み、これを少し苦戦しつつも撃破したようだ。

俺は〈エデン〉トップの10人は中級中位ダンジョンを卒業し、中級で最も難易度が高く学生たちが越えたくても越えられない壁とまで言われた中級上位ダンジョンに進める実力が身についたし判断した。

これでやっと学園の、いや世界の実力派たちと肩を並べられる場所まで来られたのだ。

長かったようで、結構短かったな。まだ入学3ヶ月経ってない。

やはり、ゲームでは無かった入学直後の4月に思いっきり活動できたことが効いているな。

ゲーム〈ダン活〉では5月から本番スタートだったので、基本的にダンジョンは放課後と土日、あとダンジョン週間がメインだった。

なのにリアルでは、4月という毎日がダンジョン週間な月があったためここまで早く進められたのだ。

リアルに感謝である。

となれば〈エデン〉は次のステップに移る。

メンバーを増やし、上級職へ〈転職〉し、そして次のCランクギルドバトル〈15人戦〉の準備もする。

〈エデン〉メンバーの増員を行ない、AチームとBチームの他にギルドバトルに参加する5人を育てよう。

それが終わればギルドランクを上げ、そして上級へ進出だ！

これからどんどん〈エデン〉は躍進していくだろう。夢が広がるな！

しかしだ、その前にやるべきことがまだ残っている。

まだ俺たちは〈猛獣の集会ダンジョン〉の最下層にいるのだ。

つまり、レアボス周回である！

「みんなレアボスお疲れ様！　このままどんどん狩るぞ！　全てを毟り取る勢いで周回するんだ！」

「やるわよー！」

「ルルもやってやるのです！」

俺の宣言になんの不満が出ることもなく、ラナ、ルルを始めとして満場一致でレアボス狩り周回が可決されたのだった。

なにやら視界の端で、黒い双頭の狼が「クゥ〜ン」と鳴いて尻尾を垂らした気がしたが、おそらく幻想、気のせいに違いない。

「猫の小判よ、私に〈金箱〉を差し出しなさい！　〈幸猫様〉お願いします！　いざ、突入よ！　Bチーム、私に続きなさい！」

ラナが〈金猫の小判〉を掲げた後、ボス部屋に突入していく。

Bチームがそれに続いた。

ラナは〈金箱〉に飢えているらしいな。

順番的に次はAチームのはずだったんだが、まあいいだろう。

そして結果報告。

「〈金箱〉出たわよ！　4つも！」

「マジで？」

思わず力が抜けるほどの驚きだった。マジで出ちゃったの？

レアボスが狩り終ったラナの報告に度肝を抜かれたよ。

祈り通じちゃった！　〈パーフェクトビューティフォー現象〉だと⁉

それはBチームが〈パーフェクトビューティフォー現象〉を引き当てたという報告だった。

くっ、確か例の祝勝会の時、ラナは〈幸猫様〉に〈芳醇な100％リンゴジュース〉をお供えしていたが！

こ、これがオークションで610万ミールのジュースの力なのか⁉

お、俺のお供え物と格が違う⁉

俺が敗北感に打ちひしがれている間にAチームも見学にボス部屋へ入る。俺も続くしかない。

そこには4つの金色の宝箱が鎮座していた。

おお、マジでパーフェクト。なんだろうこの敗北感。リアル〈ダン活〉に来てここまでの感情を覚えたのは初めてだ。

く、くやしい！

でも褒める！　褒めないはずがない！

「おめでとう！〈パーフェクトビューティフォー現象〉だぞ！　ビックリした！」

「ふふん。もっと褒めてもいいわ。むしろもっと褒め称えるべきね！」

「そうね。ゼフィルスは最近私たちを褒める回数が少なくなっている気がするわ。この機会にいっぱい褒めるべきよ」

「え、マジで？」

いつものラナの冗談かと思ったらシエラまで乗ってきた。

確かに最近は別行動することも多いし、頼りにしているから褒めるよりも礼を言うことの方が多いけど、まさか気にしていたのか？

なんかシエラが褒められるのを待っているように思えて可愛く見えた。

俺はその後、Bチームメンバーをたくさん褒めることになった。

そしたらなぜかAチームも意欲が上がった。

う、うーむ。ギルドメンバーを増やして躍進することばかり考えていたが、それは今のメンバーがいてこそだというのをこの時思い知った。こういうのを慰労と言うんだっけ？

もっと今のメンバーにも目を向けるようにしよう。

今度またどこかに遊びに行くのもありだな。今度は〈食ダン〉のようなところではなく、純粋に遊べるダンジョンとか。なんだか楽しみになってきた！

さて、お待ちかねの〈金箱〉だが。

「ゼフィルス、私と一緒に開けるわよ！　さっきはルルと一緒に開けて、ちょっと羨ましかったんだからね！」

ラナのツンデレ発言（？）を受けて、なぜかボス戦に参加していないはずの俺がラナと共同作業をすることになった。

「ラナ殿下。次は私にも貸してもらってもいいかしら」

「いいわよ。分けてあげるわ」

「俺は物か？」

ラナの次はシエラとも一緒に開けるらしい。

本人のあずかり知らぬ所で俺の貸し出しが決定していた。

いや、俺からすれば得しかないが、いいのだろうか？　それとももっと褒めろという催促？

よ、よし。何が当たっても褒める準備はしておこう。

その後、ドキドキの箱開け回。

なんだかやたらと距離が近いラナと、前と同じように宝箱の両端をそれぞれが持ってパカリと開けた。

「ほわ！　こ、これ、ゼフィルス⁉」

「お、おう。まさかレアボス〈金箱〉産でタリスマンか！　こいつは〈慰安のタリスマン〉だ！」

中身は驚き、〈慰安のタリスマン〉という回復職が使う武器だった。

今ラナが装備しているものと近い、マジカル系のタリスマン。

男が使うには、ちょっとどころじゃない度胸がいりそうな可愛らしいデザインだ。

しかしこのタイミング。まさかこの装備も〈幸猫様〉が⁉

きっとそうに違いない（確信）！

・両手武器　〈慰安のタリスマン〉
〈魔法力68、回復力80〉

〈『祈り系クールタイム軽減Lv5』『慰安の祈りLv7』〉


能力はこんな感じ。

レアボス〈金箱〉産にしては、普通な感じに見えるが、重要なのはクールタイム軽減スキルが付いているところだ。

実は今まで『クールタイム軽減』系というのは出ていなかった。

このスキル、実は上級職のスキルなのである！　といえばこの装備がレアボス〈金箱〉産から出た理由も分かるだろうか？

マジもんの大当《激レア》たり装備だ！

しかも祈り系って『加護』『願い』『祝福』系なども含まれる、【祈祷師】や【聖女】といった一部しか効力が無いのだが、今回はドンピシャだな！

今まで〈金箱〉産の装備って使わないやつばっかりだったけど、ここに来て有用なのが出たぞ！

あ、ちなみに『慰安の祈り』は全体の状態異常耐性を底上げする魔法です。

状態異常を使う敵が相手の場合、使っておくと状態異常に掛かりにくくなります。

「これ、私が使ってもいいのかしら？」

「おう、これはラナの装備行きだな。他のヒーラーは杖か本を使ってるし、タリスマンは祈り系回復職と相性が良い。やったなラナ」

ラナの装備もそろそろ更新の時期だった。本当にいいタイミングで武器が当たったな。

「ふわぁ。やったわー!!　これが、私の新しい装備なのね。――ね、ねえゼフィルス。ちょっとこれ、着けてもらってもいいかしら？」

キラキラした目で自分の新装備となる〈慰安のタリスマン〉を見てハイタッチを決めると、ラナがどこか緊張した様子になって頼んできた。

〈タリスマン〉系の装備は大体がネックレス系で首から提げるタイプだ。

ラナはいそいそと今装備している〈慈愛のタリスマン〉を外し、俺に〈慰安のタリスマン〉を渡してくるが、そこで隣にいた人物から待ったがかかった。

「ごほん。ラナ様、そういったことはご遠慮ください」

「ちょ、シズ！　今良いところ！　邪魔しないでよ!?」

「ダメです。それに順番待ちもされていますから、ゼフィルス殿はシエラ様のもとへ行ってください」

「あ、ゼフィルス!?」

「あー、そういうことだから、ラナ、またな」

そういえば今ここには俺含め10人の〈エデン〉のメンバーがいたんだった。

思いっきり注目されていたため、さすがにそれ以上行なうことはなく、ラナが「こんなシチュでそれはないわ、あんまりよー」と叫ぶ中、俺はシエラの横に屈んだ。

「では、開けるわよ」

「何気にシエラと一緒に開けるのは初めてだな」

「私も、誰かと一緒に開けること自体が初めてよ」

それは……「ゼフィルスが初めてなの」と言われているように聞こえたのは俺の脳がバグっているのかな？　でも俺は自分の脳内変換をこっそり褒めておいた。

せーの、という掛け声で一緒に開けると、中に入っていたのは、

「これは、大盾ね」

「シエラもかよ！　〈白牙《しろきば》のカイトシールド〉じゃん！　防御力、魔防力、性能《スキル》、そして見た目全てに優れた良装備だぞ⁉」

「ふふ。いいわね」

・大盾　〈白牙《しろきば》のカイトシールド〉
〈防御力33、魔防力44〉

〈『貫通耐性Lv5』『毒耐性Lv10』『衝撃吸収Lv7』〉


シエラが顔を綻ばせながら宝箱からそれを取り上げる。

出てきたのは紫を基調とし、縁《ふち》が白く縦に長いカイトシールド。

今シエラが装備している盾とちょうど同じくらいの大きさのものだ。

中級中位ダンジョンレアボス〈金箱〉産にふさわしい性能を持ち、高い防御力、魔防力に加え『貫通耐性Lv5』『毒耐性Lv10』『衝撃吸収Lv7』という強力な3つのスキルを持っている。

特に優秀なのが『衝撃吸収Lv7』で、物理攻撃を受けたとき、そのダメージの12%を回復するパッシブスキルだ。

これを装備した盾職はさらにねばり強くなる。

大盾なのでこれはシエラが装備するのが〈エデン〉では最適だな。

「いいのね？」

「ああ。このタイミングで出るってことは〈幸猫様〉もシエラに装備してほしいってことだろうからな」

「ふふ。ありがと。これは預かるわね」

こうして〈白牙のカイトシールド〉はシエラが装備することになった。

能力的に今のシエラの盾を超え、上級中位ダンジョンでも通用するほどの性能を持っているのだ。

そろそろ装備の更新の時期ということもあり、今回はシエラもすぐに決めたようだ。

少しずつ、〈エデン〉の装備が整っていくな。

第16話　楽しかった土日は終わり、試験期間が始まる！

〈パーフェクトビューティフォー現象〉はやっぱりパーフェクト。

ラナが主武器《メインウェポン》である〈タリスマン〉を、シエラも主武器《メインウェポン》の〈大盾〉をそれぞれ当てた。

ダークに染まった〈バトルウルフ（第四形態）〉だが、それからドロップする系は白、光、聖など浄化されたものが多い。撃破イコール浄化という方式らしい。

もちろん黒、闇、邪悪などのものもドロップするのだが、こちらは確率的に出にくい傾向だ。

その後、エステル、そしてパメラが開けることになり、エステルは料理生産能力に非常に大きな恩恵を与える中級中位《チュウチュウ》級装備の〈コック帽子〉と〈純白エプロン〉の２点を。

パメラが鍛冶生産能力に非常に大きな恩恵を与える中級中位《チュウチュウ》級装備〈魔鋼《まこう》のトンカチ〉と〈熱気の鉢巻き〉の２点を当てていた。

両方とも１つの宝箱に２点が入っていた形だ。

レアボスの宝箱には、たまに２点以上のアイテムが入っていることがある。

その場合、性能的には一段階落ちてしまうのだが、複数の装備が手に入るため、それなりに当たりと言われていた。

今回の例では、これはレアボス〈金箱〉産ではなく、普通の〈金箱〉産クラスになる。普通の〈金箱〉産が２点入っている宝箱だな。かなりの当たりだぞ？

また、後半の宝箱の中身は生産系の能力上昇系装備だな。こちらも中級中位《チュウチュウ》〈金箱〉産にふさわしい高い能力を持っている。

料理生産装備は……今は使い道が無いのでどうするか後でみんなで相談するとしよう。売ってしまってもいい。料理専門ギルド〈味とバフの深みを求めて〉には世話になってるからな。多分この装備、喉から手が出るほど欲しいに違いないし。

鍛冶生産装備はアルル行きだな。

アルルはまだまだレベルを上げ始めたばかりなので成長には時間が掛かると思っていたが、この装備を身に着ければ高ランクの設備や素材を扱えるため、それだけ早くレベルが上がる。きっと喜んでくれるだろう。

〈パーフェクトビューティフォー現象〉のドロップはそんなところだ。

く、なかなか良いパーフェクトだった。

ビンタ20回は堅いか？　いや30回はいけるかもしれない。

前回の〈竜の箱庭〉という超激レアよりは少し劣るが、それでもビンタをもらうくらいには当たりだったな。

俺たちAチームも負けてはいられない。

「俺たちも〈パーフェクトビューティフォー現象〉を取るぞ！」

「おおーなのです！」

「ん！」

「ルルがやるなら私も頑張ります」

「気合いを入れよう」

俺、ルル、カルア、シェリア、リカの順に気合の声を上げる。

Bチームに触発されたのかAチームも気合い十分。

再びレアボス周回に挑んだのだった。

結局夕方までにAチームはレアボスを計9回、Bチームも9回狩ったが残念ながら〈パーフェクトビューティフォー現象〉は来なかった。

「無念だ」

「残念なのです」

「ん。元気出す。また来る」

「よし、また来よう！」

「おおーなのです！」

ルルと一緒にしょんぼりして、カルアに慰めてもらい復活。

そうだな。また来ればいいのだ！

〈パーフェクトビューティフォー現象〉が来るまで狩りまくってやるのだ！

視界の端で何やら怯えた黒い双頭の狼が見えた気がしたが、きっと気のせいだろう。

すでに夕方で時間も遅かったので〈笛〉の回数を最後の1回を残して使い切り帰還。

思ったより遅くなってしまったので今から〈ゴールデントプル〉を狩りに行くのは無理だった。くっ残念！

その後〈バトルウルフ（第四形態）〉の素材を手土産にマリー先輩に嬉しい悲鳴を上げさせて、爆師ギルドに行きレンカ先輩に〈笛〉の回復を依頼してその日は終わったのだった。

◇◇◇

明けて月曜日。7月1日。

今日から試験期間だ。

朝、教室に入った途端何やらピリつく気配を感じ取る。

テスト期間特有の、あの空気だ。

「おい、ゼフィルス」

「ん？　どうしたサターン」

席に着くとサターンが話しかけてきた。

何やら深刻そうな顔をしている。

その声にはいつもの覇気がなかった。

「もうすぐ……期末テストなんだ……」

「そうだな。テストだな」

楽しみだ。全部制覇してやんよ！

〈ダン活〉のデータベースと呼ばれた俺に〈ダン活〉のテストで試そうとはな。早くテスト来ないかなぁ。

俺の気分はウハウハだった。しかし、

「このままだと……我は……」

目の前のサターンは絶望の表情だ。

そこで言葉を止めたサターン、なかなか踏ん切りが付かないのか言葉が続かない様子だ。

「ぜ、ゼフィルスに頼みがあ――」

「はーい、みんな席についてねー。ホームルーム始めるわよ」

やっと口を開いたと思ったところでタイムアップ。

フィリス先生とラダベナ先生がやってきたので私語はここまでだ。

サターンは肩を落としながら自分の席に戻っていった。

何の話だったんだろうか？

「みなさん、今日から試験期間ですよ。ダンジョンはこの期間は閉鎖しますのでしっかりテスト勉強しましょうね。学生の本分は勉強です。ダンジョンばかりにかまけて勉強をおろそかにしてはいけませんよ？」

「分かっているとは思うけどね、赤点を取ったら補習だよ。夏期休暇は帰省と補習に休みを吸い取られると思いな。これ以上ダンジョンに行く時間が削られるのが嫌ならしっかり勉強するんだよ」

フィリス先生が優しく諭すが、それだけでは甘いと思ったのだろう。ラダベナ先生がペナルティを語って学生を鼓舞する。

サターンを筆頭に男子たちが青い顔をしていたのが印象的だった。

もし補習なんて食らった日には来年のクラス替えに響くことは確実。

例の4月のような毎日がダンジョン週間だった輝く長期休暇が、一気に絶望の夏休みに早変わりしてしまうのだ。

たった1ヶ月半、されど1ヶ月半。

1ヶ月半もダンジョン週間があったらどれだけの差が生まれるのか想像に難くない。

1組のクラスメイトたちは赤点回避に全力を注ぐだろう。……多分。

俺たち〈エデン〉も気をつけなければいけないな。


今日からは学園の方針に従い、放課後はギルドで勉強会だ。

サブメンバーも誘って新しい〈エデン〉のギルド部屋で勉強会をする。

もちろん参加希望者だけなので、自分の部屋で勉強したいという人や他の友達と勉強したいという人、そもそも勉強が必要ない人などは不参加だ。

強制はしない。

だけど、勉強に不安が残る人は強制な。

俺たちも長期ダンジョン週間がかかっているのだ。

勉強には全力を尽くす所存である。

まずは勉強が苦手な人、得意な人で分け、苦手な人はどのくらい苦手なのかを見る。補助が必要そうなら誰か勉強が得意な人に見てもらうのだ。

また、得意な人には苦手な人へ勉強を教えてもらえるかを聞き、オッケーを貰った人を先生役にして、苦手な人に勉強を教えることにした。

その中でも特に光って勉強ができたのがシエラ、セレスタン、メルト、レグラムだった。

このメンバーに俺を含めた5人が今日の先生役をしている。

「うう、男子たちの頭がすごくいい件」

「これじゃ女子の立場が危ういよ。まずいよ。でも幸せ……」

「1組の男子たちとは出来が違うわ。もちろん〈エデン〉メンバーを除いて」

サチ、エミ、ユウカの仲良し3人娘が、俺たち先生組を見て戦慄（？）していた。

若干顔が赤い。

ちなみに俺が彼女たち、仲良し3人娘の先生役をしていた。

彼女たちも1組に残るために必死なのだろう。俺に目を付けるとはお目が高い。

「3人とも、ちゃんと聞いてるか？」

「「「はい！　ちゃんと聞いてます！」」」

「元気があってよろしい。では次の問題だ。『眼を使う魔法職には何がありますか？　あるだけ全て答えよ』という引っかけ問題だな。まだ1年生に出るのは下級職だけだからここの欄には下級職のみ記入する」

セレスタンとリーナがどこからか持ってきた過去問のペーパーを資料代わりにして3人娘に注意点を語る。

「これの引っかけは〈魔法職〉という部分だ。答えが分かる人」

「「「はい！　【眼術師】です！」」」

「よし、みんなそろって正解だ」

「やったー」

「えへへ」

「これくらいはね」

【眼術師】とは目を使った魔法を使う魔法職のことだ。

目から炎やら氷やらビームを放つことができる。ちなみにコピー忍者はできない。

彼女たちの答えは一応は正解だが、まだ少し足りないな。

「だが問題は『あるだけ全て』と書いてあるぞ、つまり他にもある。誰かわかるか？」

「えっと、眼だよね。んと、あ！【中二病】とか？」

サチが閃いたとばかりに言い、エミとユウカはそれだ！とでもいいそうな雰囲気だが。

違うよ？

あれは邪眼ちゃんが目を光らせているだけだよ？

「残念ながらハズレだな。そこが引っかけだ。この問題は、要は【眼術師】系統の職業《ジョブ》を答えろという問題だから、答えは中位職の【眼術師】と高位職の【魔眼使い】が正解だ。ちなみに【中二病】は魔法職ではないので該当しない。当然その上級職の【邪気眼】も同様だな。ここ間違えやすいから気をつけろよ」

「ああ～、そっか～」

俺が答えを教えると3人娘がサラサラとノートを取る。

彼女たちも頭は悪くない、ただ1組の進んだ授業に少し付いていけなかっただけだ。

1組は授業の質が高い分難易度も高いからな。

こうして噛み砕いて説明すればちゃんと飲み込んでくれる。

その後も勉強会を続け、夕方には解散した。

帰りがけ、レグラムが夕食に誘ってきた。

「ゼフィルス、夕食を一緒にどうだ？　メルトとセレスタンもいる」

「おお、いいな。俺も一緒に行こう」

こうして男4人で夕食を囲むことになった。

食堂で食事を注文し、4人席に座る。

「レグラムはうどんセットか。なんか似合わんな」

レグラムの持ってきた食事にメルトがポロッと言う。

確かに、【花形彦】に就くレベルの金髪イケメンであるレグラムがうどんを啜る光景は女の子の幻想を打ち砕いてしまうかもしれない。

しかし、それは本人も分かっている様子だ。だが気にしてはいないように言う。

「放っておくがいい。メルトこそ魚定食に牛乳は合わないのではないか？」

「……そうだな、食事に似合う似合わないは関係ない。不毛だ」

レグラムの返しにメルトが首をゆっくり振った。

そうだ。食事くらい好きな物を食べたらいい。

「ゼフィルス様は、夏野菜炒め定食に卵掛けご飯ですか」

「食堂のメニューを全部制覇する旅の途中だからな。メニューの上から順番に食べていって今日はこれだ。夏野菜、美味いぞ」

「そうですか。では明日は僕も同じものを食べましょうか、美味しそうですね」

「セレスタンは和食なんだな」

「今日は甘い煮物の気分だったのです。頭を使いましたからね」

「そうだったな。皆もお疲れ様だ」

セレスタンが煮物をチョイスしたのは頭脳労働のせいだったみたいだ。

俺は改めて皆を労った。

「しかし、レグラムがここまで頭がいいのは意外だった」

「レグラムは頭良いぞ。俺よりクラスの順位は高いからな」

「メルトよりもか、すげえな」

俺が素朴な疑問を口にするとメルトが1つ頷いて評価を告げる。

なんと、【賢者】メルトよりも〈戦闘課8組〉での成績は良いらしい。

確かに、言われて見ればレグラムは〈彦職〉だからな。【賢者】より格上には違いないが。

「なに、そう大げさなものではない。効率よく勉強をしていれば誰でもできることだ」

「それが難しいから、すげえって言われるんだけどな」

「ふふ。なるほどそうだな。違いない」

レグラムは俺の返しが気に入ったらしい。なんかクツクツと喉奥で笑っていた。

場が和み、食事がいち段落したところでさっきの勉強会の話に移った。

「みんな受け持った生徒の調子はどうだ？」

「まずまずだ。このまま続ければ赤点回避は容易いな、平均点は超えるだろう」

「こちらもだ。赤点を回避するだけなら問題はない。ただ上を目指すとなると厳しいかもしれん」

俺の質問に、レグラムに続いてメルトも答える。

今日レグラムが受け持ったのがハンナ、メルトが受け持ったのがパメラである。

ちなみに誰が誰に教えるのかは……決めるときに色々あったので省略。

ハンナはそもそも授業があるのが〈生産専攻〉なのでそっちはアルルと勉強会をするらしい。だが共通する一般授業では数学と歴史が苦手なのでその辺をレグラムには教えてもらっていた。

手ごたえ的には悪くないらしい。

パメラは数学を初め、ダンジョン攻略、職業《ジョブ》、特産《とくさん》、と苦手科目が多い。

このことから分かるようにパメラは勉強自体が苦手らしかった。

しかし、そこはメルトの【賢者】の腕の見せ所、赤点回避くらいなら余裕そうな気配らしい。さすがだ。ただ平均以上の成績にするのは険しいらしいが。

「ここが踏ん張りどころですか、ギルドがさらに躍進できるよう、僕たちも精一杯手伝いましょう」

「おう、セレスタンも頼りにしているぞ」

セレスタンはエステルとラナを今日担当していた。

シエラとリーナが、俺がラナに付くことに反対したのでこの配置となっている。

まあセレスタンなら万が一も無い。安心して任せられる。

ちなみにシエラはカルアを付きっきりで見ていた。

カルアの耳がペタンとしていたが、頑張ってほしい。

夜はリカによる勉強会の予定だからな。

それからもギルド〈エデン〉と〈アークアルカディア〉は一致団結《いっちだんけつ》して準備期間をテスト勉強に費

やした。

途中、練習場で〈アークアルカディア〉を中心に職業《ジョブ》の錬度を上げたりと息抜きしたり、色々頭を捻って意外に楽しいテスト勉強期間だったな。

また夜は、テストの勉強の続きがしたいとラナが俺の部屋を訪ねて来たこともあったが、それは同じ目的で来ていたハンナとバッタリ会ったことで勉強会はなぜか潰れ、色々あってシズから夜間の俺の部屋への出入りを禁止する令がギルド全体に出されたりしたのだが、詳しくは割愛。

そしてテストの週がやってきた。

第17話　テスト期間の5日間〜。3日座学、2日実技〜。

期末試験の準備週間が明け、テストの週が訪れた。男子たちの顔が絶望だったのは言うまでもない。〈マッチョーズ〉なんて、どうにか筋肉をテストで活かせないか考えていたようだったが、無駄に終わったみたいだ。

来年には彼らともお別れか。寂しくなるな。良いやつらだったよ。

テスト1日目。国語、数学。2日目、歴史、職業《ジョブ》。そして3日目、ダンジョン攻略、連携《パーティ》、特産《とくさん》である。

1日目、2日目、3日目と難無く終了。難無くである。ふははは!

日に日に男子たちの顔がやつれていくが気にしない。

4日目。今日から実技テストだ。男子たちが息を吹き返す。

〈ダン活〉では筆記テストだけで終わらず、ちゃんと授業で習ったことがダンジョンで活かせているのか、その実技テストも行なわれる。まあ資格のテストみたいなものだ。

教わったことを、先生方に見えるようアピールしながら動けば問題ないだろう。

実技のコツは評価を付けてくれる先生に、自分はちゃんと授業で習ったことができているとよくアピールすること。独りよがりで「自分はできている、だから当然点数も良いはず」と思い込むのが一番いけない。それを判断するのは先生だからだ。優秀な人が実技で点を落とす大体の理由は、例えば左右確認の時に自分はチラ見で確認したつもりになって、先生に「あ、今確認しなかったな」と思われてしまうところにある。故にアピールが大事なのだ。ちょっと過剰気味に確認するくらいが丁度良かったりする。

もちろんこれもギルドメンバーに通達済みだ。

俺たち1組はレベルも高く能力も高いため、その実技テストの内容もかなり高レベル。

のはずなのだが、まあ1組〈エデン〉メンバーはセレスタンとミサト以外Ｌｖカンストしているのだ。正直みんな余裕だったようだ。

初級中位《ショッチュー》ボスとか今更話にもならんよ。単独でもいけるレベルだ。

とはいえ初めてのテストで〈バトルウルフ〉をチョイスするとはラダベナ先生も中々にスパルタだな。

まあ1組で〈バトルウルフ〉を相手に負けるような貧弱はいない。

難なく、とは言いがたい人もいたが、無事全員が〈バトルウルフ〉を撃破した。

「毎年大体2パーティから3パーティは全滅するんだけどねぇ。今年の学生は優秀だね。こりゃ、もう一段上のダンジョンでも良かったかもね」

ラダベナ先生がさらにスパルタなことをおっしゃり、学生たちを震え上がらせていた。

〈バトルウルフ〉はこれでも強敵。

実際1組でもギリギリで勝てたパーティもいたのだ。その子たちはさらにレベルを上げられたら突破は難しいだろう。

また、この日までに初級下位《ショッカー》を3つ攻略できていない人は強制的に不参加、ゼロ点になるので気をつけろ。1組って厳しい！

ちなみに、1組30名のうち、〈エデン〉が12名、〈天下一大星〉が4人、〈マッチョーズ〉5人、〈アークアルカディア〉3人、の1年生三強ギルドに関わる24名と他1名は余裕でクリア組。

残り5人がギリギリ組だった。

意外だったのは余裕組にいた1人の女子だ。

あの子は確か、クラス替え初日に前半組に選ばれていた子だな。覚えがある。

名前はミュー。白に近い青系のボブヘアーに自己主張の少ない静かな目をした子だ。

ノーカテゴリーで【狩人】系の高位職、【ハードレンジャー】の職業《ジョブ》に就いている。

武器はスナイパー系のでかくて長い銃で遠距離系、さらに職業《ジョブ》の特性で斥候、索敵、罠発見などが使えて、しかも入学3ヶ月でその技能を十全に活かしきって立ち回っていた。

Lvも48とかなり高く、〈エデン〉以外でここまで優秀な子は中々お目にかかれない。

少し驚いた。

授業でもあまり目立とうとしない子だったから見落としていたのか？

別にスカウトは考えていないが、クラスに実力者がいるのはありがたい。

夏休みが終わって少ししたらクラス対抗戦が待っているからな。

このテストは学生たちの能力を測ると同時に、クラスの戦力を測る場でもあるのだ。

彼女はクラス対抗戦で大いに活躍が見込めるだろう。

俺は心のメモ帳にそっとそのことを書き込んだ。

五日目。

本来なら選択授業のある金曜日だが、基本的に選択授業でテストというものは無い。

有るところはあるが、それは先週の金曜日か来週の金曜日に行なわれるはずだ。

今週は通常授業の実技試験2回目がスケジュールに入る。

昨日はバトル関係だったので、今回は素材ドロップ調達系だ。

どのモンスターからどんな素材がドロップするのか、これが結構難しい。

何しろ1種のモンスターからとんでもない種類がドロップするのだ。全部覚えるのは中々厳しい。

俺は全部覚えたけどな。

筆記テストでも出題されたが、今回はその実技版。実際にそのドロップを持ち帰れというミッションだな。

ミッションが始まるまでどんな素材が出題されるか不明。お題はカードに書かれて裏返しにされたものを学生が1人につきランダムで3枚引き、それで決まる。まるで借り物競争みたいだ。

どこのダンジョンにいる、どんなモンスターからドロップする物なのかを覚えていないとクリアは難しいだろう。

もちろんドロップが辛く、手に入らないこともある。

その時はお題のモンスターのドロップを5種類持ち帰ればそれでも可となる。

例えばモチッコのドロップ〈餅米〉を取ってきなさいというお題でも、何度倒しても出ないときは仕方ない。〈米〉〈トウモロコシ〉〈稲〉〈小麦〉〈大麦〉の5種類を持ってきてもそれで合格の扱いとなる。

もちろんまったく勘違いして別のモンスターを狩っていて、おかしいな出ないな出ないならしょうがないなと5種類持っていったら別のモンスターだった。ということもありうる。その時は徒労だな。得点ならずだ。なお、モンスターを『看破』するアイテムを持って行くことはＮＧな。

ここからはパーティを組んでも良いし、ソロで挑んでもいい。

パーティで挑んだ場合はパーティ全員分のお題をクリアする必要がある。その代わり道中の安全度は上がる。

当然ながら、テスト中に戦闘不能になった者は大幅減点だ。

理想は2人から3人くらいで回ることらしい。

ちなみにカードに書かれている内容は公開禁止だ。

パーティを組むときは、「どこそこのダンジョンの何々を倒したい」というふうに伝えなくてはならない決まりだ。決まりを破るとカード引きなおしの上ペナルティーで点が下がる。気をつけろ。

つまり、この採集素材どこにあるんだろうと相談することはダメということだな。これ、テストだし。

ちなみに俺たち〈エデン〉のメンバーはＬｖがカンストしているので道中の問題は無い。場所は初級中位《ショッチュー》以下だしな。

そしてミッション開始。全員がソロでダンジョンに挑み、12人中7人が全問クリアした。2問正解は3人。カルアとパメラは1問ギリギリ正解して切り抜けていた。まあ赤点は免れたので問題はない。

少しヒヤッとしたが。

こうして5日行程のテスト期間は無事終わったのだった。

第18話　テストが終わればお疲れ様の打ち上げだー！

テスト期間が終了した。

それすなわち、長きに渡るダンジョン封鎖の解放を意味する。

そしてみんなは、テストが終わったら何をする？

そんなもの古今東西決まっている。

お疲れ様の打ち上げだ！

ということで、行ってみよう！

「お疲れ様の、〈ニャブシ〉狩りだーー!!」

「おー!!」

「ゴーゴー！」

楽しい楽しい〈ダン活〉のお時間が帰ってきたのだ！

俺は目からビームを放ちかねない目力で〈ニャブシ〉狩りを宣言する。端的に言えばくわっとした。

テンション高めにラナが、そしてやけに冴えたような目をしたカルアが手を挙げて応えてくれた。

さすが、ノリが分かっている。

カルアなんか勉強漬けの毎日だったのでノリノリだ。ちょっと珍しい光景。

俺たちはリカとエステルも巻き込んでそのままお疲れ様の〈ニャブシ〉狩りを決行。

〈孤高の小猫ダンジョン〉10層フィールドボスの〈猫侍のニャブシ〉に高いテンションのまま突撃し、サクッと倒した。

ヤバかった。

テスト明けのハイなテンションがマジでヤバい。

後々のMPとか考えずにマジで全力攻撃してしまった。

ちょっと気持ちよかった。

そしていきなりの宝箱回、しかも〈金箱〉だった。

「あああ！　これはテスト期間中休み無く〈幸猫様〉にお供えしまくった結果に違いない！　だから俺が開ける！」

「ちょ、ゼフィルスずるいわよ！　平等性に欠けるわ！　それに〈幸猫様〉にお供えしていたのは私もなのよ！　きっとこれは〈幸猫様〉が私のために用意したのよ！」

「ま、待て待て落ち着け2人とも!?」

〈金箱〉を見た瞬間の俺とラナの行動は速かった。

一瞬で宝箱に詰め寄り、俺が宝箱の左部分を、ラナが右部分を押さえたのだ。

先頭でタンクを務め、宝箱に一番近い位置にいたリカがビックリして目を白黒していた。

すまんリカ。

しかしダメなんだ。

俺はもう2週間近く〈金箱〉を開けていないんだ。

「見ろこの腕を、〈金箱〉を開けたすぎて禁断症状が出ている」

俺の腕がピクピク震えていた。きっと俺の腕は宝箱を開けたくて疼いているのだ。

「ただ力が入っているだけではないか？」

リカが冷静なツッコミを入れてくるが気にしない。

「なによそんなもの。ボスにトドメを刺したのは私よ！」

確かに最後怒りモードに入った〈ニャブシ〉をこれ以上ないタイミングでズドンッして倒したのはラナだった。ナイストドメだった。

く、それを言われると辛いかもしれない。

「2人で開ければいいじゃないか？」

「「それもそうだな（ね）」」

リカの一言で俺たちは一瞬で引き下がった。

うん。ただテンションが上がってじゃれていただけだ。本気じゃないよ？

ということで、紆余曲折あったような無かったような感じに話は進み。

〈幸猫様〉と〈仔猫様〉に深い感謝の祈りを捧げて、俺とラナはポジションをそのままに「せーの」でパカリと〈金箱〉を開いた。

うーん。2週間ぶりの〈金箱〉の重み、ドッキドキの緊張感。そして視界を埋める金ピカ。

どれも俺の心をトキめかせる。

ああ。この感覚だよ。〈金箱〉こそ最強だ！

テンションが上がりきった状態で〈金箱〉を開け放つと、中から出てきたのは、〈ニャブシ〉が持っていた刀。

「刀キタァアーー!!」

「おお!?」

俺の魂の叫びにリカが驚きの声を上げる。

やったよ。これが欲しかったんだよ！

刀だよ刀!!

俺たちがテスト期間が始まるまで、時間を見つければ〈ニャブシ〉狩りに赴いていたのは侍装備を得るためだった。

〈ニャブシ〉の〈金箱〉からは刀がドロップしやすい。

しかしフィールドボスなので〈公式裏技戦術ボス周回〉は使えない。

そのため毎日とはいかずとも、時々時間がある時に狩っていたのだが、やっと〈金箱〉が出たな。

これも〈幸猫様〉に毎日お供え物をしている結果だろう。今日も帰ったらお供えしなければ。

「これは、見事な刀だな」

「〈名刀・猫鈴華《ねこすずか》〉、ここら中級中位ダンジョンでドロップする刀の中ではトップの攻撃力を誇るんだ！」

・片手刀　〈名刀・猫鈴華《ねこすずか》〉

〈攻撃力84〉

〈『クロス猫カッシュLv6』『武士猫上段斬りLv6』『三連ニャ切りLv6』〉


〈名刀・猫鈴華《ねこすずか》〉は〈猫侍のニャブシ〉からドロップする3種の刀の中で最も攻撃力の高い刀だ。

その実力は上級《ジョーカー》下位でも通用するほど、と言えばどれくらい強力な刀か分かるだろうか。

スキルは3つ、『クロス猫カッシュ』『武士猫上段斬り』『三連ニャ切り』という猫モンスターや〈ニャブシ〉が使っていたスキルの一部を使うことができる。

全てがアクティブ攻撃スキルなのでタンクのリカとの相性的にはあまり良くなさそうに思えるが、リカのSTR値はすでに300に達している。攻撃でもそれなりに活躍ができるのだ、問題は無いだろう。上級に備えて装備を更新するべきだ。

リカは悩んだのち、右手を〈名刀・猫鈴華《ねこすずか》〉にし、左手はカルアにもらった〈六雷刀《ろくらいとう》・獣封《けものふうじ》〉を装備する。

初期から持っている〈剛刀ムラサキ〉は予備の武器ということで取っておくことにするようだ。

その後。

〈金箱〉で目的の刀がドロップしたことで振り切れたテンションがもっと暴走した俺たちは、さらにノリと勢いで他のFボスたちを挑んだ。

どんどん挑んだ。日が暮れるまで楽しんでしまったよ。

そしてやっと落ち着いてギルドに戻ってきた俺たちをシエラがジト目でお迎えしてくれたのだった。

「やりすぎたか？」

「こら」

シエラに怒られた。

テストが終わってからのお疲れ様会。

本来なら勉強会に参加したメンバーだけでも一緒に祝わなければならなかったのに、俺たちだけで

はっちゃけて楽しんでしまったことをシエラは怒っているのだ。

正直、すまんかった。

テンションが押さえつけられなかったのだ。

なんとかFボスたちのドロップ品で矛を納めてもらえないだろうか？

もらえないか。

「ゼフィルス。反省しなさい」

「とってもごめんなさい」

「反省が足りないわ」

ダメ？

正座して3つ指突いて頭を下げたのだが……。

「もう。あなたは〈エデン〉のギルドマスターなのだから、メンバーのことも考えないとダメでしょ」

「はい。その通りです！」

他のメンバーともちゃんと打ち上げをしなさい、ということだったらしい。

俺としたことが、うっかりしていた。

ということで今日はさすがに時間が無いので明日、恒例のお疲れ様パーティをすることになったの

だった。


明けて土曜日。

今日から久しぶりにダンジョンが解禁されたということでどこのダンジョンも学生で一杯だ。

どこもかしこもコスプレパーティのように様々な装備が目に入る。

〈ダン活〉は本当に装備の種類が多いぜ。

俺たち〈エデン〉、〈アークアルカディア〉も負けず劣らず、様々な装備を着ているけどな。

結構壮観だ。

当然、こんな準備万端な装備でどこに行くのかというと、ダンジョンに行くに決まっている。

〈エデン〉と〈アークアルカディア〉を適当にシャッフルさせ、4チームに分かれさせてダンジョンに送り出し、俺もダンジョンに出発した。

目指すは〈ゴールデントプル〉のお肉だ。今日の夕方のパーティで使う分の確保だな。

他にもFボスやレアモンスターを狙う。

無事午前中にはミッションが完了して〈ゴールデントプル〉の肉塊2つを確保した。

片方を料理専門ギルド〈味とバフの深みを求めて〉へ、もう片方を居残り組のハンナに手渡しておく。するとアルルもいた。

ハンナはドワーフのアルルと仲が良いらしい、生産談議に花を咲かせつつ一緒に調理をするようだ。

楽しみだな。

午後はまたメンバー、サブメンバーで集まってパーティをシャッフルした。

今度は初級ダンジョンで〈アークアルカディア〉の攻略の手伝いだな。

そうして日中はダンジョンを楽しんだ後、夕方にはメンバー、サブメンバー全員が〈エデン〉のDランクギルド部屋に集合し。小さくテストの打ち上げを行なった。

とにかく、テスト勉強を労った。

結果発表は週明けの月曜日、それぞれの校舎の掲示板に貼り出される。

とは言っても学生が多すぎるので貼り出されるのは上位300位までだけどな。

後、赤点者も貼り出される。こちらは全員。

毎年それなりの数のムンクが生まれるとのことだ。

貼り出されなかった者は来週のテスト返却まで分からないが、赤点が回避できているかだけ確かめられれば問題は無い。

あれだけ勉強したのだから赤点はメンバー、サブメンバーからは出ないだろう。

と言ってギルドを明るい雰囲気にしつつ、美味い料理に舌鼓を打った。

「〈幸猫様〉〈仔猫様〉！　こちらハンナが作ってくれた〈ゴールデントプル〉の豪華なステーキです！　〈金箱〉産の〈お肉ブラスター〉で贅沢に焼き上げた一品なので、是非〈幸猫様〉と〈仔猫様〉もご賞味ください！　あと、また〈金箱〉をお願いします！」

当然〈幸猫様〉と〈仔猫様〉へのお供えも忘れない。ついでにお願いも忘れない。

あ、そうだった。〈アークアルカディア〉のメンバーにも伝えなくてはならない。

「〈アークアルカディア〉の諸君。君たちも〈幸猫様〉と、特に〈仔猫様〉へ感謝を忘れてはいけないぞ？　〈エデン〉に加わりたいなら〈幸猫様〉と〈仔猫様〉へお供えすることが義務になるんだ」

「そんな義務は無いわよ。嘘教えないの」

俺のありがたい言葉を即座にシエラが否定した。

いや、そろそろ〈幸猫様〉と〈仔猫様〉へのお供えを義務化してもいいと思うんだ。

〈エデン〉のメンバー全員には〈幸猫様〉から『幸運』スキルをいただいている、そして〈アークアルカディア〉のメンバー全員には〈仔猫様〉から『幸運』スキルをいただいているのだから、報いるのは当然の義務だと思う。

結局、御神体様方が可愛いこともあり、〈アークアルカディア〉のサブメンバーも〈幸猫様〉と〈仔猫様〉にお供えしていた。

うむうむ。いいことだ。

きっと良いものがドロップするだろう。

そんなこんなで楽しい打ち上げ会は続いたのだった。


週が明けて日曜日だ。

英気を養ったため今日も元気にダンジョンへ行ってきた。

昨日と同じように4チームに分かれ、Lvカンスト組は〈アークアルカディア〉の育成を支援する。

俺はシエラと共に〈エデン〉でLvカンストをしていないメンバー、リーナ、メルト、ミサトと共に攻略ダンジョンを増やすと共にレベル上げに付き合った。

〈道場〉も使ってLv60まで上げて、現在は中級下《チュカ》位の最後の攻略が終わったところだ。

もうすぐメルトたちもカンスト組に追いつくな。

〈アークアルカディア〉はノエルとラクリッテがまず三段階目ツリーを開放した。

凄まじい進歩だ。

他のメンバーはレベル上げよりもダンジョン攻略を優先し、この期末試験期間中に練習場で試していたスキルや連携などを、本番でも色々と試していたな。

順調に実力を上げてきているようで何よりだ。

近日中に〈アークアルカディア〉から〈エデン〉への昇格も行なうし、忙しくなるな。

俺は今後の〈エデン〉の躍進を夢見て心躍らせた。


日が明けて月曜日。

今日はテスト上位300位と赤点者が発表される日だ。

ドッキドキだな！

俺はいつも通り慌てることもなく、ハンナと朝食を済ませてから堂々と学園へ向かう。

んん～、肩が風を切る感触が心地いい。今日も良いことありそうだ。

途中でハンナと分かれ、校舎に入ると、まず目に入るのが特大掲示板だ。

ここには学園からの連絡、何かしらのインフォメーションを初め、クエストやギルド、パーティの募集なんかが紙で掲示される場所だ。

まあ、普段はあまり人が集まる場所とは言いがたいな。〈学生手帳〉でも見れるし。

しかし、今日ばかりは話が変わる。

俺が来た時には大きな人だかりができていた。

というか多すぎない？

まったく掲示板のけの字も見えないいんだけど。

そういえばこの校舎、４千人近く学生が通っているんだった。

マジで掲示板が見えない。

人多過ぎ！

さて、どうしたものか。

そんなとき、俺に近づいてきた者がいた。

〈エデン〉が誇る頼れる執事のセレスタンだ。

「ゼフィルス様、おはようございます」

「おおセレスタン。おはよう」

「もしよろしければこちら、テストの順位表を控えておきました」

セレスタンが挨拶と一緒に自然な動作でペーパーを取り出す。

「セレスタンはいつも優秀だな⁉」

「お褒めにあずかり光栄です」

そのペーパーは目の前の学生に隠されて見えない俺の求めるテスト順位表だった。

いつ控えたというのだろう。不思議なことばかりだ。

俺が求めているものを的確に読み、そして適切なタイミングで提供する。

セレスタンの執事力が半端ない件。

俺は礼を言ってペーパーを受け取って目を通した。

まずはランキング上位から。トップに書いてあったのは、

第1位・ゼフィルス　点数900点満点。

ふふふ、ふはははは!!

素晴らしい！　素晴らしいぞ!!

〈ダン活〉のデータベースと言われた俺にこの程度は朝飯前である。

ふはははは!!

俺にとっては一般教養部門の、国語、数学、歴史、でさえ余裕の余裕だ。

特に国語と歴史とか〈ダン活〉の設定資料集みたいなものだ。

むしろむしゃぶりつく勢いで歴史とか熟読しまくっている。

2年生や3年生で出される歴史問題を出されても満点を取る自信があるぜ！

数学はそもそも学園のレベルがかなり低い、小学校レベルだ。それ数学？

まあ、ハンナのように学校に行っていなかった村人なんかもいるのだ、そんなものだろう。

もしくはスキルが優秀過ぎて、これ以上数学を義務教育で学ぶ必要性が無いのかもしれない。

小学生レベルとか間違える方が恥ずかしい。一度授業でおさらいしているので、余裕だった。

後は全て〈ダン活〉の専門科目だ。なら俺に不可能は無い。むしろやりすぎないように注意したまである。俺に〈ダン活〉を語らせると、長いよ？

2日あった実技も両方満点だ。これは余裕だった。

むしろモンスターの行動パターンから道順まで全て網羅している俺である。

ボス戦はごり押しだと減点されるのでしっかり〈バトルウルフ〉の行動を封じてやったさ。まあいつもの作戦を決行しただけだけどな。

素材採取は1番で終わらせた。

誰が見ても文句が出ない形で終わらせたからな。満点は当然だ。

故に900点満点。

堂々の1位である。

ふはははは‼

「満点、おめでとうございますゼフィルス様」

「おう。セレスタンありがとよ。でもセレスタンも2位じゃないか。おめでとう」

見れば第2位はセレスタン、894点だった。

さすがはセレスタンである。

とそこで気がついた。

さっきから掲示板に向かっていた人波がこちらに向いているのを。

「おい、あれって」

「ああ1位のゼフィルスさんと2位のセレスタンさんだ」

「ツートップイケメン！　はぁ、尊いわ」

「おいおい、勇者って職業《ジョブ》だけじゃなく頭も良いのかよ」

「もしかして勇者の発現条件って学園トップレベルの頭の良さとか？」

「あ、あり得る。何しろあの爆弾の数々だ。勇者は頭が良いのは必然なのか……」

「く、なんだ満点って！　テストで満点って都市伝説じゃなかったのかよ！」

「安いな都市伝説。いや、現実的に考えると結構高いのか？　よく分からなくなってきた」

「俺、赤点に名前があった」

「俺、勉強頑張ったのに300位内に名前が無い」

「これが地頭の違い、だというのか」

「いや、単純に勉強不足じゃないか？　〈エデン〉はテスト期間中毎日勉強会をしていたと、とある掲示板で囁かれていたぞ」

「補習……我は……」

なんだか騒がしくなってきた。

みんな1位の俺に注目している。

参っちゃうな。

あと発現条件に勉強が優秀とあったら【勇者】じゃなくて【賢者】になるぞ。勇者は勇気を持って人の命を助ける者だ。内緒だけどな。

しかし、俺はそんなことをおくびにも出さずクールにセレスタンと共に教室に向かった。

おお、なんか学生たちが道を左右に別れて譲り始めた。

これがテスト第1位の力なのだろうか？

ふはははは！

ちなみに300位に入れた〈エデン〉〈アークアルカディア〉のメンバーは以下の通りだ。

第1位・ゼフィルス　点数900点
第2位・セレスタン　点数894点
第3位・シエラ　点数890点
第5位・レグラム　点数885点
第6位・メルト　点数884点
第9位・ヘカテリーナ　点数870点
第15位・ミサト　点数862点
第16位・ケイシェリア　点数860点
第40位・ラナ　点数840点
第50位・シズ　点数831点
第120位・エステル　点数815点
第233位・ラクリッテ　点数786点
第289位・ノエル　点数754点

みんな凄い頑張ったな。

このテストは〈戦闘課〉部門なので〈生産専攻〉や〈支援課〉などの子たちは後でまた見せてもらうことになるが、とりあえずランキング該当者はお祝いのチャットを送っておく。

また赤点者は無しだそうだ。よかった〜。テスト勉強を頑張った甲斐があったぜ。

クラスの男子たちが燃え尽きて真っ白になっているが気にしない。

第19話
学園・情報発信端末・誰でもチャット掲示板27

147 ：名無しの生産3年生
さて諸君。期末試験期間に突入した。
しっかり勉学に励み、学園の学生としての自覚を持ち、
上級生は常に下級生の模範となれるよう心がけてほしい。

148 ：名無しの剣士2年生
あ、生産先輩っす！
お久しぶりっす！

149 ：名無しの生産2年生
生きてたんですね先輩。

150 ：名無しの生産3年生
勝手に殺さないでくれるかね生産後輩？
あとちゃんと聞いてくれ、みんなテスト勉強は進んでいるのか？

151 ：名無しの冒険者2年生
あーあー、聞こえないー！
モンスターが起こす騒音で聞こえないー！

152 ：名無しの神官2年生
ダンジョンは閉鎖しているけどな。

153 ：名無しの生産2年生
嘘八百です。

154 ：名無しの魔法使い2年生

ペテン師ね。

155 ：名無しの冒険者2年生

みんなディスりすぎじゃない!?

156 ：名無しの生産3年生

嫌なことに目を背けたくなる気持ちも分かるが、
たった2週間全力で挑むだけだ。
そう思えば、頑張れるだろう？

157 ：名無しの冒険者2年生

そ、そ、そ、その理屈はちょ、ちょっとおかしくない??

158 ：名無しの生産2年生

さすが先輩。良いこと言いますね。
それで、例のダンジョン攻略は順調なんですか？

159 ：名無しの生産3年生

……思いっきり話題を変えてきたな生産後輩。
ノーコメントだ。
まずは学生の本分となる勉強に全力を費やす。
ダンジョンはそれからだ。

160 ：名無しの神官2年生

もうすぐ夏休みに入るから攻略も停滞するしな。
今の進捗状況はみんな気になるよな。
俺も気にしてる。
しかし、今はそれどころじゃない。

161 ：名無しの魔法使い2年生

テストという学生最大の難関が目の前まで来ているからね。

とはいえ毎日予習復習を欠かしていなければ普通に切り抜けられるのだわ。

162 ：名無しの神官2年生
今の2年生にそんな余裕はねぇ！
みんな毎日ダンジョン攻略で夜はヘトヘトでな、
勉強する気力も湧かないんだ。

163 ：名無しの生産2年生
無茶しすぎなんですよ。
毎日の積み重ねが大事だって分かったのにまったく反省してないじゃないですか。
まあ、私たちはそのおかげで今回大もうけしましたけどね。
たくさん装備品を買ってくださりありがとうございます？

164 ：名無しの神官2年生
ぐあああぁ！
お、俺はもうダメだ。
ダンジョンも勉強もできる気がしないんだ。

165 ：名無しの剣士2年生
神官さんしっかりしてくださいっす！
いったい何があったんすか？

166 ：名無しの生産3年生
俺も又聞きなので詳しくは知らんが、
どこかのギルドの影響で2年生の多くが装備品のために散財したらしい。
しかも2年生が多く買い占めた影響で装備品が高騰。
高い物だと〈銀箱〉産は2倍、〈金箱〉産は
3倍近い値段まで一時期値上がったそうだ。
2年生たちは損失を回収するために我先にとダンジョンへ潜っていた

らしいな。

167 ：名無しの剣士2年生
どこかで聞いたような話っす。
でも僕は知らなかったっすよ？

168 ：名無しの魔法使い2年生
貴方は一時期Cにまでなったでしょう。
今崩れ落ちているのは〈エデン〉に抜かされたギルドたちの
成れの果てなのだわ。

169 ：名無しの生産2年生
値上がっている時に大量に買うなんてお買い得様です。
あ、間違えました。お気の毒さまです。

170 ：名無しの神官2年生
どんな間違えだ！
く、こんなはずでは……。
思わず性能良しで選んだら請求書を見て桁が1つ違ってて5度見
したんだぞ!?
結果は変わらなかったが……。
ダンジョンも閉鎖されて、俺はこれからどうすればいいんだ？

171 ：名無しの生産3年生
いや、勉強すればいいのではないか？
その〈エデン〉を見習いたまえ。
あそこはギルド全体で勉強会をしているそうだぞ？

172 ：名無しの冒険者2年生
羨ましくて涙が出そうだ。
俺のギルド、なんで誰も勉強会しようって言い出さないんだ？

173 ：名無しの生産2年生

え？　誘われなかっただけじゃないですか？

174 ：名無しの冒険者2年生

…………へ？

533 ：名無しの剣士2年生

テストの結果発表っす！

掲示板に人が溢れすぎてまったく見えないっす……。

534 ：名無しの神官2年生

無欲だ。無欲になるんだ。

さすれば扉は開かれる。

535 ：名無しの剣士2年生

神官さん!?　どうしたっすか!?

536 ：名無しの魔法使い2年生

とりあえず、その扉は閉めればいいのだわ。

537 ：名無しの剣士2年生

そうなんすか？

えっと、こうっすか？

ガチャリ。

538 ：名無しの神官2年生

ハッ！　俺はいったい何を!?

539 ：名無しの斧士2年生

遊んでいるとは余裕だな。

いや、逆に余裕が無いから壊れているのか？

現実逃避か？

540 ：名無しの神官2年生
やめろ現実！　俺を追いかけてくるんじゃない！

541 ：名無しの魔法使い2年生
受け入れてあげなさいよ。

542 ：名無しの神官2年生
最初にチラッと視界を掠めちまった赤点一覧にあった名前を
どう受け入れろというのですか？

543 ：名無しの盾士1年生
ねえねえ聞いて聞いて！
ビッグニュースビッグニュース！

544 ：名無しの剣士2年生
っす!?
どうしたっすか!?

545 ：名無しの女兵1年生
今ね、1年生〈戦闘課〉でも張り出しがされたのよ。
そしたらね！
なんとトップ3は〈エデン〉が独占だったのよ！

546 ：名無しの盾士1年生
しかもしかも、すごいのがすごいのが！
1位が勇者君だったの！　1位が！　勇者君！　だったの!!
全・教・科、満点で!!

547 ：名無しの剣士2年生
おふっす。

すごいインパクトっすね、いろいろすごいっす！

548 ：名無しの賢兎1年生
たはは～。いやぁ私たちも鼻が高いよね。

549 ：名無しの歌姫1年生
みんな一生懸命勉強してたけど、勇者さんは一度も自分の勉強
している姿は見ませんでしたからね。
もうどうなってんだろう、って感じです。

550 ：名無しの狸盾1年生
わ、私もすごいって思います！
勉強、見てもらえたおかげで300位以内、入れました！

551 ：名無しの錬金2年生
く、悔しくなんて、ないんだからね！
いつか私がそのポジションにいるんだから！

552 ：名無しの調査3年生
はいはい、泣かないの錬金ちゃん。

553 ：名無しの錬金2年生
私は泣いてないわー！

554 ：名無しの剣士2年生
えっとっす。
調査先輩っす！
えっと、ここにいるということは、何かの調査結果が出たっすか？

555 ：名無しの調査3年生
あら、剣士にしてはいい勘してるわね？

556 ：名無しの剣士2年生

恐縮っす！

557 ：名無しの調査3年生

別に大したことではないのだけど〈戦闘課1年1組〉の男子たちが、
今ピンチらしいわよ？
大半が赤点を取って補習送りになったと聞いたわ。

558 ：名無しの剣士2年生

へ？
それって1年生最強の三強ギルド、
〈天下一大星〉と〈マッチョーズ〉のことっすか？
1位さんと2位さんはバッチリ輝いてるっすし。

559 ：名無しの支援3年生

まさか……、完全に予想外だった。
よもや今年の1年生を引っ張っていく三強ギルドの内、
2つのギルドの躍進がここで止まるとは。

560 ：名無しの神官2年生

1年生三強ギルドの快進撃を止める敵の名は、
期末テストだったってことか!?
とんでもないな期末テスト!?
それで、〈エデン〉はどうなったんだ？

561 ：名無しの賢兎1年生

え？　〈エデン〉はみんな突破したに決まってるよ～。
他の男子たちは筋肉リーダー以外真っ白になってたけど。

562 ：名無しの剣士2年生

聞くまでもなかったっすね。
でもっす、1組にも選ばれた人たちだったのに赤点とは意外っす。

何か原因があったっすか？

563：名無しの調査3年生
いいこと聞くわね剣士。答えるわ。
ことの始まりは6月上旬、〈天下一大星〉が〈エデン〉に
ギルドバトルを挑んだのよね。
そして直後にしょっ引かれた。

564：名無しの剣士2年生
悲しい事件だったっすね……。

565：名無しの調査3年生
夕方には無事釈放された〈天下一大星〉だったけど、
翌日にまたやらかしたわ。さすがに2日連続ともあって数日拘束し、
ちょっと常識と道徳というものを学園が厳しめに教え込んだわ。
そして、数日授業を休んだ影響で、最も難易度の高いと言われる
1組の授業に付いていけなくなったらしいのよ。

566：名無しの剣士2年生
完全に自業自得っす!?

567：名無しの賢兎1年生
あ〜、それで数日前から顔を青くしていたんだ。
私が在籍していた頃はそんな悪くなかったと思ったからおかしいと
思ってたんだよ〜。

568：名無しの剣士2年生
あれ？　そうすると〈マッチョーズ〉はなんでっすか？

569：名無しの調査3年生
彼らは独自の筋肉流勉強術という方法を試したらしいけど、
失敗したそうよ。

570 ：名無しの剣士2年生

ど、どんな方法だったのか気になるっすね……。

571 ：名無しの神官2年生

やめておけ剣士。きっと碌なことじゃないぞ。

下手をすれば向こうの世界にこんにちはだ。

572 ：名無しの調査3年生

次行ってみましょうか？

楽しい楽しい2年生の結果をここで発表しちゃうわ。

573 ：名無しの神官2年生

調査先輩!?　止めてあげて!?

HPが……HPがもうゼロなんです!?

第20話　みんなテストお疲れ様！　今後のギルドの方針を決めよう！

放課後、〈エデン〉〈アークアルカディア〉のメンバーたち一同はDランクギルド部屋に集まっていた。

テストも終わったので次は来週に迫った夏休みの話を進める。

マジで赤点者がいなくてよかったぜ。

カルアとルルが心配だったが、カルアは誰かしらがマンツーマンで昼夜を問わず教えて、なんとか赤点を回避させた。赤点取ったらカレー抜きという言葉が効いたようだ。

ルルはシェリアがずっとマンツーマンで教えていたのでむしろ手応えがかなりあったらしい。忘れていたが、シェリアは知識豊富なエルフだからな。

また、テストでポカしたのがパメラだ。それまで順調だったのに、最終日は素材の名前を読み間違えて延々と違うモンスターを狩っていたらしい。ギリで突破できたようでマジよかったぜ。

いつものように〈幸猫様〉の前までシエラと一緒に出てメンバーに通達する。

「みんな、改めてテストお疲れ様。みんなが頑張ったおかげで〈エデン〉〈アークアルカディア〉共に赤点者はゼロだそうだ。これで夏休みも思う存分ダンジョンに行けるぞ！」

「「「わー!!」」」

「「「「お疲れ様──!!」」」」

みんなでやりきった達成感を分かち合う。うん、本当にみんなよく頑張った！

盛り上がりが静まるのを待ってからシエラがみんなに通達する。

「夏休みで帰省をする人も多いと思うわ。残る人もいるでしょう。みんな、大まかでいいので後で夏休みのスケジュールをくれるかしら。それを元に〈エデン〉〈アークアルカディア〉のダンジョン攻略スケジュールを組むわ」

今週はテストの返却期間だ。これが終われば土曜日からは夏休みである。

ゲーム〈ダン活〉時代は帰省なんてものは存在しなかったが、リアルでは結構帰省者が多いらしい。

その辺のスケジュール調整をしよう、ということだな。

メンバー、サブメンバーは、ギルドで活動できる日をシエラに報告してもらい、それを元にダンジョン攻略のシフトを組むのだ。

夏休みのバイトを思わせるな。

「私は帰らないわ！」

「なりませんよ？」

ラナとシズが激しい（？）攻防をしていた。

いや、ラナは帰省の準備とか進めていたはずだ。多分、強制的に帰らされると思う。

「まあ、待て待て。まだ大事な話が残ってるんだ」

「な、何よ大事な話って。も、もしかしてゼフィルスは付いてくる気なの？　それなら帰っても……」

「いや、俺は学園に残るが」

なんかラナが急にもじもじし出したので残ることを告げると、雷にでも打たれたかのようにガーンとして、その後、ちょっと涙目で睨んでくる。その表情が少し可愛い。

とりあえず話を進める。一度咳払いして、空気をリセットした。

「こほん。聞いてほしい。〈エデン〉はDランクになった。Dランクになったギルドはするべきことも多い。今後の方針を決めようと思う」

俺の真剣な表情にギルドメンバーたちの空気も真剣味を帯びる。

この話はギルドの今後の話。

夏休みで帰省すると、メンバーへの連絡もろくにできなくなる。

今週中にDランクギルドになった〈エデン〉の、ギルドとしての活動方針を決めなければならない。

夏休み中、帰省組がいてメンバーが欠けた状態になると予想されるが、〈上級転職チケット〉は使用するのか？　中級上位ダンジョンは攻略するのか？

上級職に経験値が入るようになるのは、中級上位ダンジョンからだ。そのため今まで使うのをスルーしていた面もあるのだが、中級上位ダンジョンを攻略するとなると話は変わる。

しかし、ラナをはじめとする帰省メンバーを置いて先に行ってもいいものなのか、話し合いが必要だな。

あと、夏休み明けには〈ランク戦〉に参加することも考える必要がある。

夏休みはメンバー全体の底上げをしてカンスト者を増やすことに注力してもいい。

Cランク戦は〈15人戦〉、つまり戦闘職が15人必要なのだ。

どちらでも構わない。

あと〈エデン〉の資産もかなり膨れ上がっているので、前にセレスタンたちと約束していた経理の

人も雇い入れたい。メンバーが10人も増えたからな。

せっかくセレスタンがサポートに回ってくれたのに、一気にメンバーを増やしたのはマズかった。ちょっと手が追いつかなくなっている模様だ。

それと中級上位ダンジョンの攻略のため、装備の更新も進めなければならないだろう。

やることは山ほどある。

しかし、その中でも〈エデン〉〈アークアルカディア〉間《かん》でもっとも重要なことがある。

それが、

「Dランクギルドの上限人数は20名。枠は5席ある。〈アークアルカディア〉の諸君、随分待たせた。〈エデン〉への昇格試験を始めよう」

下部組織《ギルド》から〈エデン〉への昇格試験だ。

名前 NAME

ゼフィルス

人種 CATEGORY		職業 JOB	LV
主人公	男	勇者	75

HP 412/412→ 436/436

MP 687/687→ 808/708(+100)

獲得SUP:合計22P　制限:――

攻撃力 STR	255→270	(×1.6)
防御力 VIT	255→270	(×1.6)
魔力 INT	255→270	(×1.6)
魔力抵抗 RES	255→270	(×1.6)
素早さ AGI	255→270	(×1.6)(+15)
器用さ DEX	30	(×1.6)

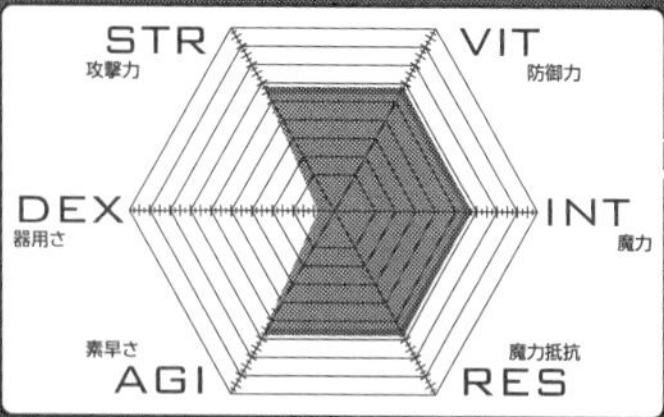

SUP ステータスアップポイント 0P →88P → 0P

SP スキルポイント 4P →8P

スキル

身体強化 LV10　直感 LV5　超反応 LV5
ソニックソード LV5　ハヤブサストライク LV1　ライトニングスラッシュ LV1
属性剣 LV1　ディフェンス LV5　ガードラッシュ LV5　アピール LV5
ヘイトスラッシュ LV1　カリスマ LV4
ギルド 幸運　装備 状態異常耐性 LV3
装備 麻痺耐性 LV5　装備 斬撃耐性 LV4　装備 移動速度上昇 LV5
装備 金箱ドロップ率アップ LV10　装備 ボス素材ドロップ量増加 LV10

魔法

シャインライトニング LV5　ライトニングバースト LV1
リカバリー LV1　オーラヒール LV1　エリアヒーリング LV1

ユニークスキル

勇者の剣《ブレイブスラッシュ》 LV5　勇気《ブレイブハート》 LV10

装備

右手 天空の剣　左手 天空の盾　天空シリーズスキル(状態異常耐性)
体① 天空の鎧　体② 痺抵抗のベルト(麻痺耐性)
頭 銀のピアス(AGI↑)　腕 ナックルガード(斬撃耐性)　足 ダッシュブーツ(移動速度上昇)
アクセ① 金猫《きんねこ》の小判《こばん》(金箱ドロップ率アップ/ボス素材ドロップ量増加)　アクセ② エナジーフォース(MP↑)

名前 NAME

ハンナ

人種 CATEGORY		職業 JOB	LV		
村人	女	錬金術師	73	HP	130/30(+100)
				MP	710/710

獲得SUP:合計14P　制限:DEX+5

攻撃力 STR	10	
防御力 VIT	10	
魔力 INT	10	
魔力抵抗 RES	352→379	
素早さ AGI	10	
器用さ DEX	418→433	

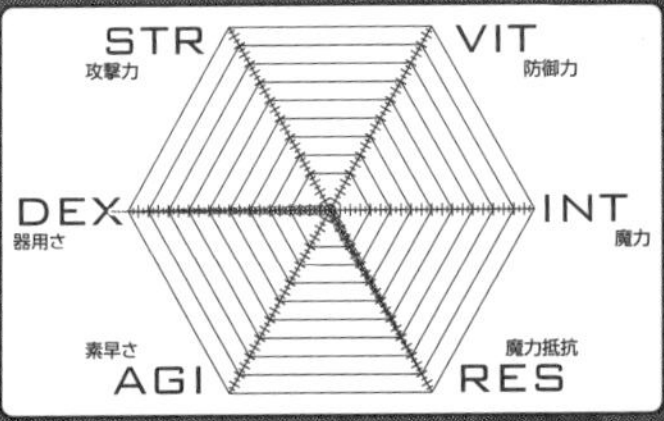

SUP ステータスアップポイント 0P →42P → 0P

SP スキルポイント 0P →3P

スキル

錬金 LV10　調合 LV10　素材返し LV10
迅速錬金 LV5　迅速調合 LV5　簡略生産 LV5　大量生産 LV10
薬品質上昇 LV5　薬回復量上昇付与 LV5　ギルド 幸運
装備 打撃耐性 LV2　装備 斬撃耐性 LV3
装備 猫の足 LV4　装備 MP消費削減 LV3
装備 MP自動回復 LV1

魔法

装備 ヒーリング LV7　装備 メガヒーリング LV3
装備 プロテクバリア LV9

ユニークスキル

すべては奉納《ほうのう》で決まる錬金術 LV10

装備

両手 マナライトの杖　空きスロット 支援回復の書・魔能玉(ヒーリング/メガヒーリング/プロテクバリア)
体① アーリクイーン黒(打撃耐性)　体② 希少小狼のケープ(斬撃耐性)
頭 戦小狼の魔女折れ帽子(HP↑)　腕 バトルフグローブ(HP↑)　足 猫球の足袋(猫の足/HP↑)
アクセ① 節約上手の指輪(MP消費削減)　アクセ② 真魂のネックレス(MP自動回復)

名前 NAME

シエラ

人種 CATEGORY		職業 JOB	LV
伯爵/姫	女	盾姫	75

HP	700/700 → 888/738(+130)
MP	470/470 → 550/500(+50)

獲得SUP:合計20P　制限:VIT+5 or RES+5

攻撃力 STR	200→210
防御力 VIT	360→400 (×1.1)
魔力 INT	10
魔力抵抗 RES	360→400 (×1.1)
素早さ AGI	130→140
器用さ DEX	30

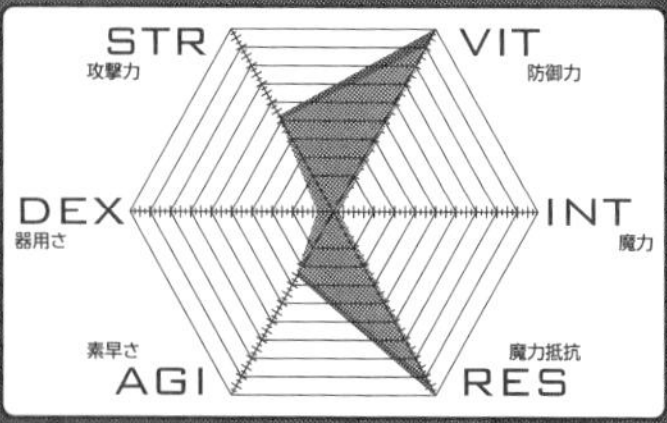

SUP ステータスアップポイント 0P → 120P → 0P

SP スキルポイント 4P → 10P

スキル

挑発 LV5　ガードスタンス LV1　オーラポイント LV5
シールドスマイト LV1　シールドバッシュ LV1　インパクトバッシュ LV1
カウンターバースト LV1　カバーシールド LV1　インダクションカバー LV5
鉄壁 LV5　城塞盾 LV5　マテリアルシールド LV5
ファイヤガード LV1　フリーズガード LV1　サンダーガード LV1
ライトガード LV1　カオスガード LV1　状態異常耐性 LV10　受盾技 LV5
流盾技 LV5　防御ブースト LV2　魔防ブースト LV2
ギルド 幸運　装備 通常攻撃威力上昇 LV5
装備 貫通耐性 NEW LV5　装備 毒耐性 NEW LV10　装備 衝撃吸収 NEW LV7

魔法

ユニークスキル

完全魅了盾 LV5

装備

右手 鋼華メイス（通常攻撃威力上昇）　左手 白牙《しろきば》のカイトシールド（貫通耐性／毒耐性／衝撃吸収）
体①・体②・頭・腕・足 盾姫装備一式
アクセ① 命の指輪（HP↑）　アクセ② 月猫の指輪（HP↑/MP↑）

名前 NAME

ラナ

人種 CATEGORY		職業 JOB	LV
王族/姫	女	聖女	75

HP 364/364→ 380/380

MP 944/944→ 966/966

獲得SUP:合計21P　制限:INT+5 or RES+5

攻撃力 STR	10
防御力 VIT	180→200
魔力 INT	400→420
魔力抵抗 RES	400→420
素早さ AGI	129→143
器用さ DEX	50

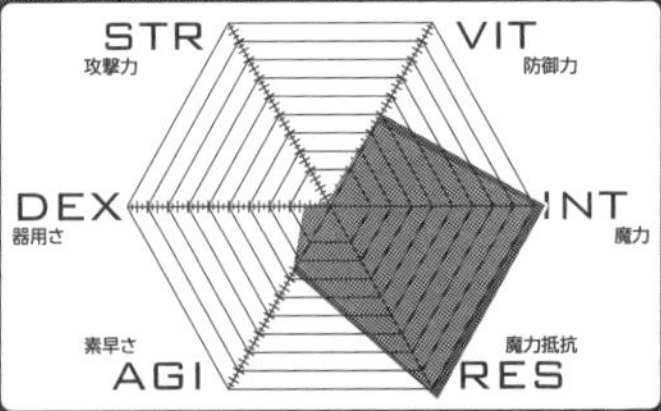

SUP ステータスアップポイント 0P →84P → 0P

SP スキルポイント 10P→14P

スキル

MP自動回復 LV5　MP消費削減 LV5

ギルド 幸運　装備 祈り系クールタイム軽減 NEW LV5　装備 慰安の祈り NEW LV7

装備 光属性威力上昇 LV4

装備 金箱ドロップ率アップ LV10　装備 ボス素材ドロップ量増加 LV10

魔法

回復の祈り LV1　回復の願い LV1　大回復の祝福 LV1

全体回復の祈り LV1　全体回復の願い LV1　生命の雨 LV1　天域の雨 LV1

復活の奇跡 LV5　勇者復活の奇跡 LV5　浄化の祈り LV1　浄化の祝福 LV1

獅子の加護 LV1　聖魔の加護 LV1　守護の加護 LV1　耐魔の加護 LV1

迅速の加護 LV1　魂の誓い LV5　光の刃 LV5　光の柱 LV1

聖光の耀剣 LV5　聖光の宝樹 LV1　聖守の障壁 LV5

ユニークスキル

守り続ける聖女の祈り LV10

装備

両手 慰安のタリスマン（祈り系クールタイム軽減/慰安の祈り）

体①・体②・頭・腕・足 聖女装備一式

アクセ① 光の護符（光属性威力上昇）　アクセ② 金猫《きんねこ》の小判《こばん》（金箱ドロップ率アップ/ボス素材ドロップ量増加）

名前 NAME

エステル

人種 CATEGORY		職業 JOB	LV
騎士爵/姫	女	姫騎士	75

HP 529/529→ 546/546

MP 515/515→ 530/530

獲得SUP:合計20P　制限:STR+5

攻撃力 STR	505→525	
防御力 VIT	180→190	
魔力 INT	10	
魔力抵抗 RES	170→180	
素早さ AGI	245→265	(+15)
器用さ DEX	50 → 60	

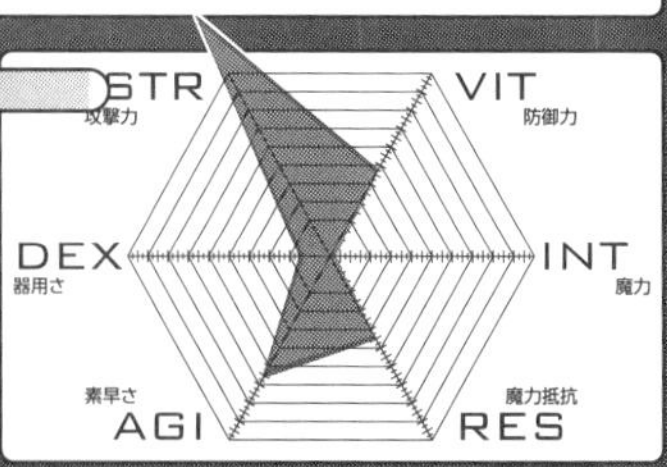

SUP ステータスアップポイント 0P →80P → 0P

SP スキルポイント 6P →10P

スキル

騎乗 LV1　乗物操縦 LV10　ロングスラスト LV5　トリプルシュート LV5
プレシャススラスト LV5　閃光一閃突き LV5
レギオンスラスト LV1　レギオンチャージ LV1
騎槍突撃 LV5
両手槍の心得 LV5　乗物攻撃の心得 LV5
アクセルドライブ LV1　ドライブターン LV1　オーバードライブ LV10
ギルド 幸運　装備 テント LV1
装備 空間収納倉庫《アイテムボックス》 LV3　装備 車内拡張 LV3

魔法

ユニークスキル

姫騎士覚醒 LV10

装備

両手 リーフジャベリン(AGI↑)
体①・体②・頭・腕・足 姫騎士装備一式
アクセ①・アクセ② からくり馬車(テント/空間収納倉庫/車内拡張)

名前 NAME

カルア

人種 CATEGORY		職業 JOB	LV
猫人/獣人	女	スターキャット	75

HP	320/320→ 502/352(+150)
MP	440/440→ 582/482(+100)

獲得SUP:合計19P　制限:AGI+7

攻撃力 STR	354→370	(+20)
防御力 VIT	140→150	(+10)
魔力 INT	10	
魔力抵抗 RES	120→130	(×1.1)(+30)
素早さ AGI	508→543	(×1.3)(+5)
器用さ DEX	30	

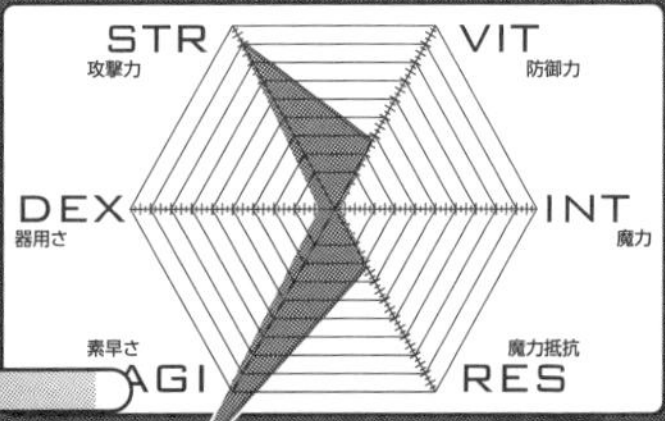

SUP ステータスアップポイント 0P →100P→ 0P

SP スキルポイント 3P →8P

スキル

素早さブースト Lv5　短剣二刀流 Lv10　投刃 Lv1　フォースソニック Lv5
スルースラッシュ Lv1　鱗剥ぎ Lv5　二刀山猫斬り Lv1
急所一刺し Lv5　32スターストーム Lv1　デルタストリーム Lv1
スターブーストトルネード Lv5　スターバースト・レインエッジ Lv5
ソニャー Lv10　罠突破 Lv1　直感 Lv5
回避ダッシュ Lv5　突風 Lv1
ギルド 幸運　装備 対妖精耐性 Lv4　装備 妖精キラー Lv4
装備 移動速度上昇 Lv10　装備 爆速 Lv5　装備 罠爆破 Lv5
装備 魔防ブースト Lv2　装備 全属性耐性 Lv1

魔法

ユニークスキル

ナンバーワン・ソニックスター Lv5

装備

右手 ソウルダガー(STR↑/AGI↑)　左手 アイスミー(STR↑)　傭兵妖精シリーズスキル(魔防ブースト/全属性耐性/MP↑)
体① 妖精の薄着(対妖精耐性)　体② 傭兵の身軽装着(妖精キラー)
頭 傭兵妖精ゴーグル(RES↑)　腕 傭兵妖精スリーブ(RES↑/HP↑)　足 爆速スターブーツ(移動速度上昇/爆速/罠爆破)
アクセ① 妖精のマフラー(HP↑/MP↑)　アクセ② 守護ミサンガ(VIT↑/HP↑)

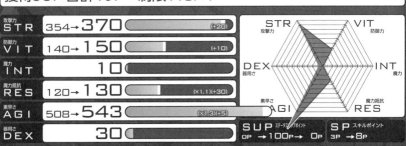

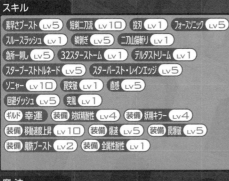

名前 NAME

リカ

人種 CATEGORY		職業 JOB	LV
侯爵/姫	女	姫侍	75

HP 672/672→ 708/708
MP 530/530→ 560/560

獲得SUP:合計20P　制限:STR+5 or VIT+5

攻撃力 STR	270→300	(+10)
防御力 VIT	370→400	(+10)
魔力 INT	10	
魔力抵抗 RES	250→280	(+15)
素早さ AGI	130→140	
器用さ DEX	50	

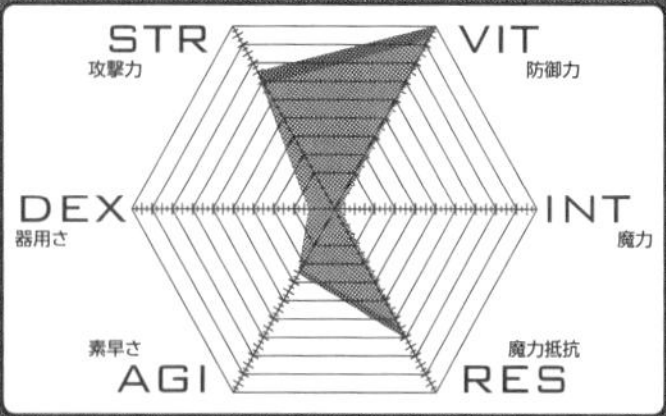

SUP ステータスアップポイント 0P →120P→ 0P
SP スキルポイント 6P →12P

スキル

二刀流 LV10　果し合い LV5　大勇 LV1　戦意高揚 LV5
切り返し LV1　切り払い LV1　上段受け LV1　下段払い LV1
受け払い LV1　残影 LV1　二刀払い LV5　弾き返し LV5
名乗り LV1　影武者 LV1
刀撃 LV1　ツバメ返し LV5　横文字二線 LV1　十字斬り LV1
飛鳥落とし LV1　焔斬り LV1　雷閃斬り LV1　凍砕斬 LV1
光一閃 LV1　闇払い LV1　パリング成功率上昇 LV5
ギルド 幸運　装備 ビーストキラー LV6
装備 クロス猫カッシュ NEW LV6　装備 武士猫上段斬り NEW LV6
装備 三連ニャ切り NEW LV6

魔法

ユニークスキル

双・燕桜 LV10

装備

右手 名刀・猫鈴華《めいとうねこすずか》(クロス猫カッシュ/武士猫上段斬り/三連ニャ切り)　左手 六雷刀・獣封《ろくらいとうけものふうじ》(ビーストキラー)
体①・体②・頭・腕・足 姫侍装備一式
アクセ① 武闘のバングル(STR↑/VIT↑)　アクセ② 魔防の護符(RES↑)

名前 NAME

セレスタン

人種 CATEGORY		職業 JOB	LV		
分家	男	バトラー	50	HP	384/384→ 466/416(+50)
				MP	275/275→ 355/305(+50)

獲得SUP:合計19P　制限:STR+5 or DEX+5

攻撃力 STR	250→270	(×1.6)(+20)
防御力 VIT	115→125	
魔力 INT	10	
魔力抵抗 RES	105→115	(+20)
素早さ AGI	178→194	(+20)
器用さ DEX	80	(×1.1)(+15)

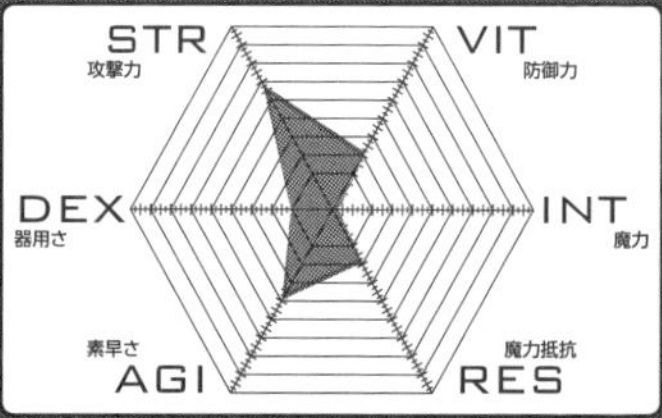

SUP ステータスアップポイント 0P →76P → 0P

SP スキルポイント 0P →4P → 0P

スキル

宮廷作法 LV2　毒味 LV1　気功 LV10　馬車適性 LV5
ティー作製 LV2
ストレートパンチ LV5　三回転裏拳 LV1
上段回し蹴り LV5　プリッツストレート LV1　スピンカウンター LV1
バトラー・オブ・フィスト LV1　手刀 LV1　ノッキング LV5
挑発 LV5　警戒心 LV1　敵の位置を探りましょう LV1
罠なぞ恐れるに足りません LV1　先読み LV1
こんなこともあろうかと LV1
ギルド 幸運　装備 執事流武闘 LV10

魔法

ユニークスキル

皆さまが少しでも過ごしやすく LV5

装備

両手 執事の秘密手袋(執事流武闘)
体①・体②・頭・腕・足 執事装備一式(HP↑/MP↑/STR↑/AGI↑)
アクセ① 執事のメモ帳(DEX↑)　アクセ② 紳士のハンカチ(RES↑)

名前 NAME

ケイシェリア

人種 CATEGORY		職業 JOB	LV
エルフ	女	精霊術師	75

HP	390/390 → 448/448
MP	868/868 → 1040/1010(+30)

獲得SUP:合計20P　制限:INT+5 or DEX+5

攻撃力 STR	10
防御力 VIT	160→ 180
魔力 INT	500→ 580 (+20)
魔力抵抗 RES	160→ 180
素早さ AGI	140→ 160
器用さ DEX	30

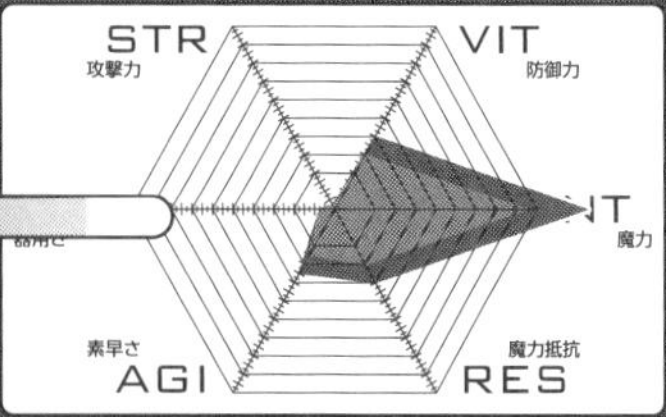

SUP ステータスアップポイント 0P → 200P → 0P

SP スキルポイント 0P → 10P → 8P

スキル

ギルド 幸運　装備 精霊術威力上昇 LV5

魔法

精霊召喚 LV5　エレメントリース LV10　エレメントブースト LV10
エレメントアロー LV1　エレメントシュート LV1　エレメントランス LV1
エレメントジャベリン LV5　エレメントウェーブ LV1　エレメントウォール LV1
オール LV5　ゾーン LV5　古式精霊術 LV10
イグニス LV1　グラキエース LV1　トニトルス LV1
ルクス LV1　テネブレア LV1　サンクトゥス LV1
ブレッシング LV1

ユニークスキル

大精霊降臨 LV10

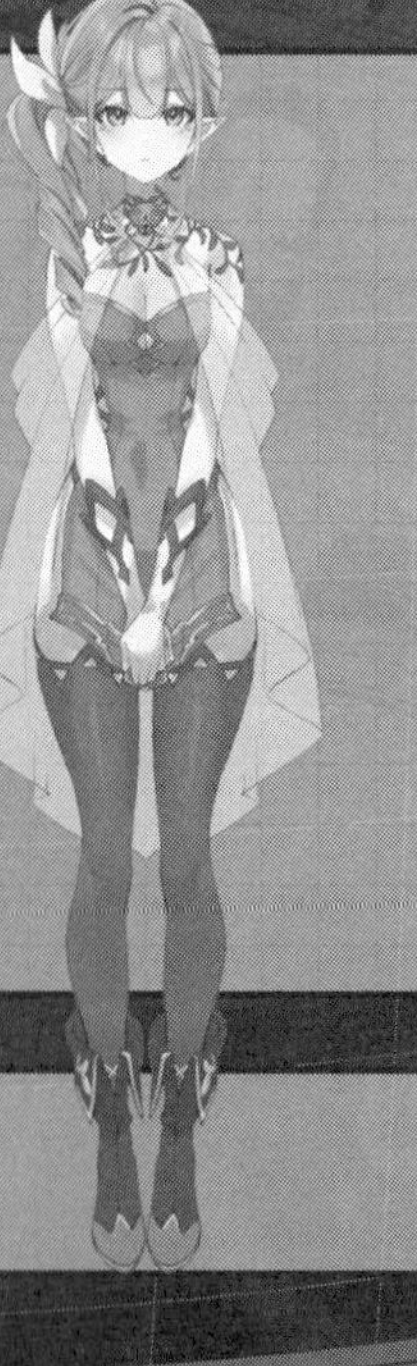

装備

両手 小精霊胡桃樹の大杖（精霊術威力上昇）
体①・体②・頭・腕・足 最高位エルフ装備一式
アクセ① フラワーリボン（INT↑）　アクセ② 魔法使いの証〈初級〉（INT↑/MP↑）

名前 NAME

ルルル

人種 CATEGORY		職業 JOB	LV
子爵/姫	女	ロリータヒーロー	75

HP	600/600 →	690/690
MP	230/230 →	290/290

獲得SUP:合計20P　制限:STR+5 or VIT+5

攻撃力 STR	420→480
防御力 VIT	310→340
魔力 INT	10
魔力抵抗 RES	180→212
素早さ AGI	180→210
器用さ DEX	20

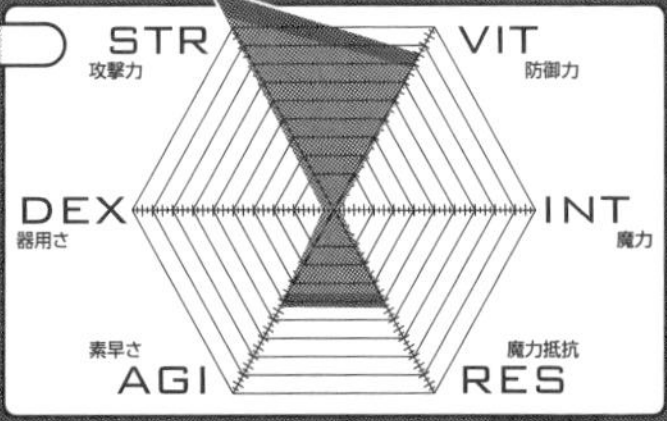

SUP ステータスアップポイント 0P →200P→ 0P

SP スキルポイント 2P →12P

スキル

ヒーローはここにいるの LV5　ヒーローだもの、へっちゃらなのです LV10
ヒーロー登場 LV1　ヒーローは負けないんだもん LV10　無敵のヒーロー LV1
復活のヒーロー LV1　小回り剣技 LV5　ハートチャーム LV1
ハートポイント LV1　ロリータソング LV1　ロリータマインド LV1
キュートアイ LV1　小回り回避 LV1　ローリングソード LV1
チャームソード LV1　ポイントソード LV1　チャームポイントソード LV1
ロリータタックル LV5　小回転斬り LV1　ジャスティスヒーローソード LV1
ヒーロースペシャルインパクト LV1　セイクリッドエクスプロード LV1
ロリータオブヒーロー・スマッシュ LV5　片手ヒーロー LV1
ギルド 幸運　装備 ヒーロースキルMP消費削減 LV8
装備 麻痺耐性 LV5　装備 ヒーロー強し NEW LV3

魔法

ユニークスキル

ヒーローはピンチなほど強くなるの LV10

装備

右手 ヒーローソード(ヒーロースキルMP消費削減)　左手 ――
体①・体②・頭・腕・足 スィートロリータ装備一式
アクセ① 痺抵抗の護符(麻痺耐性)　アクセ② ヒーローベルト(ヒーロー強し)

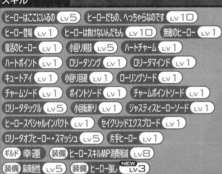

名前 NAME

シズ

人種 CATEGORY		職業 JOB	LV
分家	女	戦場メイド	75

HP 390/390→ 460/460

MP 560/560→ 620/620

獲得SUP:合計19P　制限:STR+5 or DEX+5

攻撃力 STR	10
防御力 VIT	160→180 (+10)
魔力 INT	10
魔力抵抗 RES	150→170
素早さ AGI	175→203
器用さ DEX	500→580 (×1.6)(+25)

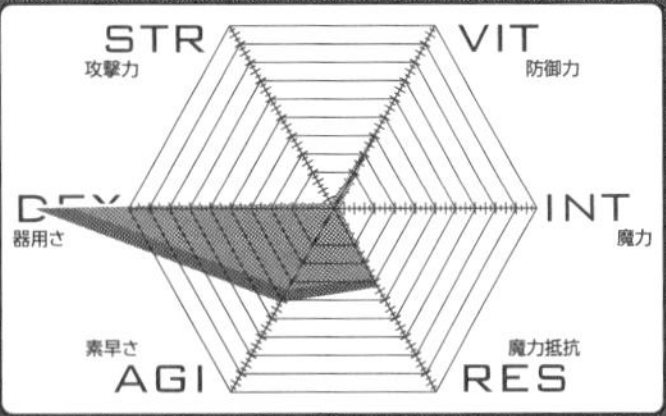

SUP ステータスアップポイント 0P →190P→ 0P

SP スキルポイント 0P →10P→ 8P

スキル

宮廷作法 LV10　ティー作製 LV1
ファイアバレット LV1　アイスバレット LV1　サンダーバレット LV1
グレネード LV5　連射 LV5　徹甲弾 LV1　貫通弾 LV1
チャージショット LV1　ハートスナイプ LV1
魔弾 LV1　ジャッジメントショット LV1　マルチバースト LV1
照明弾 LV1　閃光弾 LV1　バインドショット LV1　チャフ LV1
弾幕 LV1　地雷罠設置 LV1　戦場の罠解除 LV1　罠発見 LV5
索敵 LV10　追跡 LV5　痕跡発見 LV1　隠蔽工作 LV1
ジャマー LV1　撹乱《かくらん》 LV1
ギルド 幸運　装備 通常攻撃威力上昇 LV7

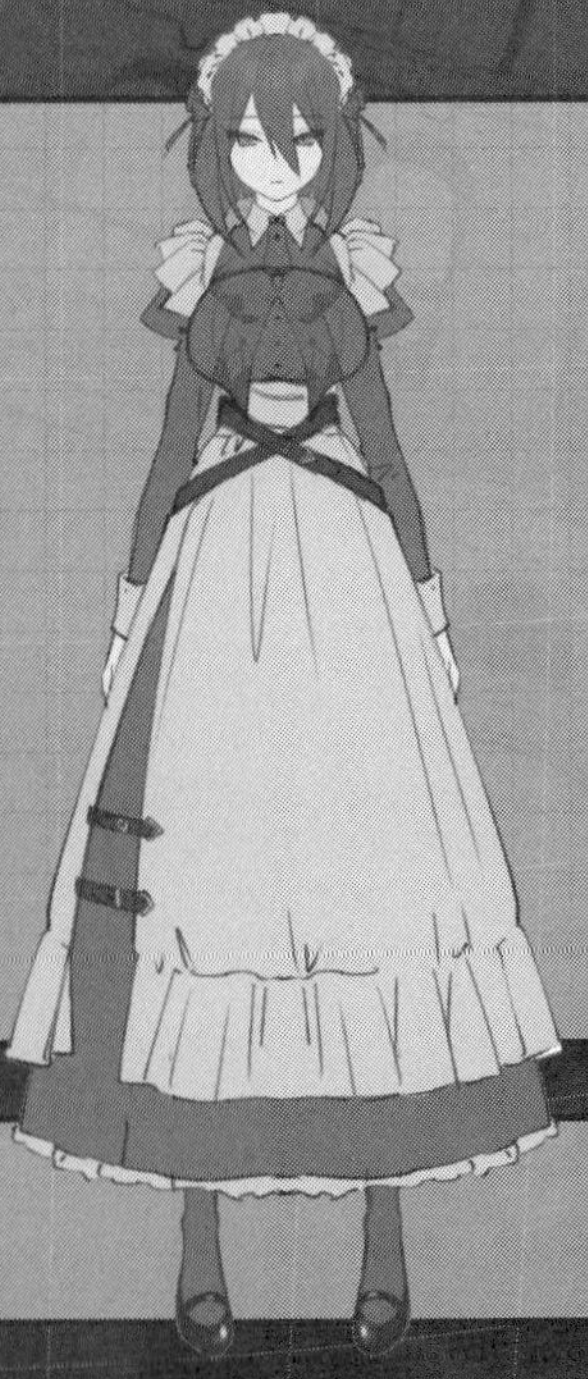

魔法

ユニークスキル

優雅に的確に速やかに制圧 LV10

装備

両手 冥土アサルト（通常攻撃威力上昇）
体①・体②・頭・腕・足 戦場メイド装備一式
アクセ① 宮廷メイドのカチューシャ（DEX↑）
アクセ② 宮廷メイドのハンカチ（VIT↑/DEX↑）

名前 NAME

パメラ

人種 CATEGORY		職業 JOB	LV		
分家	女	女忍者	75	HP 384/384→ 423/423	MP 452/452→ 500/500

獲得SUP:合計19P　制限:STR+5 or DEX+5

攻撃力 STR	400→460
防御力 VIT	130→160
魔力 INT	10
魔力抵抗 RES	130→160
素早さ AGI	300→330 (×1.6)(+25)
器用さ DEX	71 → 84

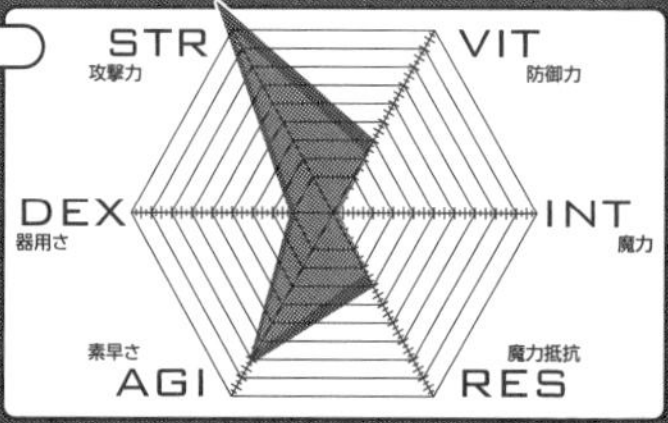

SUP ステータスアップポイント 0P →190P→ 0P

SP スキルポイント 0P →10P→ 5P

スキル

忍法・囮影 LV1　忍法・幻影 LV1　忍法・影縫い LV1
忍法・身代わり LV1　忍法・空蝉 LV1　目立つ LV5
お命頂戴 LV1　暗闇の術 LV5　毒霧の術 LV1　刀撃 LV1
麻痺毒斬り LV1　一刀両断 LV1　豪炎斬波 LV1　氷結斬駆 LV1
雷斬り LV1　巨大手裏剣の術 LV1　毒手裏剣 LV1　立体駆動 LV1
水上歩行の術 LV1　回避ブースト LV10　瞬動 LV1　気配察知 LV5
索敵 LV10　軽業 LV1　罠発見 LV5　罠再利用 LV1
罠解除 LV5　ギルド 幸運　装備 動物型モンスターのドロップ2倍
装備 動物キラー LV4　装備 暗闇付与率上昇 LV10

魔法

ユニークスキル

必殺忍法・分身の術 LV10

装備

右手 解体大刀(動物型モンスターのドロップ上昇/動物キラー)　左手 竹光(AGI↑)
体①・体②・頭・腕・足 女忍者装備一式
アクセ① 暗闇の巻物(暗闇付与率上昇)　アクセ② 軽芸の靴下(AGI↑)

名前 NAME

ヘカテリーナ

人種 CATEGORY		職業 JOB	LV
公爵/姫	女	姫軍師	60

HP 288/288→ 354/354

MP 496/496→ 625/525(+100)

獲得SUP:合計20P　制限:STR+5 or DEX+5

攻撃力 STR	10
防御力 VIT	100→130
魔力 INT	240→285 (×1.3)
魔力抵抗 RES	100→130
素早さ AGI	100→130
器用さ DEX	260→325 (×1.3)

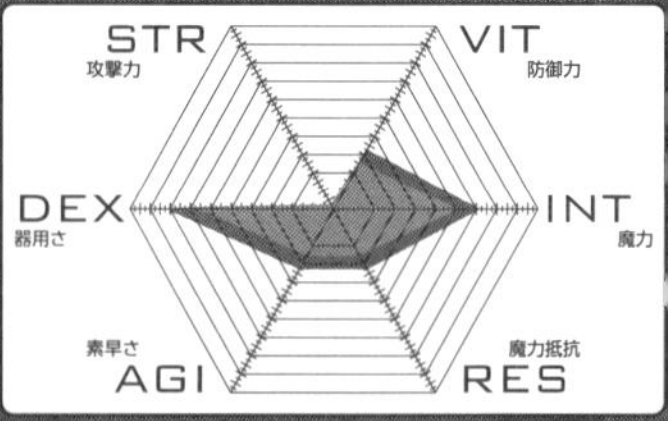

SUP ステータスアップポイント 0P →260P→ 0P

SP スキルポイント 6P →13P→ 0P

スキル

望遠 LV5　プラスレンジ LV1　号令 LV1　ギルドコネクト LV10
指揮砲 LV1　祝砲 LV1　先手必勝 LV1　マジックスフィア LV1
四連魔砲 LV1　爆発魔砲 LV1　デルタカノン LV1　遠距離集束砲 LV1
四連散弾魔砲 LV1　ショット魔砲ガン LV1　ハイパーカノン LV1
ビーム LV1　モンスターウォッチング LV1　人間観察 LV5
観測の目 LV5　俯瞰の目 LV5　状況把握 LV1　ターゲット補足 LV1
ギルドチェーンブックマーク LV1　罠発見報告 LV1　罠爆破破壊 LV1
魔砲ブースト LV5　指揮力ブースト LV5　ギルド 幸運
装備 紅蓮砲 LV5　装備 統率力 LV5　装備 指揮 LV1

魔法

ユニークスキル

全軍一斉攻撃ですわ LV5

装備

両手 紅蓮魔砲(紅蓮砲)
体①・体②・頭・腕・足 姫軍師装備一式(統率力)
アクセ① 指揮棒(指揮)
アクセ② お嬢様のリボン(MP↑)

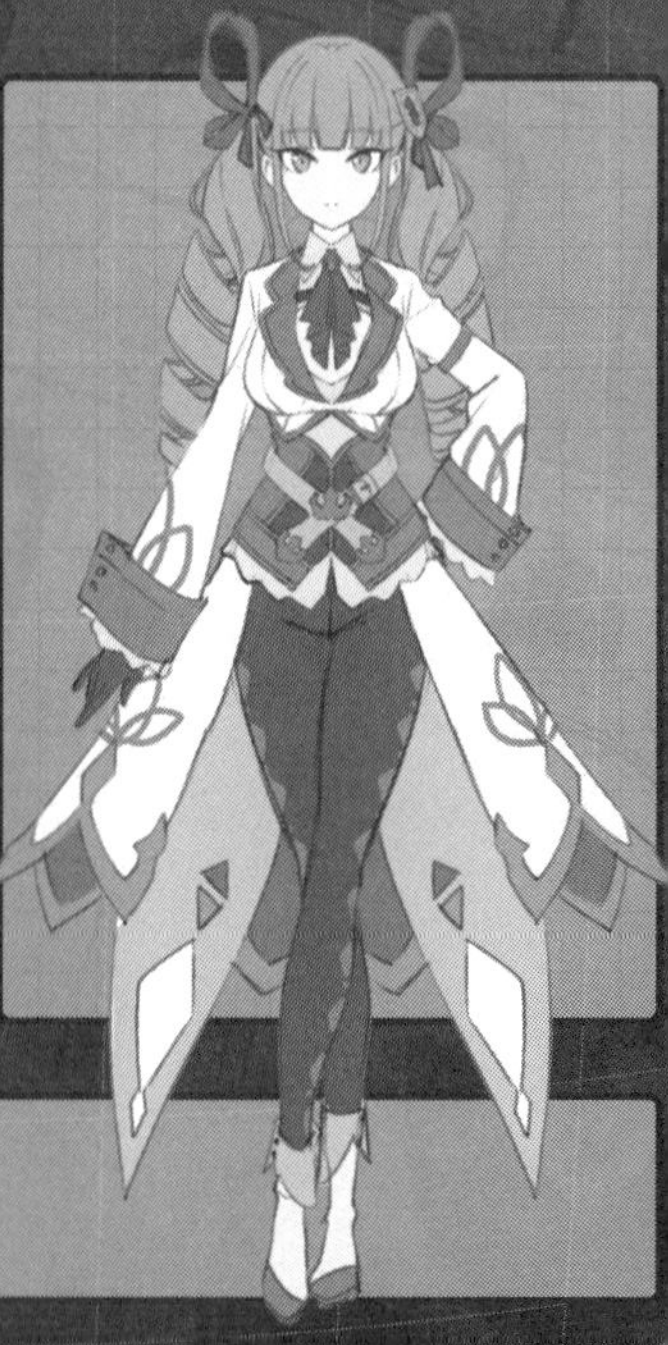

名前 NAME

メルト

人種 CATEGORY		職業 JOB	LV
伯爵	男	賢者	60

HP 206/206→ 302/302

MP 446/446→ 785/610(+175)

獲得SUP:合計19P　制限:INT+5 or RES+5

攻撃力 STR	10	
防御力 VIT	140→170	
魔力 INT	340→410	(×1.6)(+53)
魔力抵抗 RES	160→190	
素早さ AGI	110→140	
器用さ DEX	23 → 30	

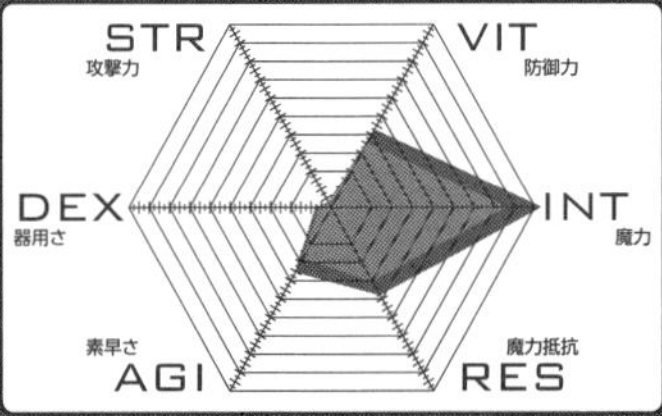

SUP ステータスアップポイント 0P →247P→ 0P

SP スキルポイント 0P →13P→ 0P

スキル

MP自動回復 LV10 / MP消費削減 LV6 / 魔法力上昇 LV5 / 古式詠唱 LV5 / ギルド 幸運

装備 麻痺耐性 LV5 / 装備 打撃耐性 LV5 / 装備 拘束耐性 LV5 / 装備 気絶耐性 LV3

装備 金箱ドロップ率アップ LV10 / 装備 ボス素材ドロップ量増加 LV10 / 装備 全属性耐性 LV1

魔法

マジックブースト LV1 / フリズド LV1 / メガフリズド LV1 / メガフレア LV1 / メガライトニング LV1

メガシャイン LV1 / メガダークネス LV1 / メガホーリー LV1 / フレアバースト LV1 / フリズドスロウ LV1

ライトニングスタン LV1 / シャイニングフラッシュ LV1 / ダークネスドレイン LV1 / ホーリーブレイク LV1

クイックマジック LV1 / ダウンレジスト LV1 / イレース LV1 / ヘイストサークル LV1 / プロテクトサークル LV1

レジストサークル LV1 / プロテクバリア LV1 / マジックシールド LV1 / バリア LV1 / リフレクト LV1

スタン LV1 / スロウ LV1 / ジェイル LV1 / ヒーリング LV1 / メガヒーリング LV1

エクストラヒーリング LV1 / エリアヒーリング LV1 / オールヒーリング LV1 / キュア LV1 / リヴァイヴ LV1

ユニークスキル

アポカリプス LV5

装備

両手 クスノキの魔玉杖 (INT↑/MP↑)　楠魔術師シリーズスキル (全属性耐性/MP↑/INT↑)

体① 楠魔術師の服 (打撃耐性)　体② 楠魔術師ローブ (INT↑/MP↑)

頭 楠魔術師イヤリング (麻痺耐性)　腕 魔術増幅リストバンド (INT↑)　足 楠魔術師シューズ (拘束耐性)

アクセ① 楠魔術師指輪 (気絶耐性/MP↑)　アクセ② 金猫《きんねこ》の小判《こばん》 (金箱ドロップ率アップ/ボス素材ドロップ量増加)

名前 NAME

ミサト

人種 CATEGORY		職業 JOB	LV
兎人/獣人	女	セージ	60

HP 234/234→ 329/329

MP 394/394→ 704/524(+180)

獲得SUP:合計20P　制限:INT+5 or RES+5

攻撃力 STR	10
防御力 VIT	130→155 (+10)
魔力 INT	230→280 (×1.1)(+10)
魔力抵抗 RES	320→390 (×1.6)
素早さ AGI	150→175 (+15)
器用さ DEX	10

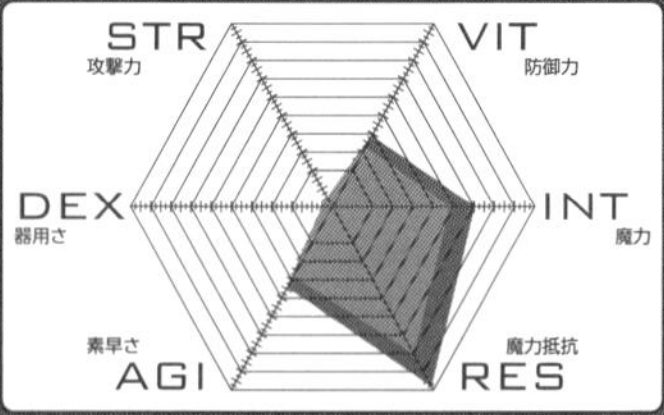

SUP ステータスアップポイント 0P →240P→ 0P

SP スキルポイント 0P →12P→ 0P

スキル

MP自動回復 LV5　MP消費削減 LV5　レジストブースト LV10
ギルド 幸運　装備 回復魔法威力上昇 LV6　装備 毒耐性 LV8　装備 対植物耐性 LV4
装備 植物キラー LV4　装備 移動速度上昇 LV3　装備 睡眠耐性 LV6　装備 呪い耐性 LV4
装備 恐怖耐性 LV2　装備 魔法ブースト LV2　装備 全属性耐性 LV1

魔法

シャイニングブラスト LV1　ホーリースパイク LV1　サンバースト LV1　セイントピラー LV1
プロテクバリア LV1　バリアウォール LV1　ニードルバリア LV1　スピリットバリア LV1　テラバリア LV1
リジェネプロテクバリア LV1　プリズン LV4　リフレクション LV1　ベール LV1　レジストベール LV1
ディスペル LV1　セイクリッド・オールレジスト LV1　ヒール LV1　ハイヒール LV1　オールヒール LV1
エクスヒール LV1　オールハイヒール LV1　リジェネ LV1　オールリジェネ LV1
レイズ LV5　クリア LV1　キュア LV1　リレイズ LV1　クリアキュアオール LV1

ユニークスキル

サンクチュアリ LV10

装備

右手 ヤドリギのワンド（回復魔法威力上昇）　左手 安静の盾（毒耐性/VIT↑）　高桜魔樹シリーズスキル（魔法ブースト/全属性耐性/MP↑）
体① 高桜魔樹のワンピース（INT↑/MP↑）　体② 高桜魔樹ローブ（対植物耐性）
頭 高桜魔樹チョーカー（MP↑）　腕 高桜魔樹バングル（植物キラー）　足 高桜魔樹オーバーニーレングス（移動速度上昇/AGI↑）
アクセ① ハイ髪留め（睡眠耐性）　アクセ② お祈りの札（呪い耐性/恐怖耐性）

名前 NAME

ノエル

人種 CATEGORY		職業 JOB	LV
男爵/姫	女	歌姫	42

HP	196/196→ 260/260
MP	320/320→ 550/500(+50)

獲得SUP:合計20P　制限:RES+5 or DEX+5

攻撃力 STR	10
防御力 VIT	90 →110
魔力 INT	10
魔力抵抗 RES	180→220
素早さ AGI	80 →100 (+15)
器用さ DEX	180→220

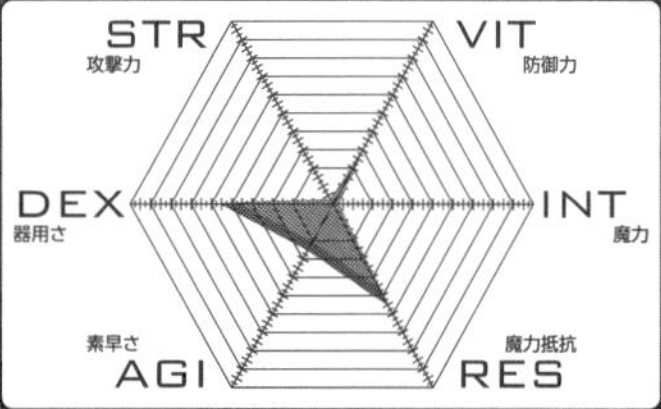

SUP ステータスアップポイント 0P →200P→ 0P

SP スキルポイント 0P →10P→ 0P

スキル

広域歌唱 LV10　レボリューション NEW LV1　チェンジソング NEW LV1
リハーサル NEW LV1　スペシャルソング NEW LV1
アピールソング LV1　ライブオンインパクトソング LV5
アクティブエール LV1　ハートエール LV1　マジカルエール LV1
マインドエール LV1　テンポアップエール LV1　アンコール LV5
デコレーションソング NEW LV1　ハイテンションエール NEW LV1
ボルテージアップ NEW LV1　テラーカーニバル LV1　マイクオンインパクト LV1
サウンドソナー LV5　スリーピングメロディ LV1
ヒールメロディ LV1　ラブヒール・ボイス LV1
セレクションスマイル LV1　ギルド 幸運
装備 ソング威力上昇 LV6　装備 状態異常自然回復速度 LV8

魔法

ユニークスキル

プリンセスアイドルライブ NEW LV3

装備

右手 アイドルマイク(ソング威力上昇)　左手 ——
体①・体②・頭・腕・足 歌姫装備一式
アクセ① ハッピーリボン(状態異常自然回復速度)　アクセ② 猫マークのリストバンド(MP↑/AGI↑)

名前 NAME

ラクリッテ

人種 CATEGORY		職業 JOB	LV
狸人/獣人	女	ラクシル	42

HP 368/368→ 666/466(+200)

MP 278/278→ 430/380(+50)

獲得SUP:合計20P　制限:VIT+5 or RES+5

攻撃力 STR	10	
防御力 VIT	200→240	(×1.3)(+15)
魔力 INT	100→160	(+15)
魔力抵抗 RES	130→160	(×1.3)(+15)
素早さ AGI	50 → 60	
器用さ DEX	30	

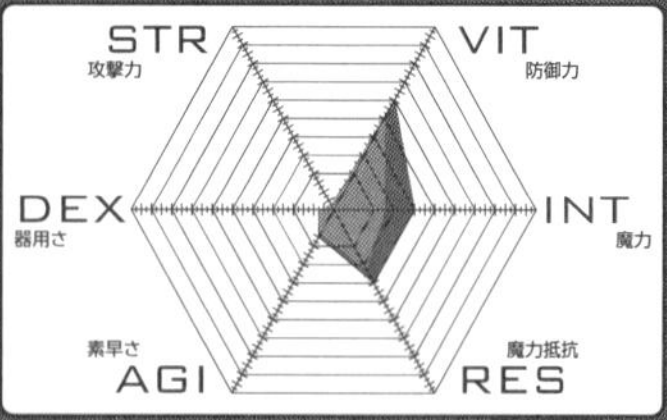

SUP ステータスアップポイント 0P →200P→ 0P

SP スキルポイント 0P →10P→ 0P

スキル

物防ブースト LV5　魔防ブースト LV5　状態異常耐性 LV10　カチカチ LV1　ぽんぽこぽん LV1

たぬたぬポン NEW LV1　壁盾 LV1　ドローシールド LV1　ドレインシールド NEW LV1

ポンコツ LV5　ギルド 幸運　装備 防御スキルMP消費削減 LV5

装備 ノックバック耐性 LV6　装備 睡眠耐性 LV5　装備 混乱耐性 LV5　装備 気絶耐性 LV3

装備 麻痺耐性 LV5　装備 HP自然回復上昇 LV10　装備 全属性耐性 LV1

魔法

マインドフレアシールド LV1　マジックワイパー LV1　ドームシールド NEW LV1

ギガントウォール NEW LV1　ディスペルシールド NEW LV1　ジャミング LV1

イリュージョン LV1　ヒュプス LV1　ミラージュ大狸様 NEW LV1

蜃気楼 NEW LV1　ポンポコアバター NEW LV1　ポンポコスワップ NEW LV1

カースフレイム LV1　カースディフェンス LV1　パープルタッチ LV1

ユニークスキル

夢幻《むげん》四塔盾《しとうたて》 NEW LV1

装備

両手 城塞タワーシールド(防御スキルMP消費削減/ノックバック耐性)　海原輝貝シリーズスキル(全属性耐性/HP↑/MP↑)

体① 海原のマント(混乱耐性)　体② 海原輝貝アーマー(気絶耐性/INT↑)

頭 耀貝ヘルム(睡眠耐性/INT↑)　腕 海貝の手甲(HP↑)　足 海原輝貝足甲(麻痺耐性)

アクセ① 生命の葉ネックレス(HP自然回復上昇)　アクセ② 頑丈なリストバンド(VIT↑/RES↑)

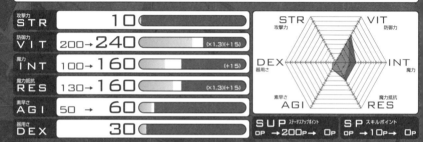

名前 NAME

アイギス

人種 CATEGORY		職業 JOB	LV
騎士爵/姫	女	姫騎士	31

HP 30/30 → 198/198

MP 20/20 → 200/200

獲得SUP:合計20P　制限:STR+5

攻撃力 STR	10 → 180
防御力 VIT	10 → 100 (+10)
魔力 INT	10
魔力抵抗 RES	10 → 100
素早さ AGI	10 → 140
器用さ DEX	10 → 40

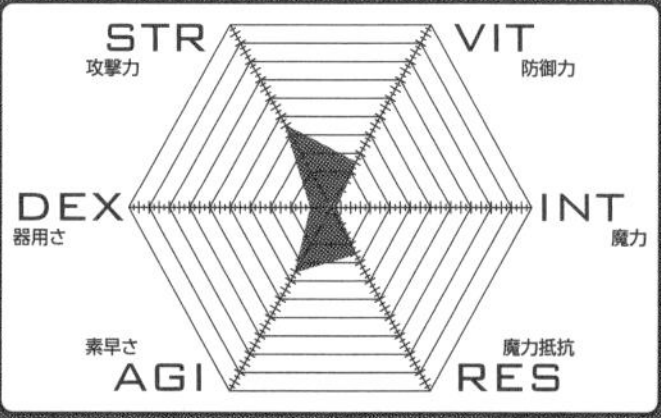

SUP ステータスアップポイント 620P→ 0P

SP スキルポイント 36P→ 1P

スキル

騎乗 NEW LV5　片手ランスの心得 NEW LV5

ロングスラスト NEW LV1　プレシャススラスト NEW LV1　レギオンスラスト NEW LV1

騎槍突撃 NEW LV5　チャージ NEW LV1　スパイラルチャージ NEW LV1

騎獣モンスターテイム NEW LV10　騎獣モンスターリンク NEW LV5

ギルド 幸運

装備 貫通強化 NEW LV5　装備 ノックバック耐性 NEW LV10

魔法

ユニークスキル

装備

右手 アーススパイラルランス(貫通強化)　左手 ナイトヒーター・シールド(ノックバック耐性/VIT↑)

体①・体②・頭・腕・足 姫騎士装備一式

アクセ① ――　アクセ② ――

名前 NAME

レグラム

人種 CATEGORY		職業 JOB	LV
男爵	男	花形彦	32

HP	30/30 → 202/202
MP	20/20 → 200/200

獲得SUP:合計20P　制限:STR+5

ステータス	値
攻撃力 STR	10 → 200 (+50)
防御力 VIT	10 → 120
魔力 INT	10
魔力抵抗 RES	10 → 120
素早さ AGI	10 → 110
器用さ DEX	10 → 30

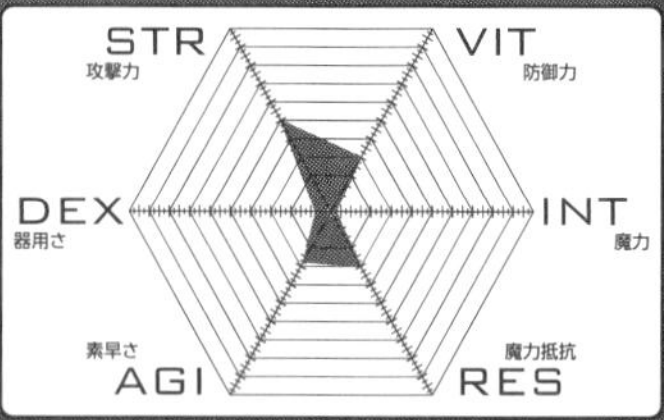

SUP ステータスアップポイント 640P → 0P

SP スキルポイント 37P → 1P

スキル

- 貴族の剣技 NEW LV10
- 貴族の矜持 NEW LV10
- ノーブルオーダー NEW LV1
- ソードフォース NEW LV1
- 雷武功 NEW LV1
- 雷鳴剣 NEW LV1
- プレシャスソード NEW LV1
- ブレイクノック NEW LV1
- 不屈の貴族 NEW LV10
- ギルド 幸運
- 装備 麻痺耐性 NEW LV5
- 装備 盲目耐性 NEW LV5

魔法

ユニークスキル

装備

右手	ミスリルソード(STR↑)
左手	──
体①・体②・頭・腕・足	花形彦装備一式
アクセ①	聖帯の剣(剣装備時STR↑)
アクセ②	貴族のベルト(麻痺耐性/盲目耐性)

名前 NAME

サチ

人種 CATEGORY		職業 JOB	LV		
街人	女	魔剣士	31	HP	30/30 → 358/258(+100)
				MP	20/20 → 200/200

獲得SUP:合計18P　制限:STR+5

攻撃力 STR	10	180 (+10)
防御力 VIT	10 →	100 (+10)
魔力 INT		10
魔力抵抗 RES	10 →	80
素早さ AGI	10 →	88
器用さ DEX	10 →	30

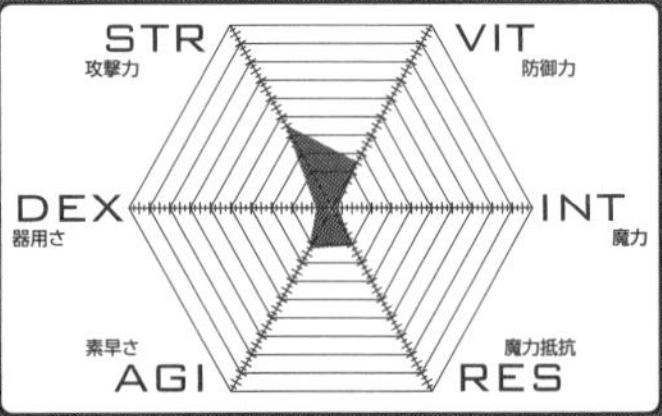

SUP ステータスアップポイント 558P→ 0P

SP スキルポイント 36P→ 1P

スキル

- 魔装武装 NEW LV10
- 魔剣の心得 NEW LV10
- 魔剣・ロングエッジ NEW LV1
- 魔剣・サードストライク NEW LV1
- 魔剣・ホーリーストライク NEW LV1
- 魔剣・波斬 NEW LV1
- クールダウン NEW LV1
- ギルド 幸運
- 装備 矢攻撃耐性 NEW LV5
- 装備 弾攻撃耐性 NEW LV5
- 装備 毒耐性 NEW LV5
- 装備 麻痺耐性 NEW LV5

魔法

ユニークスキル

- 魔装共鳴 NEW LV10

装備

- 右手 スマイルソード(STR↑/VIT↑)
- 左手 旋風の小盾(矢攻撃耐性/弾攻撃耐性)
- 体①・体②・頭・腕・足 フラワードレスセット
- アクセ① 紅花のカチューシャ(毒耐性/HP↑)
- アクセ② 紅葉色《もみじいろ》のリボン(麻痺耐性/HP↑)

名前 NAME

エミ

人種 CATEGORY		職業 JOB	LV
町人	女	魔本士	31

HP 30/30 → 160/160

MP 20/20 → 484/384(+100)

獲得SUP:合計18P　制限:INT+5

ステータス	初期	現在
攻撃力 STR		10
防御力 VIT	10	→ 60
魔力 INT	10	→ 180
魔力抵抗 RES	10	→ 128 (+20)
素早さ AGI	10	→ 50
器用さ DEX	10	→ 30

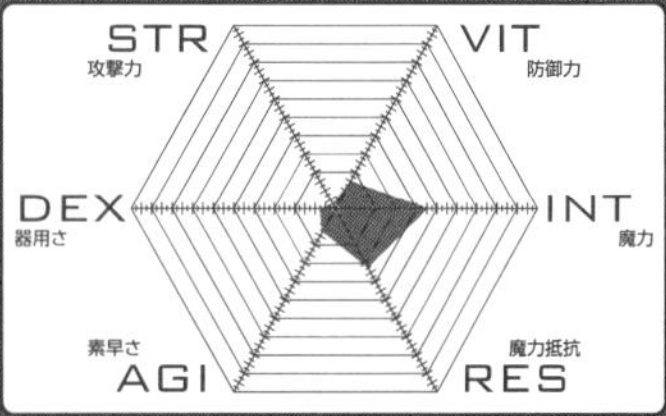

SUP ステータスアップポイント 558P→ 0P

SP スキルポイント 36P→ 1P

スキル

- 魔装武装 NEW LV10
- 魔本の心得 NEW LV5
- クールダウン NEW LV1
- ギルド 幸運
- 装備 毒耐性 NEW LV5
- 装備 麻痺耐性 NEW LV5

魔法

- 魔本・パワーブースト NEW LV1
- 魔本・ディフェンスブースト NEW LV1
- 魔本・マジックブースト NEW LV1
- 魔本・スピードブースト NEW LV1
- 魔本・フリズドジャベリン NEW LV1
- 魔本・スノーストーム NEW LV1
- 魔本・ライトヒーリング NEW LV1
- 魔本・ラージヒーリング NEW LV1
- 魔本・リカバー NEW LV1

ユニークスキル

- 魔装共鳴 NEW LV10

装備

- 右手 声援の書(RES↑)
- 左手 ——
- 体①・体②・頭・腕・足 ヒマワリドレスセット
- アクセ① 黄花のカチューシャ(毒耐性/MP↑)
- アクセ② 向日葵色《ひまわりいろ》のリボン(麻痺耐性/MP↑)

名前 NAME

ユウカ

人種 CATEGORY		職業 JOB	LV
街人	女	魔弓士	31

HP 30/30 → 243/193(+50)

MP 20/20 → 310/260(+50)

獲得SUP:合計18P　制限:DEX+5

攻撃力 STR	10	10
防御力 VIT	10 →	78
魔力 INT		10
魔力抵抗 RES	10 →	80
素早さ AGI	10 →	130
器用さ DEX	10 →	180

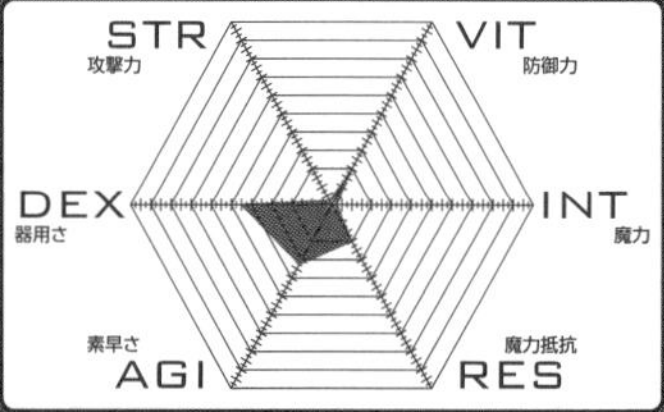

SUP ステータスアップポイント 558P→ 0P

SP スキルポイント 36P→ 1P

スキル

魔装武装 NEW LV10　魔弓の心得 NEW LV5　危機感知 NEW LV5

魔弓・パワーショット NEW LV1　魔弓・ブラインドアロー NEW LV1

魔弓・狙撃 NEW LV1　魔弓・光の四矢 NEW LV1

罠発見 NEW LV1　罠解除 NEW LV1　警戒 NEW LV1

ポジションチェンジ NEW LV1

クールダウン NEW LV1

ギルド 幸運

装備 通常攻撃・毒 NEW LV5

装備 氷結耐性 NEW LV5　装備 魅了耐性 NEW LV5

魔法

ユニークスキル

魔装共鳴 NEW LV10

装備

両手 躍れ弓(通常攻撃・毒)

体①・体②・頭・腕・足 マリンドレスセット

アクセ① 大海のカチューシャ(氷結耐性/MP↑)　アクセ② 天色《あまいろ》のリボン(魅了耐性/HP↑)

名前 NAME

ニーコ

人種 CATEGORY		職業 JOB	LV		
街人	女	コレクター	22	HP 30/30 → 164/164	MP 20/20 → 110/110

獲得SUP:合計18P　制限:STR+5 or DEX+5

攻撃力 STR		10
防御力 VIT	10 →	80
魔力 INT		10
魔力抵抗 RES	10 →	80
素早さ AGI	10 →	40
器用さ DEX	10 →	166

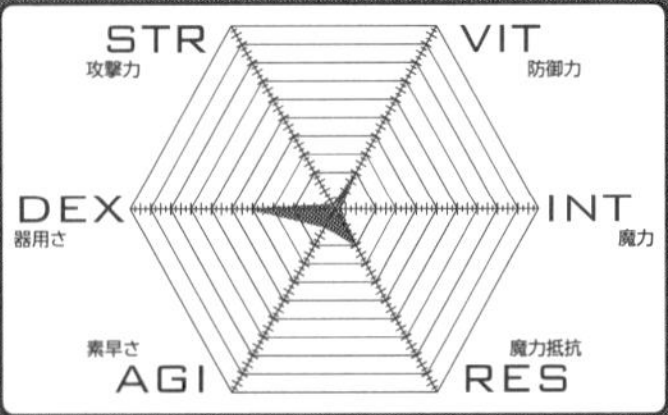

SUP ステータスアップポイント 396P→ 0P

SP スキルポイント 27P→ 0P

スキル

ボスドロップ量増加 NEW LV10　レアドロップ率上昇 NEW LV10

レアモノ採集率上昇 NEW LV7

ギルド 幸運

装備 金箱ドロップ率アップ NEW LV10　装備 ボス素材ドロップ量増加 NEW LV10

魔法

ユニークスキル

装備

右手 アイスロッド　左手 ――

体①・足 学園支給初心者軽装備

頭 見習い探偵的なベレー帽　体② 見習い研究員の白衣

アクセ① 金猫《きんねこ》の小判《こばん》（金箱ドロップ率アップ／ボス素材ドロップ量増加）　アクセ② ――

名前 NAME

アルル

人種 CATEGORY		職業 JOB	LV		
ドワーフ	女	炎雷鋼ドワーフ	24	HP	30/30
				MP	20/20 → 590/470(+120)

獲得SUP:合計20P　制限:STR+5 or DEX+5

攻撃力 STR	10 → 150	(+75)
防御力 VIT	10	
魔力 INT	10	
魔力抵抗 RES	10	
素早さ AGI	10	
器用さ DEX	10 → 200	(+90)

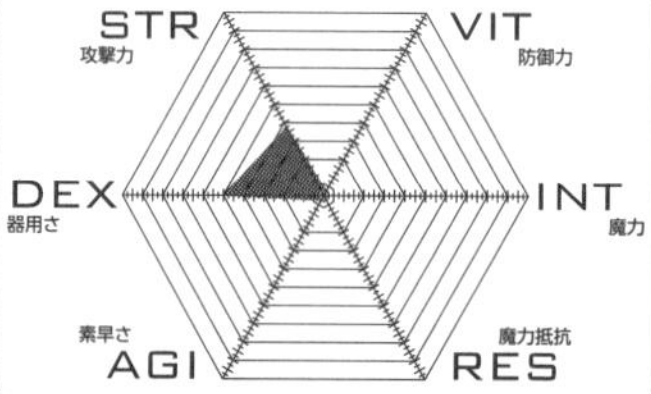

SUP ステータスアップポイント 480P→ 0P

SP スキルポイント 29P→ 0P

スキル

ドワーフ鍛冶 NEW LV10

精製 NEW LV10　整備 NEW LV1　金属加工 NEW LV1

トンカチ適性 NEW LV1　早打ち NEW LV1　相槌《あいづち》 NEW LV5

ギルド 幸運

装備 鍛冶成功率上昇 NEW LV5　装備 鋼補正上昇 NEW LV5

装備 鍛冶火力補正 NEW LV5　装備 インゴット品質上昇 NEW LV5

魔法

ユニークスキル

装備

両手 魔鋼のトンカチ(鍛冶成功率上昇/鋼補正上昇)　頭 熱気の鉢巻き(鍛冶火力補正/MP↑)

体①・体②・腕・足 ドワーフのつなぎセット(インゴット品質上昇/STR↑/DEX↑)

アクセ① 山吹のリボン(STR↑/DEX↑)　アクセ② 山吹のリボン(STR↑/DEX↑)

名前 NAME

カイリ

人種 CATEGORY		職業 JOB	LV
町人	女	シーカー	22

HP 30/30 → 158/158

MP 20/20 → 160/110(+50)

獲得SUP:合計18P　制限:AGI+5 or DEX+5

攻撃力 STR		10
防御力 VIT	10 →	50
魔力 INT	→	10
魔力抵抗 RES	10 →	50
素早さ AGI	10 →	133 (+15)
器用さ DEX	10 →	133

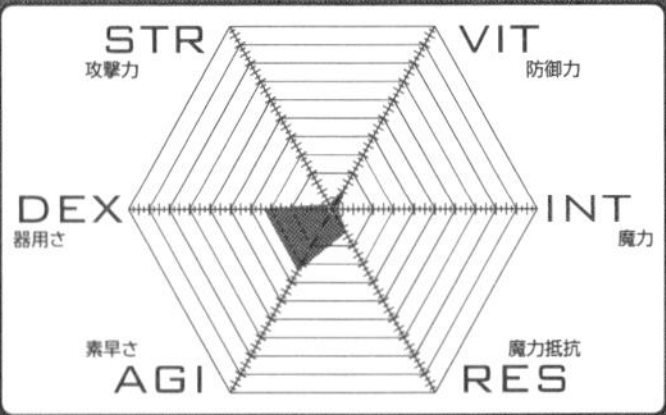

SUP ステータスアップポイント 396P → 0P

SP スキルポイント 27P → 0P

スキル

索敵 NEW LV5　お宝探知 NEW LV1　地図作製 NEW LV1　ターゲット補足 NEW LV1
痕跡隠蔽 NEW LV1　潜伏 NEW LV1　トレインダッシュ NEW LV1　逃げ足 NEW LV5
スルーウォーク NEW LV1　ウォールラン NEW LV1
罠発見 NEW LV5　罠破壊 NEW LV1　罠解除 NEW LV1　罠設置 NEW LV1
採集率上昇 NEW LV1
ギルド 幸運
装備 インビジブル系効果上昇 NEW LV5

魔法

ユニークスキル

装備

両手 ボーガン　頭 ——
体①・体②・足 駆け出し運動着セット　腕 ——
アクセ① 足軽の靴下（インビジブル系効果上昇）　アクセ② 猫マークのリストバンド（MP↑/AGI↑）

ゲーム世界転生
〈ダン活〉番外編

~Fate Story~

REINCARNATION IN THE GAME WORLD〈DANKATSU〉
GAME ADDICT PLAYS "ENCOURAGEMENT FOR JOB HUNTING IN DUNGEONS" FROM A "NEW GAME"
ADDITIONAL EPISODE — FATE STORY

1 仲良し3人組、順《じゅん》風《ぷう》満《まん》帆《ぱん》を突き進む！

2 ニーコの踏み込んだ先は、逃れられない蜘蛛の巣だった？

3 アルルの〈エデン〉加入の感想編

仲良し3人組、順風満帆《じゅんぷうまんぱん》を突き進む！

こんにちは、私はサチ。この度ギルド〈エデン〉のメンバーになりました！

いやぁ、もう来るところまで来たなぁって感じ。

正直この学園に入るまでは普通に仲の良い友達ができるかなぁ、くらいしか考えていなかったんだよ。

だからまさか1組になって、さらに学年でトップギルドと言われている〈エデン〉に加入して、学年を代表するトップの一員になるとはほんと考えてなかったというか、なんでこうなったんだろうね～？　不思議！

その転機は間違いなく私の職業《ジョブ》。それと学園で出会った気の合う親友のエミとユウカのおかげかな。

エミとユウカとは出会ってから親友になるまで早かった。私たちの境遇って結構似ていたから。もうすっごく気が合ったの！

私の家があった街って近くにダンジョンがあるの。フィールド型ダンジョンね。

ダンジョンの資源を得るためにダンジョンの近くに町を作ることはよくあることで、それが発展していくと街になる。ダンジョンの一番近くに街ができると、その周りに町ができていく。

ここでは「街」は都会、「町」は住宅地でちょい田舎っぽいイメージって覚えておけばいいかな？

私は街で生まれ育ったから「街人《都会っ子》」。ダンジョンに近いから将来はモンスターを狩るお仕事をするんだってずっと考えていたし、すでにダンジョンで仕事をしている両親に連れられて何度も狩りの練習をさせてもらったことがある。

私の装備はオーソドックスな剣と盾。母が言うにはこれが一番バランスが良いんだって。

ゼフィルス君を見ていると母が言っていたのが事実だって分かってちょっと嬉しくなる。

エミは「町人」。ちょっと距離があるけど土地が安いからそっちに住んで両親がダンジョンに通ってたんだって。それでエミも何度か通《かよ》ったと。

ユウカは「街人」。両親はかなり腕の良いハンターみたい。弓って結構難しいのにユウカはじゃんじゃん当てるから、相当鍛えられたんだって分かる。

とはいえ覚職前の子どもにダンジョンは危険すぎるから普通は連れて行かない、つまり私たちの両親は超変わり者、ということだね。その辺も共通。

もう共通点だらけで、最初は笑っちゃったよ。

そんな私たちが出会ったのは学園に入ってすぐの頃。寮の部屋が一緒だったのが始まりだった。

福女子寮や貴族舎とは違って女子寮って3人前後が一緒に暮らすんだぁ。

この時もどんな子と会えるかな？　仲良くなれればいいなぁなんて考えながら寮の部屋を開けたんだよね。

まあ、挨拶しながら元気良く入ったら私が1番乗りだったんだけど……。

いいの、私って前衛だもん。前に行くのが私の役目だからね！

でもすぐにエミがやってきたんだ。

エミはハキハキしてて、明るくて、顔が小さくて、すっごい可愛かった。

「「ルームメイト可愛い‼」」

私とエミの心が1つになった瞬間だったよ。

なんとエミも私を見て同じことを思ったみたい。

もうそこからはテンションも高くなっちゃうよね～。

荷解きなんてそこそこにおしゃべり開始。

この子と仲良くなりたい。そんな感情でいっぱいだったよ。

「初めまして！　私はサチ。こっちで一緒にお話ししよう～？」

「いいよ～！　初めまして！　私はエミ。今日からこの部屋でお世話になりま～す！」

「「イエーイ!!」」

会ったときから意気投合。いきなりハイタッチしてから二段ベッドの下段に座ってお話ししたんだ～。

実は私の周りって親と一緒にダンジョンに行く子なんていなかったから、エミの話には本当に驚いたし、同士がいた～！　ってなったよ～。

「私と同じだ～！」

「え、本当!?」

「「イエーイ!!」」

もうことあるごとにハイタッチ。

仲良くなるのに10分も掛からなかったよ。

エミも私と同じく、というか町にいたからダンジョン自体向かう人も少なくて、ずっとダンジョンの話とか戦い方とか語り合える友達を求めていたんだって。

この学園に来ればすぐにそういう友達もできると思っていたみたいで、実際できたからテンション爆上げ。もうトークが止まんなくなっちゃった。

そこにもう1人のルームメイト、ユウカが到着したのよ。

「…………」

「…………」

扉を開けてこっちを凝視するユウカと、そんなユウカを見つめる私たち。

ユウカはその時長い髪をまとめて帽子に仕舞い、少しボーイッシュにまとめていたんだよ。

だからエミと一緒に固まったあと、思わずこう叫んじゃった。

「かっこいい子来ちゃったー!!」

て、エミも一緒に叫んでいたけどね。

「ルームメイトが可愛い……」

そして向こうも私たちを見てこう呟いていたから私たちはまたすぐに仲良くなれると思ったの。

「さあ、そんなところにいないで入って入って～」

「一緒におしゃべりしよう～。さ、荷物は預かるね～」

「え？ うん。2人とも息ぴったりだね。もしかしてここに来る前から友達だったの？」

「ううん。さっきこの部屋で出会ったの！」

「仲良くなるの早いね!?」

えへへ～褒められちゃったよ～。

「私はサチ、この部屋の住人だよ～」

「私はエミ、同じくこの部屋の住民だ～」

「わ、私はユウカ。今日からこの部屋の住人よ？」

「「イエーイ!!」」

「い、イエーイ！」

最初はユウカは戸惑っていたみたいに見えたけど、すぐに順応していってくれたの。

自己紹介しながら、ユウカも両親に連れられてダンジョンで狩りをしていたって知って「こりゃ仲良くなるしかない！」ってどんどんお話ししちゃった。

そんな話をしていたら夕方になっちゃってお風呂の時間。

ユウカったら帽子を取って髪を解いたのよ。

「「ふわ!?　綺麗～」」

ユウカはかっこいい系だけど綺麗系でもあったの！

私たちより少し大人っぽいスラリとした体型にこりゃ色々確かめるっきゃないってエミに目配せした。もう私たちはアイコンタクトを交わせる仲になっていたよ。

「む。そうはさせないよ？」

もちろんユウカとも交わせてしまうので内緒話には向きません。

その後は大浴場に行って3人で仲良く入浴しました～。友達を磨く時は自分も磨かれる覚悟をしておきましょう～。

食堂はすっごいの一言。

広さはもちろん、メニューもすっごくいっぱいあって、しかも美味しい！　これがタダってどういうこと！

私たちのテンションは一向に下がる気配はありません。

結局夜更かししてお互いのことを喋りまくって、入学式の日に慌てたのは良い思い出。

翌日のジョブ測定ではエミとユウカと一緒に参加し、仲が今以上に深まる決定的な場面が訪れたの。

それが、【魔装】職。

私にはなんと高位職が発現していたの。びっくりしちゃった。

何しろ友達とどう仲良く過ごすかばかり考えていたから、そういえばジョブ測定で何に就きたいか決めていなかったよ～。

「サチ凄い！【魔剣士】がある！」

「高位職か！　サチ凄いじゃないか」

「はい！　私【魔剣士】に就きます！」

こうして私は高位職の【魔剣士】に就きました。

勢いと尊敬の視線に思わず就いてしまったけど後悔はしてないよ。

だってね、次はエミがジョブ測定したのだけど。

「これは！　高位職、【魔本士】です！」

「やったー！　私は今日から【魔本士】よ～！」

エミも【魔装】職に就いたんだもん！

知ってるよ、【魔装】職って同じ系統の職業《ジョブ》が仲間にいれば強くなるんだって！

「「イエーイ！」」

戻ってきたエミと勢いよくハイタッチ！　それを見たユウカも瞳にメラメラと火を燃やして〈竜の

像〉をタッチ。

「!! ま、【魔弓士】があります！」

「や、やった!!」

「「おめでとうユウカー！」」

「ありがとうサチ、エミ、イエーイ！」

「「イエーイ!!」」

トリプルハイタッチだー！

これはきっと偶然じゃない、運命だよ！

もうこれはパーティを組むしかないよ！

「パーティを作ろう〜！」

「大賛成〜！」

「3人で一緒にダンジョンへ行く、とても楽しみだ」

「それそれー！」

私たちはダンジョンで狩りをしていた3人娘。

ダンジョンが結構好きなんだ〜。

こんな、同じ部屋の住人で、気の合う仲間で、しかも同系統の職業《ジョブ》に就いている子たちしパーティを組める。

私の想像を超える何かが発生しているに違いないんだよ〜！

ここから私たちの躍進が始まった。

鍛えて、ダンジョンに行って、どんどん狩りをしていたら、なんと1ヶ月後にはあの〈戦闘課1年1組〉になっちゃった！

それだけにとどまらず、ノエルちゃんとラクリッテちゃんに誘われて〈エデン〉の面接に応募してみたら見事に全員採用。もうすっごーいとしか言えないよー！

3人仲良く一緒に採用してくれてありがとう！

さらには同じクラスでも仲の良い子がどんどん増えていく。

なんだか怖いくらい上手くいっているよー！

私、今学園生活を謳歌中！

学年でトップの実力者が集まるクラスだから勉強はちょっと難しいけど、頑張ります！

これからもエミとユウカと一緒のクラスになるために！


ニーコの踏み込んだ先は、逃れられない蜘蛛の巣だった？


初めまして、ぼくはニーコ。〈支援課1年2組〉で学び、研究所で仕事を手伝わせてもらっている【コレクター】だ。

世の中は不思議なものでいっぱいだ。

特にアイテムや装備といった特殊な能力《スキル》を持っているものは大変興味深い。

ぼくはそれが知りたくて知りたくてたまらない性分でね。

この学園に入れたらアイテムの研究をしようと決めていたんだよ。

これはぼくの父の影響でね。父も研究者だったからその影響を強く受けたんだろうと思っている。

この学園に入ってからはほぼぼくの思い描いたとおりにことが進んでいるよ。

高位職の【コレクター】になれたのは運が良かった。なければ父と同じく【収集家】に就いていただろう。父の推薦もあってすぐに研究所で働くことができるようになったのもいい。

しかし、問題もある。【コレクター】の出番がある機会は以外と少なかったんだ。

「うーむ。これはもしかして、まずったのだろうか……」

【収集家】も【コレクター】もアイテムや装備の収集に関する職業《ジョブ》ではあるんだが、【コレクター】はドロップ面の恩恵が強かった。

つまりモンスターを倒してこそその真価が発揮されるということだね。なのにぼく、戦闘スキルは所持していないのだよ。

さらに言えば体力がいる仕事も苦手だ。

職業《ジョブ》に就けさえすれば体力は向上し、ちょっとやそっとでは息切れもしなくなるなんて話だったが、あれは戦闘課に限った話だ。ぼくなんかすぐに息切れしてしまう。まあ、単純にぼくに体力がないだけかもしれないけどね。

というわけで、【コレクター】の力を十全に活かすにはパーティを組み、他の戦闘職にモンスターを倒してもらわなければならないのだが、ぼくは完全に足手まといだと気が付いた。

さて、どうしよう。とりあえず研究でもしながら考えよう。お、今日のアイテムはまたすごい、興味をそそられるね。

研究所の仕事はアイテムや装備の研究ばかりじゃない。というか今はそっちは後回しにされていて、現在は職業《ジョブ》に関する研究に力が入っている。

しかも凄いのが、それまで畑違いだった人たち、ぼくのようにアイテム類を研究していた人やダンジョンの不思議そのものを解明しようとしていた人たちまで一緒になって同じ研究にのめり込んでいるところだ。

それほどまでに最近の職業《ジョブ》の研究というのは魅力的であり、歴史に名前が残るレベルで名誉あるテーマだった。

ぼくも大好きなアイテムや装備の研究を中断させられてまで色々と実験に参加させられたよ。

うーむ、しかしこれはぼくのやりたいことではない。参ったな。

そんなことを思いつつもデータの収集とメモ取りを続けていると、さらに参ったことになった。誰かは知らないが、ちょくちょく燃料を投下してくる人がいるようなのだ。

なんの燃料かって？　そんなもの職業《ジョブ》の燃料に決まっているじゃないか。

燃料が投下された研究所はそれはそれは歓呼《かんこ》の声を上げ、投下された燃料に群がっていく。

燃料が引火したらもう大惨事だ。大量のゾンビが研究所で動き回っていてとても怖い。

人間の住む世界は儚いと思い知らされたよ。

実際は寝不足でやつれたり、目の下に色濃い隈を飼っていたりするだけなんだが、動きがゾンビそのものなのでぼくはゾンビ状態と心の中で呼んでいる。

ちなみにぼくは1日8時間寝る派だ。寝不足だと脳の開きが悪くなるからね。

そんな感じでぼくの研究は遅々として進まず、というかぼくの研究に触る時間すらなくなるほど研究所が忙しくなって、これは一時的に抜けた方がいいと悟ったんだ。

そこにタイムリーで現れたのが白のウサ耳が可愛いミサト君だったんだよ。

そしてぼくにギルド〈エデン〉の下部組織《ギルド》へ入らないかと打診してきたんだ。

ぼくもびっくりしたよ。〈エデン〉と言えば今をときめく学園で大注目のギルドさ。

しかもどういうことなのか、〈エデン〉は大量のボスを狩ることができるとまことしやかに囁かれていてね、ボスの素材やボスのドロップアイテム、貴重な〈金箱〉のアイテムや装備をじゃんじゃん学園にももたらしてくれているギルドなんだ。

ぼくもずっと注目していたんだよ。

だからぼくも渡りに船だとその話を二つ返事で了承したんだ。

これが、罠だった。

うん。別に罠じゃなかったんだけどぼくにとっては逃れられない蜘蛛の巣に自らダイブしてしまった気分だったのさ。

研究所の仕事を辞めてギルドに入ろうとするぼくをゾンビたちが必死に止《とど》めようとするのをなんとか振り払って研究所を脱出。あのハザード地帯はバイオが溢れすぎてしまった。しばらくして落ち着くまでは近づかないと決め、〈エデン〉へと加入したんだ。

〈エデン〉に入ったぼくがまず通されたのは倉庫。

そこで見たのは1本1000万ミールを超える〈金箱〉産装備の数々。

「ふおおおおお⁉」

普段はおとなしく知的に満ちたぼくでもあの時ばかりは歓呼を上げてしまったよ。いやぁお恥ずかしい。

ギルドマスターである勇者君もまた凄い豊富な知識を持っていてね、どの装備やアイテムにそんな付属効果があってどんなときに役に立つのか、それを全て熟知していたんだ。

そして〈エデン〉がダンジョンアタックを決める度に大量に持ってくる素材群と〈金箱〉〈銀箱〉ドロップたち。

もう最高だったね。お値段が高いせいで手に入りにくい〈金箱〉産の装備やアイテムが次々溜まっていくんだ。

そこにやって来た勇者君がとある提案をしてきたからすぐに契約を交わしたよ。

「契約の通りステータスの振りもそちらに任せるしダンジョンにもなるべく足手まといにならない形で付いていこう。だから勇者君も珍しいアイテムが手に入ったら是非研究させてくれたまえよ？」

「任せてくれニーコ！　俺たち以上に〈金箱〉を大量ゲットできるギルドはいない！　今後〈エデン〉はどんどん躍進していき、果てはSランクまで上がるだろう！　さらに上級ダンジョンだって入ダンし、上級ダンジョン産アイテムや装備だってゲットしてやるさ！」

そう言い切った勇者君と見つめ合い。

「ふはははは！」

「はははははは！」

お互いに笑いあった。

お互いに利害が一致したのだ。素晴らしい、素晴らしいね。

勇者君ならその言葉も大言壮語《たいげんそうご》ではない気がしてならない。

だからぼくも付いて行くことにしたんだ。どこまでもね。

――でもね。

「ゆ、勇者君、ちょっと待ってくれないか？　スパルタ過ぎやしないかい？」

「なに言ってんだニーコ、お宝が俺たちを待っているんだぞ！　さぁ、ニーコのスキルでどんどんお宝を増やしてくれないか！」

「ひ、ひぃ⁉」

おかしい。ぼくは研究がしたかったはずなのに、お宝を取りに行くことがメインになりつつあるんだよ。

勇者君はことあるごとにぼくをボス戦に参加させたんだ。ぼくの【コレクター】はボスのドロップに作用し、レアドロップ率を高めたり、ボスドロップを増やしたり、宝箱の数を増やすことだってできる。もちろん、ぼくが戦闘に参加していれば、だけどね。

〈エデン〉は大量にボスを狩ることができる。この噂は間違いではなかったということさ。素晴らしいね。問題はその大量のボス戦にぼくも参加しなければならないところだ。

「ぼくはギルドでただ研究に没頭したいだけなのに⁉」

「なに言ってんだニーコ！　ギルドにいたらいつまで経ってもＬｖも上がらないしステータスを振ることだってできないぞ！」

「そ、それはそうだけど⁉」

「さぁ！　もう一戦しよう！」

ぼくの体力は、〈エデン〉に入ってからとても増えた。

うん。やっぱり【コレクター】になったのは間違いだったんじゃないかなぁ。

アルルの〈エデン〉加入の感想編

こんちわ～、うちはアルルって言うねん。

1年生で〈鍛冶課〉の1組に所属してるで。

種族はドワーフ。女の子や。髭はないからな、気ぃつけてや。

背はドワーフ女子の平均くらいやなぁ。マリー姉と同じくらい。でもマリー姉はしばらくぶりに会ったのに去年と身長が変わってへんのはなんでやろうな？

まあ、このことについてはお口にチャックや。

世の中には現実を直視してはあかんこともあるんや。あ、マリー姉はちゃんと人間やで。

おっと話が脱線したなぁ。マリー姉とのあれこれはまた後で話すとして、今は自己紹介やった。

うち、この度戦闘ギルド〈エデン〉の下部組織《ギルド》、〈アークアルカディア〉の一員として所属させてもらえることになったんや。

うちは以前〈ドワーフの集い〉っちゅう本格派の生産ギルドの一員やったんやけど、ちょぃと周りの目がうっとうしくなって脱退してきたんや。

え？　腕はええで。何しろ1年生でトップギルドの〈ドワーフの集い〉に参加しとったんやからな。

うちは腕には結構自信あるで。

それこそ物心つく前にはすでに槌を振るっていたらしいんや。覚えてへんけどな！

そんなうちだからか、学園に来て就いた職業《ジョブ》は【炎雷鋼ドワーフ】。ドワーフが就ける職業《ジョブ》中でも最高峰の一角で、生産系最強と謳われているもんやったんや。

そんで勧誘がもんすごい来てなぁ。そん中でも実力主義でうちの振るう槌に才能を感じる、ちゅう《言》てくれた【ドワーフの集い】に加入させてもろうたんや。

だけどなぁ。うちも鍛冶ばっかりしてきたからあんま気にしてへんかったけど、うちって結構ドワーフからモテるらしいねん。

職業《ジョブ》も【炎雷鋼ドワーフ】やし、腕も才能がある。見た目も良いとくればまあ、モテるんやろうなぁ。

うちが育った地域は人間が多くってドワーフなんてほとんど居《お》らへんかったからか、うちはどうもドワーフの髭が慣れんようになってもうて、あとドワーフ流のアプローチ？　一緒に鉄を相槌したいという申し出もよー分からん。

ドワーフ女子は一緒に鉄を相槌することで相手の男子に好意を持つらしいや。うん、全員とやってみたけど分からんかった。

相槌を希望する男子が全員落ち込んでいたところで同性に聞いたんやけど、槌を振るうときの動きとか、腕の良さとか、筋肉の躍動とか、なびく髭とか、ドワーフ女子のフェチポイントをいっぱい教えてもろうた。なるほどと納得したわ。でも最後のだけは分からんかった。

んでまあ、誰がうちにふさわしいかって男子が燃えてなぁ。

結局うちが髭高生はノーセンキューって分かったから自ら脱退することにしたんや。

中にはうちのために髭を剃る！　と豪語するドワーフもいたんやけど、あんた1週間で元に戻るやん。「君のために髭を剃ってきた」と言うた男子は、その日の朝に髭を剃ったはずやのに教室に着いた時にはすでに髭が生え揃っていたんや。ドワーフって髭生えんの早すぎるで。

もう学園に来て一番びっくりしたのがそれやったな。

ギルドを脱退するときはもう大変な騒ぎになったなぁ。誰も彼もが仕事をほっぽり出して相槌をせがんできたんや。さすがは学園でもトップの鍛冶ギルドや。実力でつなぎ止めようとする姿はちょっとかっこいいモンがあった。

まあ、その後本気で別のギルドに行こうとしていることに気が付いた男子たちが涙ながらに「行かないでくれー」と懇願する姿を見てプラマイゼロになったんやけど。

ここってホンマに学園のトップ鍛冶ギルドやったんかなぁと思いつつ〈エデン〉に移籍。

〈エデン〉は人間がほとんどを占めるギルドや。一部獣人やエルフもおるけど確執なんかはあらへん。むしろ髭がないことにホッとしているくらいや。

鍛冶をしている時は他の男子の揺れ動く髭に気が散って仕方なかったからなぁ。他のドワーフ女子は「それがいいんだよぉ」「仕事が手につかなくなるよね」と言って盛り上がっていたけんど、うちはそういう意味で気が散るんやないんや。

でもここでなら気が散ることもなく槌が振るえそうや。

〈エデン〉に加入した理由のほとんどはそこやな。後はマリー姉のお勧めというか愚痴というか。

「あそこは本当に非常識なんよ。もうめっずらしい素材を山ほど持ってくんねん。マジで山や。比喩やないで？　本当に山になるんや！　おかげでうちが何回肝を取られたか――」と語っていたマリー姉の言葉に、そんなに素材を集められるギルドなら、うちも思う存分鍛冶ができそうやと思うた。それが切っ掛けやったなぁ。

とにかくスカウトのミサトはんがちょうどいいタイミングで来て、丁度脱退を考えていたうちをスカウトした。

タイミングもよかったんやなぁとしみじみ思う。

そして、例の〈エデン〉なんやけど。マリー姉の言葉を信じていなかったわけやないけど、本物は想像を軽く超えてきたんや。

「さあアルル！　まずはレベル上げだ！　ダンジョンへ行こう！」

「あれぇ!?　うちは生産職やで!?」

「大丈夫だ。〈エデン〉の生産職なら一緒にダンジョンに潜るもんだからな！　な、ハンナ！」

「そうだね！」

ホンマびっくりや。うちはガッチガチの生産職やのにダンジョンに連れて行かれてしもうた。

しかもそこで採集できる素材は全部自分で使っていいというお墨付きで。

うちは〈優しいピッケル〉を手にそこら中の『発掘』ポイントを掘りまくったわ。

素材はこうやって手に入るんやなぁとちょっと驚いた。

これは確かに一緒にダンジョンに入らないと学べん要素やわ。

また、生産職で居続けてもらうから戦闘スキルは絶対に取るなって言われたりとこのギルドはマジわけ分からん。

「いや、ダンジョン攻略するのに戦闘スキル取らんでええの!?」

「ええのええの。うちのもう1人の生産職、ハンナなんて中級ダンジョンの攻略者の証持っているくせに戦闘スキルは1個も持ってないぞ」

「なん、やと？」

うちは、とんでもないギルドに加入してしまったのやもしれん。

〈エデン〉の生産職の認識がずれすぎとる⁉

ホンマに生産職っちゅうのは普通ダンジョンに入るもんやないんや！

そう言ってみたんやが、ゼフィルス兄さんは「ははは、そんなことないさ」とか笑いながら否定しよった。どういうことや？　まあＬｖは上がったんやけど。

でもおかしいのはそこだけやった。

うちが加入してすぐ、ギルド〈エデン〉はＤランクギルドに上がって、小部屋の1つを鍛冶工房にしてくれたんや。

うち専用の鍛冶工房！　もうテンション爆上がりやったで。

おかげでダンジョンで素材をゲットしてきて加工するのがルーチンになったわぁ。

それだけやない。今まで売りに出していたとかで在庫が無かっただけで、1週間後には素材がなんか山になっとった。

マリー姉……。うん、マリー姉が言ってたこと、マジやったわぁ。

なんかボス素材が山になってんねん。ボスって本来1日に1回撃破するようなものなんやけど、おかしいなぁ。

明らかに複数回、それも日によっては数十回撃破したような数を持って帰ってくんねん。

そしてどっさりと工房に置いていくんや。

これを全部加工するとなると数日単位で掛かるっちゅうのに1日で貯まるんやから無理。何割かは売り払うことになったわぁ。

あと、おかしいのがハンナはん。

うちが加入するまで〈エデン〉で唯一の生産職だった方なんやけど、ダンジョンに行く変わった生産職というだけやなかったんや、生産能力も超高かったんや。

うちが加工に使う鍛冶用の加工油の錬金を依頼したらな、1本あれば1週間もつそれを、頼んだ30分後には50本持って来たんや。1年分かな？　しかも「もっといるかな？」と平然と聞いてくるところが恐ろしいわ。もう十分や、はい。

この〈エデン〉は戦闘職も生産職も並外れとる。うちも自分の腕にかなり自信があったんやけどなぁ……〈エデン〉はなんかとんでもなさ過ぎて比較できひん。

でも、ここは楽しくて刺激に満ちあふれとる。早く〈エデン〉に貢献できるよう、うちも早よう腕とレベルを上げげんとな。

あとがき

こんにちは、ニシキギ・カエデです。

『ゲーム世界転生〈ダン活〉～ゲーマーは【ダンジョン就活のススメ】を〈はじめから〉プレイする～』第09巻をお手に取っていただき、誠にありがとうございます。

そして、この本をお買い上げいただいた貴方には、最大の感謝を！

こうして無事巻数を重ねる事が出来たのも、応援してくださる読者の皆様のお陰です！

これからも頑張って面白さを追求していきますので、今後ともよろしくお願いいたします！

第09巻でも新メンバーがたくさん登場!!

〈エデン〉の下部組織《ギルド》である〈アークアルカディア〉が創立されました大記念巻です！

前巻ではノエル、ラクリッテ、アイギスが登場しましたが、それに加えて今回は第09巻の表紙を飾ったサチ、エミ、ユウカの仲良し3人娘！　口絵を飾りましたスカウト組のニーコ、アルル、カイリ！　そして唯一の男子加入者であるレグラムの計7人が〈アークアルカディア〉に加入しました ー!!

素晴らしい、キャラデザが凄く大変だったそうで、素敵なイラストを描いてくださった朱里さんには本当に感謝しかないです！　特にニーコ！　ステータスのニーコ必見！　レグラムも見て！

もう感無量！　新しいキャラの絵が仕上がるたびに作者は感動で涙が出てきそうになりました！

そして今回からはギルドバトルがついに本番！　これまでは正直初級者向けだったフィールドも障害物が登場したことで一気に中級フィールドに激変！　戦略が大きく変わりさらに面白いフィールドになりました！　ゼフィルスは初めての障害物フィールドのはずなのに早速完全に把握済みの完璧プレイで叩いていましたね。いったい勇者はどうなってるんだー（笑）。

そしてついにテスト期間に突入！　この第09巻最大のコンセプトでした！　表紙のサチ、エミ、ユウカも勉強中のイラスト！　さらには学生服姿で気合いを入れて書いていただいたりしました！

実は学生服姿が表紙というのは今回が初めてだったりします！　テストとはそれほどの強敵⁉

また、書き下ろしではサチ視点、オンライン特典ＳＳではエミ視点を書かせていただきましたが、これはできれば書き下ろしを読んでからオンライン特典ＳＳをよんでいただければと思います！　書いたのがその順番だったので。仲良し３人娘がどういう経緯で出会い仲良くなったのかを掘り下げているので是非読んでみてください！

あれ⁉　特典ＳＳのことをどんどん語ろうとしたらもう終わり⁉　今回はこの辺で失礼します！

最後に謝辞を。

担当のＩさんＹさんを始めとするＴＯブックスの皆様、素敵なイラストを描いてくださった朱里さん、本巻の発行に関わってくださった皆様、そして何より本巻を手に取ってくださった読者の皆様に厚く御礼を申し上げます。

また、次巻でお会いしましょう。

ニシキギ・カエデ

GAME ADDICT PLAYS "ENCOURAGEMENT FOR JOB HUNTING IN DUNGEONS" FROM A "NEW GAME"

ゲーム世界転生

〈ダン活〉

～ゲーマーは【ダンジョン就活のススメ】を〈はじめから〉プレイする～

REINCARNATION IN THE GAME WORLD DANKATSU

@COMIC

第8話

▷ためしよみ
はじめから
つづきから

漫画：浅葱洋
原作：ニシキギ・カエデ
キャラクター原案：朱里

第8話
クエスト〈流通が滞っている品を納品せよ〉が達成されました
ほな 報酬の〈ワッペンシールステッカー〉利用券10枚や！
受け取ってくれ兄さん
おう！確かに頂戴《ちょうだい》した
よっしゃ!! タダ券ゲットだぜ
明日から初級中位《ショッチュー》行くんやっけ？
ああ
〈野草の草原ダンジョン〉に行く予定だ
そんなら『採取』系のアイテムがいるんやない？
ガタッ
うちいいの持ってんで
確かここに……
これや！
！

おおお！
〈優しいスコップ〉だ!!
優しい採集シリーズ
〈優しいスコップ〉
『採取 LV.3』『量倍』
『品質上昇(大) LV.4』
〈金箱〉に入ってたんよ
激レアや
マリー先輩が当てたんですか！すげぇです！
スキル3つ付与！
ふふふん
先輩のすごさが少しはわかったやろか？
兄さんになら譲ってもええで
おいくらで!?
ずばり1000万ミールでどや！
買います!!
ローンは組めますか!?
はっはっはっ
一括ニコニコ現金払いでしか受け付けんわ

もー兄さん
ノリがええから
ついノッてしまったわぁ
マリー先輩には
敵わないさ
それでそのスコップは
本当のところ
いくらなんだ？
さすがに
1000万ミールは
持ってないぜ？
ニッ
100万ミールで
ええよ
〈金箱〉産とはいえ
うちの使い古し
やし
マジッスか!?
んじゃ ありがたく
買わせてもらうぜ!!
1,000,000
1,000,000
ピロリーン♪
ほい
おおきに♪
っと
そやそや

ハンナはんの体装備できとるで
こっちこっち
仕事はやっ
おおっ
うちらのギルメン8人で仕上げたかんね
性能もめっちゃええで
ぐっ

どや
こりゃ明日
ハンナに着てもらうのが
実に楽しみだ
テンションが爆上がり
したところで
行くぞ！
本日最後の目的地

〈ダンジョン攻略専攻・戦闘課〉へ!!
ギルドメンバーに戦闘関係を希望するならここでしょ
運動系施設の集まる校舎
コッ
いくら俺が好きな職業《ジョブ》に就かせられるといってもまったくその気が無い人に強制するのは駄目だ
ザワ
ゲームならともかくここはリアル世界
いい職業《ジョブ》＝幸せとは限らない
ザワ
だからできるだけその人の希望に沿う形でメンバーを集めたい…
が

ヒソ
ヒソ
右見ても左見ても
勧誘目的の
上級生だらけだな
将来有望な
人材は皆
欲しいもんな
うん
うん
パッ
ササッ
もし
君は【勇者】で
相違ないな
ああ
確かに【勇者】で
相違ない…

失礼したな
私はキリエ
3年生だ
どうか
キリちゃん先輩と
呼んでほしい
キリちゃん先輩
……
生真面目な堅物
かと思ったら
愉快な先輩
だった
これは丁寧《ていねい》に
どうも
俺はゼフィルス
1年生だ
ゼフィルスとでも
呼んでくれ
ではゼフィルス君と
呼ばせてもらおう
よしなに頼む
こちらこそ
よろしく
先輩が声を掛けてきたって
ことは当然目的は
勧誘だよな…

私はAランクギルド〈千剣フラカル〉のサブマスターを務めている
単刀直入に言おう
我々のギルドへ入らないかゼフィルス君

あー
先越された
ザワ
ザワ
Aランク!?
俺らのランクじゃ
もう話になんねぇだろ
マジっすか
うぉ…
さすがに
ちょっと驚いたぞ
Aランクギルドは
その数わずか6ギルド
Aランク参加人数が
最低10人から最大40人
ごく一握りのエリート
240人しかその地位に就く
ことができない
S
A
B
C
D
E
F
めざせてっぺん
つまり

迷宮学園に通う2万人中
240人というエリート枠
その席ひとつを俺にとか嬉しいことこの上ないが…
大変ありがたい誘いだが…
すまない
俺は自分でギルドを作りたいんだ

ざわっ
ありえない!!
Aランクからの誘い断るとかウソだろ
うおっ
そうか
信じられない
いや
いきなりですまなかった
いいや
誘ってくれたことは嬉しかったよ
それに光栄に思う
だけどこれは俺のこだわりなんだ

ふふ
そうか
いいな ますます 気に入った
本当に 残念だ
5月までなら まだ枠がある もし気が変わったら 訪ねてきてくれないか？
期待には応えられないと 思うがな
Aランクギルド
俺の感覚で 言えば
すべて上級職の 精鋭中の精鋭が 集まるギルドだ

下級生が混じるだけで
Bランクの連中に
足をすくわれかねない
それはたとえ
【勇者】だとしても
下級職では話に
ならないわけで
ん…
本来なら
せめて俺が上級転職《ランクアップ》
してから勧誘するのが
普通だよな
そういえば以前
ダンジョン攻略がどの程度
進んでいるか聞いた時に…
…上級下位までなら
これって上級職が
満足にいないってことだよな
…俺の感覚と
かなり齟齬《そご》が
あるっぽいな
Aランクの
そのあたりの感覚
だけでも掴んで
おきたいかも…

でもキリちゃん先輩 俺のことどこまで 知ってるんだ？
言っちゃなんだが Aランクギルドの サブマスター様が 直接勧誘をかけるには 俺って イマイチ格が足りてないと 思うんだが…
！
何を言うか
【勇者】という希有な 職業《ジョブ》もさることながら
そんな伝説でしか お目にかかれないような才能に 胡座《あぐら》をかかず精進する 心際《こころぎわ》がそなたにはある
ぺら
聞いたぞ
同期最速で〈初級下位ダンジョン〉を ふたつも攻略し もうすぐ 〈初級中位ダンジョン〉に挑む だろうとな
ぺら
ぺら
情報早っ!!

そんな才気煥発《さいきかんぱつ》な人物
どうして勧誘せずにいられようか
話してみても思ったが
そなた慢心とは無縁だな？
いつまでも走り続けられる人物は壁で止まらぬ限り大成すると決まっている
そしてそなたは壁をまったく壁とも思っておらないだろう？
！

キリちゃん先輩の観察眼すげえ！
つーか
ほめ殺しが半端ないっ!!
本来謙遜するべきだろうが…
あ
さっき〈静水の地下ダンジョン〉も攻略し終わったわ
明日から〈野草の草原ダンジョン〉に挑んでくるぜ
もしかしたらそのまま攻略しちゃうかもね
調子にノルZE☆

だってしかたないよ
ゲームの時は誰も
ほめてくれなかったし
むしろ廃ゲーマーなんて
白い目で見られるし
カチ
カチ
カチ
カチ
カチ
ほれ見たことか
入学して1週間程度で
初級中位ダンジョンまで
攻略するなんて聞いたことがない
私はゼフィルス君を
勧誘できなかったことが
残念でならないよ
ほめられるの
最高
ほわっ

ほう 聞いてはいたが あの子はなかなか 筋がいいな
名前はセーダン うちのギルドメンバーが 目を掛けていてな
闘士系の職業《ジョブ》でも 中の上ランクと言われる 【剛力闘士】の条件も すでに満たしているそうだが
その上の【大拳闘士】を 目指しているらしい
ほほう
うん 全然わからん
ゲームとリアルじゃ動きとか 違い過ぎて筋がいいって 言われてもさっぱり過ぎる
てか

あの特訓の仕方じゃ
【大拳闘士】の条件を満たすのは…
【大拳闘士】は
成り手が特に希少だという
彼は本当に
筋がいい
是非がんばって
ほしいものだ
ズッ
筋……
他にも優秀な
1年生がいるぞ
こっちだ
!
あっちにも
!!

ふむ 見るべきものは見られたな
たくさん教わってしまったな…
では私はこれで失礼させてもらうよ
お礼にいつか役立つ情報をリークさせてもらおう
よし 俺はもう少しギルメン候補を探すとしますか

誰がいいとか全然わからないのだが？
俺はゲームの〈ダン活〉は知っている
この世界の人たちの誰より知っている自信がある
でもこの人に才能があるとかまして筋とか
何それおいしいの状態なんですが!?
……

いっそ見た目で選んじゃうか？
才能とか関係なく自分がいいと思ったキャラを採用したらいいじゃん!!
そのほうが俺に合ってる気がする！
コッ
また会ったわね

シエラ!!
なんか久しぶりに会った気がする
そう？入学式以来だからまだ１週間よ
あ……
まだ１週間……濃い生活をしてたんだなぁ俺
今日は何しに来たの？
あなたはもう職業《ジョブ》には困らないでしょ？
スカウトだよ
ギルド作ろうと思ってな
ギルド？ずいぶん気が早いのね

1年生がギルドを
作れるようになるのは
まだ先じゃない？
いや
もうすぐ
条件は
満たせるんだ
あとは
メンバーだけ
もうそんなに
進んでるの？
レベルは？
【勇者Lv20】
うそ…

勇者!?
Lv20!!
うお!
羨望《せんぼう》の眼差しがスゴイ!!
かっけー!っ
シエラ?
はっ
…さすがね
私ももたもたしていられないわ…
……
そういえばシエラはタンク希望なんだよな?
ええ

でも私が目指す職業《ジョブ》はまだ発現してないのよ
残念だけど
そか
ちなみに何を目指してるか聞いてもいいか？
もしかしたら力になれるかもしれないぞ？
…大丈夫よ
特殊な職業《ジョブ》だしあなたが知っているとは思えないもの
ほう？
俺が知っているとは思えない…
ね
となると
ってことは平民が知らない特殊系統の職業《ジョブ》か

特定の「人種」でしか就けない職業《ジョブ》だな
ゼフィルス【勇者】LV.20
人種　主人公[男]
ステータスのここに注目！
有名どころだと職業《ジョブ》【プリンセス】は人種「王族」「姫」でしか取得できない
シエラは伯爵家の令嬢
「伯爵」「姫」でタンクになりたいといったら多分アレだ
是非うちのギルドに来てほしい！
でも発現条件を無理矢理押しつけるのはダメだ
まずは説得だな

じ〜〜っ
……
場所を変えよう
ぱしっ
ちょっと
俺なら力になれるかもっていうのは本当だぞ？
ぎゅ

あなた結構強引なのね
パタン
時と場合と人による
そう
で早速だが
俺はシエラが目指している職業《ジョブ》の見当が付いてる
【盾姫】だろ？
!!
どうしてそれを知ってるの？
その職業《ジョブ》に就けたのは歴史上私の曾祖母《そうそぼ》たったひとりだけよ
へえ！それは初情報だ

ゲームでクエスト
〈最強の【盾姫】の遺品〉に出てきた
伯爵家の娘が
まさかシエラの
ひいおばあちゃんだったとは
【盾姫】の条件も知ってる
ちなみに
なんですって!!
俺は【勇者】の
条件を知ってるんだ
不思議じゃ
ないだろ?

俺にシエラの職業《ジョブ》取得の手伝いをさせてくれ
そのかわり
無事に【盾姫】を取得できたら
俺のギルドに入ってほしい

他の
高ランクギルドに
入るのなら
この話はここまでだ
……
ひとつ聞かせて
あなたが私に
そこまでする理由が
わからないわ
ぐっ
あ――……
呆れずに
聞いてほしいん
だが
えへ
呆れることを
言うのね
「見た目」と「職業《ジョブ》」で
シエラを選んだ
キリッ

…ごめんなさい
ちょっと
わからないわ
え——……
「見た目」は俺の口から
うっかりキザったらしい
セリフが漏れる程の
美少女だ
故に合格
はぁあぁ…
「職業《ジョブ》」は
戦闘職をすべて
高位職で揃えたい
……

…乗ってくるか？
〈ダン活〉では名声値が一定以上無いとスカウトできない「人種」がいた
ゲームの「姫」は非常に強力な職業《ジョブ》を獲得しやすい分必要な名声値も高い
【盾姫】もそんな〈姫職〉のひとつでしかもタンクの中では最高峰の職業《ジョブ》だ
ランクは文句なく下級職で高の上
つまり
俺の【勇者】とほぼ同格の職業《ジョブ》だ
今後の攻略で絶対にほしい!!
これがゲームならギルドもまだ作っていない名声値0の俺に勝ち目はない
だが

ゲームでは不可能だったことでも
私をギルドに入らせてください
リアルなら俺の知識で可能にできる

TOブックスが贈るWEB配信サービス
CORONA EX
TObooks
〈ダン活〉コミカライズ
大好評連載中!!
最新話が
どこよりも早く読める!
漫画：
浅葱 洋
https://to-corona-ex.com/

Lv.10
次巻予告
楽しみすぎる!
第10巻も強ジョブ・お宝超ゲット! お楽しみに!
2024年夏発売!

GAME ADDICT PLAYS "ENCOURAGEMENT FOR JOB HUNTING IN DUNGEONS" FROM A "NEW GAME"
ゲーム世界転生
〈ダン活〉
～ゲーマーは【ダンジョン就活のススメ】を〈はじめから〉プレイする～
REINCARNATION IN THE GAME WORLD DANKATSU
ニシキギ・カエデ
イラスト：朱里
夏だ！
祭りだ！
〈海ダン〉だ！

出来損ないと
呼ばれた元英雄は、
実家から追放されたので
好き勝手に生きることにした
THE BANISHED FORMER HERO LIVES AS HE PLEASES
テレ東・BSテレ東・AT-Xほかにて
TVアニメ絶賛放送中！

アニメ化決定!!!
没落予定の貴族だけど、
暇だったから
魔法を極めてみた
©三木なずな・TOブックス／没落貴族製作委員会

COMICS

【漫画】秋咲りお

※8巻書影

最新話はコチラ！➡

コミックス①～⑧巻 好評発売中！

NOVEL

【イラスト】かぼちゃ

※8巻書影

原作小説①～⑧巻 好評発売中！

SPIN-OFF

【漫画】戸瀬大輝

最新話はコチラ！➡

「クリスはご主人様が大好き！」
コロナEXにて 好評連載中！

ANIMATION

STAFF

原作：三木なずな『没落予定の貴族だけど、
暇だったから魔法を極めてみた』（TOブックス刊）
原作イラスト：かぼちゃ
漫画：秋咲りお
監督：石倉賢一
シリーズ構成：髙橋龍也
キャラクターデザイン：大塚美登理
音楽：桶狭間ありさ
アニメーション制作：スタジオディーン×マーヴィージャック

詳しくはアニメ公式HPへ！

botsurakukizoku-anime.com

シリーズ累計 75万部突破!!（紙+電子）

ゲーム世界転生〈ダン活〉09
～ゲーマーは【ダンジョン就活のススメ】を
〈はじめから〉プレイする～

2024年6月1日　第1刷発行

著　者　ニシキギ・カエデ

発行者　本田武市

発行所　TOブックス
〒150-0002
東京都渋谷区渋谷三丁目1番1号　PMO渋谷Ⅱ　11階
TEL 0120-933-772（営業フリーダイヤル）
FAX 050-3156-0508

印刷・製本　中央精版印刷株式会社

ISBN978-4-86794-172-0